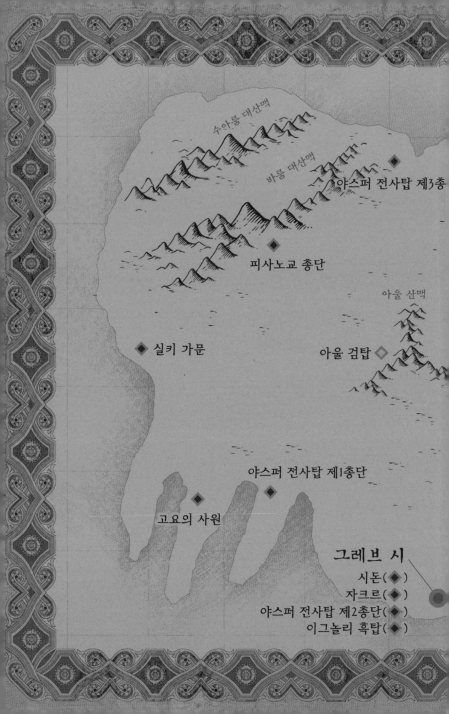

추이타 북산맥

추이타 대초원

추이타 남산맥

피요르드 시
쿠퍼 가문(◇)
은화 반 닢 기사단(◇)
모레툼 교황청(◇)

과이올라 시

솔노크 시

솔 강

퍼듐 시
페퍼 마탑(◇)

원시림

라폴리움 시
라폴 도서관(◇)

트루게이스 시

◇ 백 진영
◆ 흑 진영
◆ 중립 진영
● 도시

뉴브로도 시
아바니 가문(◆)
수의 사원(◆)

언노운월드 대륙 전도

E의탄TAN

ORIGINAL FANTASY STORY & ADVENTURE

쥬논 판타지 장편소설

dream books
드림북스

이탄 24 이탄의 귀환 II

초판 1쇄 인쇄 2022년 4월 8일
초판 1쇄 발행 2022년 4월 25일

지은이 쥬논
발행인 오영배
편집 편집부
일러스트 필연
표지 · 본문 디자인 오정인
제작 조하늬

펴낸 곳 (주)삼양출판사 · 드림북스
주소 서울시 강북구 도봉로 173
대표 전화 02-980-2112 **팩스** 02-983-0660
편집부 전화 02-987-9393 **팩스** 02-980-2115
블로그 blog.naver.com/dreambookss
출판등록 1999년 3월 11일 제9-00046호

© 쥬논, 2022

ISBN 979-11-283-7143-1 (04810) / 979-11-283-9990-9 (세트)

드림북스는 (주)삼양출판사의 판타지 · 무협 문학 브랜드입니다.

목차

부제: 언데드지만 신전에서 일합니다

사대신수

『성혈의 바하문트』

—신수: 날개 달린 사자

—상징: 공포

—속성: 흙(土), 피(血)

『불과 어둠의 지배자 샤피로』

—신수: 광기의 매

—상징: 탐욕

—속성: 불(火), 어둠(暗), 나무(木)

『포식자 하라간』

—신수: 투명 마수

—상징: 타락, 나태

—속성: 얼음(氷), 균(菌), 물(水)

『둠 블러드 이탄』

—신수: 냉혹의 뱀

—상징: 파멸

—속성: 금속(金), 빛(光)

발췌문

지난 세기에 손꼽을 만한 고체계 애니마 메이지(Anima Mage: 심혼 마법사)는 3명이 존재한다.

쎄숨.

유롬.

소모라.

사실 이 3명 말고도 지난 세기에는 또 한 명의 천재 고체계 애니마 메이지가 있었다. 흑과 백의 전쟁이 한창 뜨겁던 그 시기, 시시퍼 마탑이 탄생시킨 이 천재 메이지는 놀라운 마법 능력으로 피사노교를 수세에 몰아넣었으며, 그 결과 백 진영의 등대 역할을 하였다.

그러던 천재 메이지가 한순간에 돌변하여 동료들을 전멸시켰다.

무엇이 천재 메이지를 변심하게 만들었는가?

무엇이 천재 메이지를 타락시켰는가?

인간족이 아니라 그릇된 차원 출신이라는 뜬소문 때문인가?

전쟁의 말기 홀연히 자취를 감춘 천재 메이지 샤늘루루여!

―시시퍼 마탑의 부탑주 라웅고가 남긴 일기 중에서 발췌

제1화
스악골 공작 II

Chapter 1

[이야압!]

노인은 다시 한번 십자마검술을 발휘했다.

이탄의 악귀수라는 덫에 스스로 뛰어들기라도 하듯이 십자마검술 속으로 들어갔다.

한데 악귀수라가 어찌나 강력했던지 오히려 노인이 만든 덫이 박살 났다. 쩌저정! 소리와 함께 노인이 十자 모양으로 갈라놓은 공간이 유리창 터지듯이 깨져나갔다.

[끄응.]

노인은 답답한 신음과 함께 허공으로 수십 미터나 물러났다.

하지만 이미 늦었다. 이탄의 악귀수라는 노인이 후퇴하는 것보다 한 발 더 빨리 공간을 깨뜨린 다음, 그 속에서 튀어나왔다.

[늙탱이, 어딜 도망치느냐?]

이탄이 사납게 으르렁거렸다.

머리가 18개에 팔다리가 각각 36개인 악귀수라는 시뻘건 혈안을 번들거리며 노인을 덮쳤다.

[이이익, 어린놈이 지독하구나.]

노인은 어금니를 꽉 물었다.

슈왕! 슈왕!

노인이 발작을 하듯 목검을 휘두르자 허공이 또 다시 十자 모양으로 잘렸다. 노인의 장기인 십자마검술이 다시금 펼쳐진 것이다.

그러나 여기까지가 한계였다. 세 번째로 십자마검술을 발동한 것과 동시에 노인의 목검 두 자루는 산산이 부서져 내렸다. 목검의 파편이 허공에서 우수수 낙하했다.

그 와중에도 십자마검술은 제대로 발동했다. 노인의 놀라운 검술이 미약하게나마 시간을 움직였다. 이탄 주변의 시간이 아주 약간의 과거로 거슬러 올라갔다.

과거 어느 한 공간이 十자로 매끈하게 잘렸다. 그렇게 쪼개진 공간 속으로 이탄의 악귀수라가 뛰어들었다. 짐승이

스스로 덫에 뛰어드는 것처럼, 악귀수라는 이미 잘려 있는 공간에 뛰어들었다.

그러므로 악귀수라의 몸뚱어리는 네 조각으로 나뉘어야 정상이었다.

'너는 피할 수 없는 덫에 걸린 짐승이다. 썽둥썽둥 썰려서 비명을 질러라.'

노인이 속으로 기원했다.

그 기원이 여지없이 박살 났다.

쩌저정!

이번에도 악귀수라는 공간 자체를 깨뜨리며 튀어나오더니 노인을 향해서 맹렬하게 36개의 주먹을 휘둘렀다. 그와 동시에 악귀수라의 발밑에서 구름처럼 일어난 끈끈한 안개가 노인을 휘감았다. 백팔수라에 이어서 북명의 술법인 포그 레코드(Fog Record: 안개 기록)가 발동한 것이다.

[으헛?]

노인은 가슴이 철렁했다.

유성우처럼 무수히 쏟아지는 36개의 주먹질도 무섭지만, 노인의 몸이 제대로 움직이지 못하고 늪에 빨려 들어가는 듯하다는 점이 더 두려웠다.

이게 바로 포그 레코드의 위력이었다. 악귀수라의 발밑에서 일어난 끈적끈적한 안개는 노인의 생명력을 거침없이 빨아들였다. 안개는 노인이 보유한 보울(Bowl: 음차원의 마나를 담는 그릇)도 침식했다.

보울이 영향을 받자 노인은 마나를 제대로 운용할 수 없었다.

[크윽. 어쩔 수 없구나.]

결국 노인은 가슴 속에 품고 있던 세 번째 검을 꺼내야만 했다.

노인이 움켜쥔 검은 검신의 길이가 25 센티미터에 불과한 단검이었다. 검의 손잡이에는 울부짖는 마수의 얼굴이 생생하게 조각되어 있었다. 검날은 회색 벽돌에 피를 칠한 듯 불길한 회적색이었다.

노인은 어지간한 상황이 아니면 이 회적색 단검을 꺼내지 않았다.

아니, 어지간한 상황이라도 노인이 이 단검을 사용한 사례는 거의 없었다.

당연히 노인이 회적색 단검을 소유했다는 사실을 알고 있는 악마종도 전무했다. 지금까지 이 단검을 목격한 악마종들은 모두 노인의 손에 소멸을 당했다.

[으드득! 네놈이 결국 나를 여기까지 몰아붙이는구나. 이건 모두 네놈의 탓이니 나를 원망하지 말지어다.]

노인은 회적색 단검을 손가락 사이에서 빙글빙글 회전시

키면서 으르렁거렸다.

스스스슷—.

이내 노인의 손가락과 손등, 팔, 심지어 노인의 상반신 전체가 회적색의 빛으로 물들었다. 조금 더 시간이 흐르자 회적색 빛은 노인의 몸을 통째로 감싸 안았다.

푸화악!

강렬한 회적색 빛 속에서 꺼림칙한 기운이 넘실넘실 뻗어왔다. 이 꺼림칙한 기운은 부정 차원의 인과율을 관장하는 만자비문의 기세와는 사뭇 달랐다. 이것은 또 다른 종류의 사악한 기운이었다.

다만 한 가지는 확실했다. 이 회적색의 불길한 기운은 만자비문의 권능에 감히 견줄 만큼 가공스러웠다.

'헛?'

회적색의 빛을 목격하는 순간 이탄은 심장이 덜컥 내려앉았다.

그 순간 이탄의 가슴 속에 뭉쳐 있던 만자비문들이 미친 듯이 들고 일어나 적대감을 내뿜었다.

만자비문은 비록 글자에 불과하였으나 호불호가 분명했다.

만자비문은 평소에 붉은 금속의 힘을 거북하게 여겼다. 또한 만자비문은 이탄이 깨우친 정상세계의 언령들도 상당히 꺼려 했다.

하지만 저 회적색의 빛에 대한 만자비문의 적대감은 붉은 금속이나 정상세계 언령들을 훌쩍 뛰어넘었다.

웅웅웅웅웅!

회적색의 꺼림칙한 기운이 드러난 순간, 만자비문은 외나무다리에서 철천지원수를 마주친 것보다 더 격렬한 적의를 드러내었다.

그동안 힘을 잃고 어둑하게 웅크리고만 있던 부정 차원의 인과율들이 이탄의 가슴 속에서 툭툭 뛰쳐나왔다. 10,000개의 꽈배기 모양 문자들은 금방이라도 이탄의 몸 밖으로 뛰쳐나와 저 회적색의 빛을 향해 달려들려고 했다.

'안 돼. 스톱!'

이탄이 억지로 만자비문들을 억제했다.

이탄은 지금 이 상황에 대한 판단이 잘 서지 않았다. 저 불길한 회적색 빛은 이탄의 솜털이 곤두설 만큼 섬뜩한 기운을 풍겨대었다. 이탄이 저 회적색 빛에 대항을 하려면 분명히 만자비문의 권능을 사용할 수밖에 없었다.

'그 결과 여섯 눈의 존재와 또다시 목숨을 건 혈투를 벌이는 한이 있더라도 만자비문을 동원하지 않고서는 이 위기를 벗어날 수 없어. 어서 만자비문을 꺼내. 그래야 저 불길한 기운과 맞설 수 있다고.'

이탄의 이성은 이렇게 주장했다.

Chapter 2

그런데 이탄의 감정이 이성적 판단에 반기를 들었다.

'잠깐만! 저 불길한 회적색 빛이 왠지 모르게 친숙하지 않아? 어쩐지 저 빛은 나에게 적대적이지 않은 것 같아.'

이탄의 심장 깊은 곳에서는 이런 예감이 차올랐다. 이것은 이탄의 디엔에이(DNA)에 새겨진 예감이었다.

이성적으로는 도무지 설명할 수 없는 아주 근원적인 예감.

그러니까 이탄이 모친의 자궁 속에서 처음 생명의 형태를 잡았을 때보다 더 이전에 형성된 미지의 직감이었다.

그 직감이 이탄에게 속삭였다.

'저 회적색 빛은 나에게 해를 끼치지 않아. 나는 바로 저 회적색 빛 속에서 태어났다고.'

순간 이탄의 머리카락이 쭈뼛 섰다.

"뭐라고?"

이탄은 스스로에게 되물었다.

콰콰콰쾅!

이탄의 뇌리에 강렬한 벼락이 작열했다.

그러는 동안에도 노인의 단검이 뿜어내는 회적색 빛은
점점 더 구체화되었다.

스스스스슷—.

불길한 빛 속에 내포된 미지의 기운이 눈 깜짝할 사이에
공간을 건너뛰어 이탄에게 떨어졌다.

회적색의 기운은 공간과는 무관하게 움직였다. 이 기운
은 노인과 이탄 사이의 물리적인 거리를 무시한 채 그냥 이
탄이 머무는 공간으로 튀어나왔다.

회적색의 기운은 시간과도 무관하게 작동했다. 이 기운
은 이탄의 과거와 현재, 미래를 동시에 꽉 막아버렸다.

회적색의 불길한 기운이 이탄의 과거, 현재, 미래를 모두
차단하였으므로 시간의 축 위에서 보았을 때 이탄은 도망
칠 곳이 없이 완전히 포위를 당했다.

설령 이탄이 시간의 인과율을 사용한다 치더라도 저 회
적색의 기운을 회피하기란 불가능했다.

왜냐하면 이탄이 시간을 되감아서 과거로 돌아가더라도
그곳에는 회적색 기운이 길목을 딱 막고 있기 때문이었다.

이탄이 시곗바늘을 빠르게 돌려서 미래로 이동한다 하더
라도 그곳의 길목 또한 회적색 기운에 의해 장악된 상태였
다.

현재는 말할 것도 없었다.

평범한 악마종이라면 회적색 기운이 시간 축의 모든 방위를 차단했다는 사실을 알 수 없을 것이다.

심지어 회적색 단검을 휘두른 노인도 이 불길한 기운이 시간마저 통제한다는 점을 깨닫지는 못했다. 대부분의 악마종들이 그러하듯이, 노인도 과거와 현재, 미래를 동시에 꿰뚫어 보지는 못했다.

이탄은 예외였다. 이탄은 정상 세계와 부정 차원의 시간과 공간을 컨트롤하는 권능자이므로 지금 회적색 기운이 주변의 공간뿐 아니라 그의 과거와 미래까지도 꽉 막았다는 사실을 본능적으로 깨달았다.

'으드득. 이 늙탱이가 정말로 나를 궁지로 모는구나.'

이탄이 이빨을 뿌드득 갈았다.

지금 이탄의 몸속에서는 만자비문들이 들끓어 올랐다. 만자비문들은 여섯 눈의 존재와 싸울 때처럼 당장 이탄의 몸속에서 튀어나와 강력한 회색 태양으로 변하겠다고 주장했다. 꽈배기 모양의 문자들은 당장 부정 차원의 인과율을 총동원하여 노인이 구축한 불길한 회적색의 포위망을 깨뜨려 버리자고 우겼다.

그때였다. 이탄의 예감이 또다시 속삭였다.

'싸우지 마. 거부하지 마. 저 회적색 빛은 나를 해치지

못해. 나는 저 회적색 기운 속에서 탄생했다니까.'

이탄은 머리가 어지러웠다.

"크으읏."

이탄의 입술을 뚫고 답답한 신음이 터졌다.

이탄의 이성은 당장에라도 회적색 포위망을 돌파해야 한다고 주장했다.

꽈배기 모양의 만자비문들이 그 주장에 동조하듯 거칠게 날뛰었다.

하지만 이탄의 예감이 그 주장에 반박했다. 이탄의 예감은 저 회적색 기운을 적대하지 말고 그냥 받아들이라고, 저 기운 속에 몸을 내던지라고 속삭였다.

"크으으으으읏."

이탄이 이러지도 못하고 저러지도 못하는 사이, 노인의 단검에서 방출된 회적색 빛은 이탄의 악귀수라를 통째로 집어삼켰다.

푸화악!

악귀수라 주변에서 강렬한 빛이 터졌다. 회적색으로 일렁거리는 불길한 기운이 악귀수라를 꽉 옭아매었다.

찰나의 순간, 회적색의 빛 속에서 이탄은 이해할 수 없는 장면들을 보았다.

회적색 빛 속에는 마치 지옥의 한 장면을 연상시키는 듯한 기괴한 풍경들이 강물처럼 흘러 지나갔다.

그 풍경 끝에는 어마어마한 크기의 문이 하나 존재했다.

이 문은 청동으로 주조된 느낌이었다. 청동문의 표면에는 괴로워하고 고뇌하는 듯한 악마들의 모습이 추상적으로 뭉쳐서 꿈틀거렸다.

문의 크기가 어찌나 거대하였던지 이탄의 시야에는 다 들어오지도 않았다. 약간 과장해서 표현하자면 이 청동문으로 행성도 통과할 수 있을 법했다.

이탄이 지켜보는 가운데 청동빛 문이 회적색으로 달궈졌다.

끼이이이익!

이윽고 거대한 문은 소름 끼치는 마찰음을 내면서 열리기 시작했다.

청동문 속에서 새로운 장면이 등장했다.

이 장면은 마치 불지옥의 한 토막을 썽둥 잘라서 옮겨온 것 같았다. 혹은 지하 깊은 곳, 용암이 들끓는 지저 세계를 묘사한 것 같기도 했다.

이탄의 혼백이 지켜보는 가운데 저 멀리서 숲이 우르르 흔들렸다. 차라라락, 금속 부딪치는 듯한 소리가 은은하게 울렸다.

이윽고 숲을 헤치고 기괴한 생명체가 등장했다.

이것은 한 마리의 뱀이었다.

온통 금속으로 이루어진 뱀.

Chapter 3

'크구나. 하지만 작아.'

이탄은 서로 모순된 생각을 동시에 품었다.

이탄이 예전에 간씨 세가의 망령목에 매달려서 언노운 월드로 처음 이주할 때였다. 그때 이탄의 영혼이 목격했던 붉은 뱀에 비하면 저 금속 뱀은 훨씬 더 작았다. 지금 이탄이 지켜보고 있는 금속 뱀은 예전에 동차원의 선인들이 피사노교로 쳐들어갔을 때 피사노 싸마니야가 소환했던 용암 악어와 비슷한 크기였다.

금속의 뱀은 일반 뱀보다는 훨씬 더 거대하였으나, 이탄의 눈에는 그리 커 보이지 않았다. 지금까지 이탄이 목격했던 존재들 가운데는 이 뱀에 버금갈 만한 악마종이 여럿 있었다.

어디 그뿐이랴.

하마터면 이탄을 소멸시킬 뻔했던 여섯 눈의 존재.

혹은 이탄의 영혼이 처음 언노운 월드로 진입할 때 그를

집어삼켰던 붉은 뱀.

　이런 우주급 존재들은 지금 이탄의 눈앞에서 지나가는 금속의 뱀과는 비교도 되지 않을 정도로 거대했다. 우주 저편을 암흑으로 가득 채우거나, 혹은 우주를 한 바퀴 휘감을 정도로 거대했던 그 존재들에 비하면, 지저 세계의 금속의 뱀은 아무것도 아니었다.

　설령 그렇다고 할지라도 금속의 뱀을 무시할 수는 없었다.

　이 뱀의 길이는 얼추 40 킬로미터나 되었다. 머리통의 크기만 따져도 1.2 킬로미터는 됨 직했다.

　금속 뱀이 몸통을 한 번 꺾여서 꿈틀거릴 때마다 다이아몬드처럼 생긴 금속 비늘 수십만 개가 한꺼번에 좌라락 흔들렸다.

　커다란 방패처럼 보이는 금속 비늘들이 정교하게 맞물려 접히는 광경은 실로 화려했다. 금속 뱀이 몸을 늘이면 비늘 사이가 벌어졌다.

　금속 뱀이 몸을 수축하면 착착 접혀 아름다운 곡선을 만들어내었다. 거대한 뱀은 마치 파도를 치듯이 몸뚱어리를 유연하게 움직여서 전진했다.

　이탄의 혼백이 지켜보는 가운데 지하세계의 딱딱한 암반은 금속 뱀의 육중한 무게에 짓눌려서 진흙처럼 뭉그러졌다. 울창한 숲이 금속 뱀의 배에 깔려서 싹 갈려 나갔다. 수십 미터 폭의 개천은 금속 뱀이 지나가고 나자 경로가 바뀌었다. 금속 뱀이 지나간 자리엔 아무것도 본래의 모습을 유지하지 못했다.

이탄은 금속 뱀이 몸통을 꺾을 때마다 금속 비늘 흔들리는 소리가 선명하게 퍼져나감을 깨달았다.

이 비늘 소리는 청명하면서도 아름다웠다.

이 비늘 소리는 매혹적인 음악 연주를 연상케 했다.

비늘 소리가 지저 세계의 생명체들을 억제했다. 지저 세계의 모든 생명체들은 금속 뱀이 연주하는 비늘 소리의 영향을 받았다.

좌라라라락! 하는 소리를 접하는 순간, 지저 세계 생명체들의 신경이 마비되었다. 근육이 딱딱한 돌처럼 변했다. 지저 세계의 생명체들은 그렇게 온몸이 굳어가며 공포에 질렸다.

이탄의 혼백은 흥미롭게 이 장면을 굽어보았다.

'아마도 저 금속 뱀이 지저 세계의 포식자인가 보구나. 다른 생명체들은 저 뱀을 마주친 순간 몸이 마비되고 있어. 아니, 뱀과 마주치기도 전에 뱀의 비늘 소리를 들은 순간 이미 몸이 돌이 되었다고.'

이탄의 판단이 옳았다. 금속 뱀은 확실히 이곳 지저 세계의 포식자임에 분명했다.

다만 금속 뱀은 어중간한 먹이들은 거들떠보지도 않았다. 저딴 미물들은 잡아먹어도 성에 차지 않는다는 듯 금속 뱀은 육중한 몸뚱어리로 먹잇감들을 짓뭉개버리며 앞으로 전진해나갈 뿐이었다.

뱀이 쓸고 지나간 자리에 시뻘겋게 피가 튀었다. 금속 비늘의 틈새로 빨간 핏물이 스며들었다. 그렇게 수분을 머금은 금속 비늘 표면에서는 총천연색의 무지개가 피어올랐다.

그때였다.

촤라락!

자연재해처럼 무심하게 지저 세계를 누비던 금속 뱀이 갑자기 강적이라도 만난 듯 비늘을 곤두세웠다.

단지 비늘만 세운 것이 아니었다. 금속 뱀은 대가리도 바짝 치켜들었다. 커다란 대가리 아래쪽에 수 킬로미터가 넘는 그림자가 드리웠다.

금속 뱀의 샛노란 눈이 주변을 샅샅이 훑었다. 금속 뱀의 오목하고 동그란 주둥이에선 끝이 두 갈래로 갈라진 혓바닥이 빠르게 날름거렸다.

금속 뱀의 혓바닥이 공기를 한 번 핥고 아가리 속으로 돌아올 때마다 바람소리가 쉭쉭 울렸다.

이윽고 금속 뱀의 머리 양쪽에서 날개가 돋아났다. 놀랍게도 금속 뱀은 머리 양쪽에 금빛의 날개를 가지고 있었다.

금속 뱀은 날개를 활짝 펼친 상태에서 대가리를 좌우로 일렁거렸다.

촤라라— 촤라라— 촤라라라— 촤라라락— 촤라라—

금속 비늘 부딪치는 소리가 갑자기 최고조에 달했다.

'적을 발견했구나.'

어찌 된 영문인지 이탄은 금속 뱀의 생각을 읽을 수가 있었다. 지금 금속의 뱀은 천적을 만나서 적개심을 불태우는 중이었다.

사실 이곳 지저 세계, 즉 언더월드(Underworld)는 시공이 무척 불안정한 장소였다. 그러다 보니 지저 세계의 곳곳에는 여러 차원으로 연결되는 통로가 저절로 생겨났다가 다시 사라지곤 하였다.

차원의 통로를 통해서 여러 차원의 존재들이 이곳 지저 세계로 굴러 떨어졌다. 덕분에 지저 세계는 그 어떤 곳보다 더 치열한 생존의 전쟁터가 되었다.

우연히 이곳 지저 세계로 굴러 떨어진 타 차원의 존재들은 살아남기 위해서 발버둥을 쳤다. 타 차원의 존재들은 어떻게든 생존하려고 애썼다. 그리곤 이 지옥을 벗어나 다시 자신들의 차원으로 돌아가고 싶어 했다.

그러자면 주변의 생명체들을 잡아먹을 수밖에.

이곳 지저 세계에서 상대를 죽이거나 잡아먹지 않으면 오히려 그들이 잡아먹혀서 자양분이 될 판국이었다.

무수히 긴 세월을 통해서 이러한 생존투쟁이 반복되었다.

지저 세계의 생명체들은 시간이 갈수록 점점 더 강하게 진화했다. 오로지 타 차원의 생명체를 잡아먹고, 상대의 장점들을 흡수한 자들만이 이 지옥에서 살아남았기 때문이다.

그렇게 강해진 자들이 다시 짝을 지어 번식했다. 그러면서 지저 세계 생명체들의 진화 속도는 점점 더 빨라졌다.

그 결과 언더그라운드에는 4명의 절대자가 탄생했다.

태고의 도마뱀.

탐욕의 고양이.

흉포한 사자.

그리고 금속 뱀.

이 4명의 절대자들은 지저 세계 먹이사슬의 정점에 선 존재들이었다. 이 절대자들은 드넓은 지저 세계의 멀리 떨어진 지역에서 성장하였으되, 점점 더 사냥 범위를 넓혀가다가 결국엔 서로의 존재를 인지하게 되었다.

4명의 절대자.

혹은 네 마리 신수(神獸).

지저 세계를 사등분한 존재들이 서로를 인지한 순간, 엄청난 전쟁이 벌어질 수밖에 없었다.

지저 세계의 지존은 오직 하나여야 하니까.

이곳은 공존공생할 수 있는 세상이 아니니까.

Chapter 4

한데 신수들의 대전쟁은 의외로 싱겁게 끝나버렸다.

태고의 도마뱀과 탐욕의 고양이가 서로를 향해서 잽을 날리면서 몇 차례 툭탁거린다 싶을 때였다.

이곳 지저 세계에 또다시 타 차원으로 연결된 통로가 발생했다. 그것도 하나의 통로가 아니라 몇 개가 동시에 생겨났다.

탐욕의 고양이가 가장 먼저 그 통로 속으로 들어가 엉뚱한 차원으로 떠나버렸다.

이어서 태고의 도마뱀도 또 다른 통로로 엉금엉금 기어올라갔다.

흉포한 사자가 태고의 도마뱀을 쫓아서 움직였다.

이제 지저 세계에는 오직 하나의 신수, 즉 금속의 뱀만 남았다. 금속의 뱀은 자연스럽게 지저 세계의 왕이 되었다.

그때 새로운 통로가 하나 뚫렸다.

이번 통로는 온통 불길한 회적색의 기운으로 가득했다. 금속의 뱀은 경쟁자들이 사라진 지저 세계를 우아하게 돌아다니다가 이 회적색의 기운을 감지했다.

촤라라라락!

금속의 뱀이 경계심을 가지고 대가리를 곤두세웠다. 금속 비늘도 일제히 일으켰다.

회적색 기운이 가득한 통로 속에서 건장한 사내가 한 명 등장했다.

"흐으음. 여긴 또 어디지? 그놈들을 쫓아왔더니 왜 갑자기 이런 곳이 나온 거야?"

건장한 사내가 머리를 긁적이면서 알 수 없는 언어를 내뱉었다.

이탄의 혼백은 이상하게도 사내의 독백을 모두 알아들었다.

이상한 점은 그것만이 아니었다. 희한하게도 저 사내와 금속의 뱀 모두 이탄의 영혼이 그들을 지켜보고 있다는 사실을 모르는 듯했다.

이탄의 영혼이 지켜보는 가운데 금속의 뱀이 사내를 공격하려 들었다. 금속의 뱀은 이 신규 유입자에게 강한 적대감을 품었다.

이건 당연한 감정이었다. 차원의 통로가 뚫리고, 그 통로 속에서 타 차원의 존재가 지저 세계로 들어오면, 이 신규 유입자는 지저 세계의 패권을 놓고서 기존의 절대자들과 싸울 수밖에 없었다.

잡아먹든가, 아니면 잡아먹히든가.

지저 세계에서 선택권은 오로지 이 두 가지밖에 존재하지 않았다. 금속의 뱀은 당연하다는 듯이 사내에게 달려들었다. 수 킬로미터 높이로 솟구쳐있던 삼각형의 뱀 대가리가 사내를 빠르게 덮쳤다.

금속의 뱀이 어찌나 컸던지 마치 산이 허물어지는 듯한 광경이 연출되었다.

금속의 뱀은 무력이 강할 뿐 아니라 교활하기까지 했다. 금속의 뱀은 지금 상대가 어떤 상태인지 너무나도 잘 알았다.

생명체가 차원을 넘어서 이곳 지저 세계에 굴러 떨어진다는 것은 보통 일이 아니었다. 이런 현상을 겪은 대부분의 생명체들은 차원을 넘어서는 순간 모든 힘과 감각을 잃게 마련이었다.

물론 예외도 존재했다. 경우에 따라서는 차원을 통과하면서 미증유의 권능을 부여받아 단숨에 신격 존재로 거듭

나는 자들도 있었다.

하지만 대부분 차원의 통로를 통해서 이곳에 굴러 떨어진 자들은 몇 초에서 몇 분, 혹은 며칠 동안은 무기력증에 빠지곤 했다.

금속의 뱀은 바로 그 순간을 놓치지 않고 상대를 해치울 요량이었다.

한데 사내는 금속의 뱀이 와락 덮치는 데도 눈 하나 깜짝하지 않았다.

금속의 뱀이 섬뜩함을 느꼈다. 금속의 뱀은 노란 눈을 치켜떠서 상대를 노려보았다.

"푸훗!"

그 순간 건장한 사내가 입꼬리를 비틀었다.

금속의 뱀은 사내가 웃고 있다고 느꼈다.

그 순간 금속의 뱀은 극도의 위험을 감지했다. 금속의 뱀은 재빨리 몸을 피하려 들었다.

한데 웬걸?

몸이 전혀 움직이지 않았다. 심지어 뱀의 비늘까지도 딱딱하게 굳어 버렸다. 마치 지저 세계의 생명체들이 금속의 뱀을 마주치면 몸이 굳어버리는 것처럼, 이번에는 금속의 뱀이 사내 앞에서 완전히 얼어붙었다.

건장한 사내가 금속의 뱀을 향해 손을 뻗었다.

깜짝 놀란 금속의 뱀은 전력을 다해서 자신의 권능을 폭발시켰다. 그 결과 금속의 뱀은 가까스로 최면에서 풀려나서 몸을 움직일 수 있었다.

금속의 뱀이 기다란 몸통을 뒤틀었다.

쾅! 쾅! 쾅! 쾅!

그 즉시 지저 세계가 마구 터져나갔다. 커다란 뱀이 몸을 요동칠 때마다 산이 붕괴하고 숲이 뭉그러졌다. 하천이 날아갔다. 주변 지축이 뒤틀리면서 용암이 터져 나왔다. 화염이 치솟으면서 주변의 공기가 마구 타올랐다. 매캐한 유황 냄새가 진동했다. 지저 세계가 그대로 붕괴하는 듯한 광경이 펼쳐졌다.

사내는 그 엄청난 장면을 보고도 눈썹 하나 까딱하지 않았다. 사내는 오히려 섬뜩한 미소와 함께 금속의 뱀에게 다가왔다.

츠츠츠츠츠츳!

사내의 몸 주변에서 회적색 기운이 소스라치게 뻗었다.

그 기운에 사로잡힌 순간, 금속의 뱀은 다시 몸이 굳었다. 사내는 꼼짝도 못 하는 뱀의 눈을 맨손으로 찔렀다.

푹!

사내의 팔뚝이 뱀 눈 속으로 깊숙이 들어왔다.

금속의 뱀이 미쳤다. 금속의 뱀이 가진 뇌신경이 타들어갔다. 전하가 번쩍번쩍 뛰놀았다. 금속의 뱀은 뇌가 그대로 익어버리는 듯한 작열감을 느껴야 했다.

그러는 동안 사내는 자신의 어깻죽지까지 뱀의 눈 속으로 박아넣었다. 어깨에 이어서 사내의 머리도 뱀의 눈 속으로 파고들어 왔다.

이제 금속의 뱀이 할 수 있는 일이라고는 미친 듯이 비늘을 떠는 것밖에 없었다.

마침내 사내가 뱀의 눈을 뚫고 완전히 눈 속으로 들어왔다.

금속의 뱀은 몸통을 발랑 까뒤집었다.

콰르르르!

거대한 뱀이 요동을 치자 지층이 붕괴했다. 지하 저 밑바닥의 맨틀이 굉음과 함께 뒤틀렸다.

땅거죽은 잘 익은 빵처럼 폭발적으로 부풀어 올랐다가 결국 터져버렸다. 그 속에서 뜨거운 마그마가 마구 분출했다. 마그마는 단숨에 금속의 뱀을 뒤덮었다.

그 순간 딱딱하게 굳었던 금속의 뱀이 다시 움직였다.

하지만 이 금속의 뱀은 예전의 뱀과는 눈빛이 달라졌다. 놀랍게도 지금 금속의 뱀이 보여주는 눈빛은 사내의 그것을 고스란히 닮아 있었다.

Chapter 5

스르르륵—.

눈빛이 변한 금속의 뱀이 40킬로미터가 넘는 몸뚱어리를 마그마 깊숙이 담갔다. 마치 상처 입은 짐승이 온천에 몸을 담가 원기를 회복하는 것처럼 천천히, 느긋하게.

뱀이 가라앉을 때, 용암 표면에선 부글부글 거품이 일었다. 뱀의 몸뚱이는 포말을 일으키며 마그마 깊숙이 잠겼다.

놀랍게도 뱀이 가진 금속성의 비늘은 수천 도가 넘는 마그마에 뒤덮이고도 녹지 않았다. 타지도 않았다.

이탄의 혼백이 위에서 굽어보는 가운데 금속의 뱀은 마그마 속에 완전히 잠겼다. 그 상태에서 시간이 흘렀다.

한바탕의 대혼란을 겪은 뒤, 지저 세계엔 비가 내렸다. 지상이 아니라 지하인데도 어떻게 비가 내릴 수 있는 것인지는 알 수 없었다. 이곳 지저 세계는 원래 상식이 통하지 않는 곳이었다.

비에 젖어 마그마가 차갑게 식었다. 시간이 좀 더 흐르자 마그마는 검은 빛깔의 암석으로 변했다.

마그마 속에 몸을 담그고 있던 금속의 뱀도 함께 암석 속에 파묻혔다.

후욱, 후욱, 후욱, 후욱.

거무튀튀한 암석 속에서 회적색의 기운이 팽창과 이완을 반복했다.

'마치 숨을 쉬는 것 같구나.'

이 순간 이탄의 혼백은 지저 세계에서 벌어지는 모든 일들을 투시하고 있었으며, 그 가운데는 암석 속에 파묻힌 금속의 뱀도 포함되었다.

심지어 이탄은 뱀의 뇌 속 깊숙한 영역에 파고들어 새우처럼 몸을 둥글게 웅크린 사내의 모습도 고스란히 꿰뚫어 보았다.

회적색의 기운은 바로 이 사내로부터 비롯된 것이었다.

'아!'

이탄의 혼백은 이제 확실히 깨달았다.

'지금 저 사내는 금속의 뱀을 완전히 잠식하고 또 동화하는 중이구나. 어쩌면 이런 걸 일종의 소화 현상이라고 불러야 할지도 모르겠네.'

이탄의 혼백이 가만히 지켜보는 가운데 오랜 세월 동안 금속의 뱀이 누려왔던 모든 힘과 권능이 차츰차츰 사내에게 전이되었다.

바로 그 순간이었다.

번쩍!

뱀의 뇌 속에 파고들었던 사내가 눈을 크게 떴다. 사내의 시선은 정확하게 이탄의 혼백을 쳐다보았다.

이탄이 사내와 정면으로 눈을 마주쳤다.

강한 작열감이 이탄의 눈을 지나 뇌 속으로 파고들었다. 이건 마치 이탄의 시신경을 인두로 지지고 뇌를 활활 불태워 버리는 듯한 작열감이었다.

깜깜한 암전의 순간이 지나고, 이탄의 혼백은 지저 세계를 이탈하여 다시 모드레우스 제국의 대사관 앞으로 돌아왔다.

이탄은 눈 한 번 깜빡이는 사이에 아주 먼 곳을 다녀온 듯한 기분을 느꼈다. 혹은 전생이나 과거의 한 장면을 되돌아본 듯한 느낌도 받았다.

그 짧은 시간 동안 놀랍게도 이탄의 악귀수라를 옭아매었던 회적색 빛무리는 씻은 듯이 사라지고 없었다.

[아니 어떻게?]

노인이 소스라치게 놀랐다.

신비로운 단검에서 쏟아지는 회적색 빛은 성마급 악마종조차도 단숨에 숨통을 끊어 놓을 만큼 가공한 것이었다. 노인은 회적색 단검에 어린 불길한 기운이 이탄을 단숨에 소멸시킬 것이라 믿어 의심치 않았다.

한데 악귀수라는 멀쩡했다. 오히려 단검에서 쏟아져 나

왔던 회적색 빛이 감쪽같이 사라져버렸다.

[마, 말도 안 돼.]

어찌나 충격을 받았던지 노인은 뇌파를 더듬었다. 노인의 손이 덜덜덜 떨렸다.

그때 이미 이탄의 악귀수라는 노인의 코앞까지 다가온 상태였다.

콱!

이탄으로부터 뿜어진 어마어마한 마나가 노인의 몸을 옭아매었다. 노인이 아무리 팔다리를 움직여 보려고 해도 꿈쩍도 하지 않았다.

'결국 최후의 수단을 써야 하는 겐가?'

노인이 이런 고민을 했다.

그런데 이탄은 노인에게는 관심도 두지 않았다. 그는 오로지 회적색 단검만 바라보았다.

'저 늙은이가 쥐고 있는 단검 말이야, 도대체 정체가 뭐지? 저 단검이 내게 보여줬던 그 환상은 또 뭐였을까?'

어두컴컴한 지저 세계.

그 지저 세계를 지배하던 금속의 뱀.

바깥 차원에서 불쑥 넘어와 금속의 뱀과 싸웠던 건장한 체격의 사내.

그 사내가 금속의 뱀을 잠식한 이후 내뿜었던 회적색의

불길한 기운.

조금 전 이탄의 혼백이 목격한 장면들은 단순한 환상 같
지가 않았다. 그 장면들은 지금이라도 이탄의 손에 잡힐 듯
이 생생했다.

또 한 가지.

이탄은 놀라운 현상을 하나 발견하였다. 조금 전 단검에
서 방출되어 이탄을 뒤덮었던 회적색 기운은 그냥 사라져
버린 게 아니었다. 그 음험하면서도 불길한 기운은 지금 이
탄의 아공간 속 아조브 속에 스며든 상태였다.

이탄이 여러 차원에서 수집한 신비로운 큐브들은 지금
음험한 회적색의 기운을 듬뿍 머금고는 다양한 무기 형태
로 변화 중이었다.

아조브들은 네모반듯한 큐브 모양에서 시작하여 검으로
변신했다가, 창이 되었다가, 해머나 폴암, 혹은 프레일로
바뀌었다가 결국에는 이탄이 가장 선호하는 대형 낫, 즉 둠
사이드가 되었다.

아조브들이 어떤 형태로 바뀌건 간에 아조브로부터 뿜어
지는 기운은 음험하고 불길하기 짝이 없었다.

이탄은 아공간 속에서 벌어지는 아조브의 변화를 빤히
들여다보았다. 이탄의 시선이 다시 단검에게 향했다.

'저 괴상한 단검이 아조브와 무슨 연관이라도 있나?'

이탄은 노인에게 접근하여 단검을 노렸다.

단검만큼은 빼앗기기 싫어서였을까?

[이노옴!]

노인은 지금까지보다 더 큰 노성을 터뜨렸다.

놀랍게도 노인은 이탄이 내뿜은 막대한 양의 음차원 마나를 극복해 내었다. 노인이 전력을 다해 검지를 수평으로 휘둘렀다.

서걱!

노인의 검지 끝에서 비롯된 날카로운 검의 기운이 세상을 길게 찢었다.

Chapter 6

노인이 발휘한 충만한 검기의 주변으로 꽈배기 모양의 문자들이 나타났다가 다시 사라지기를 반복했다.

노인의 검기를 따라 부정 차원의 인과율이 우르르 움직였다. 그 힘에 의해서 이탄의 악귀수라가 가로로 썽둥 잘렸다.

아니, 잘리는 것처럼 보였다.

그보다 한발 앞서서 이탄의 노인의 등 뒤로 돌아갔다. 이탄의 악귀수라는 34개나 되는 손을 뻗어서 노인의 목과 팔다리, 허리 등을 꽉 붙잡았다. 이어서 나머지 2개의 손으로 노인이 쥐고 있던 단검을 빼앗았다.

[안 돼—.]

노인이 찢어져라 악을 썼다.

그와 동시에 노인의 몸뚱어리는 물거품처럼 펑 터져버렸다.

이탄은 그럴 줄 알았다는 듯이 피식 웃었다. 이탄은 조금 전 노인의 몸에서 일렁거리던 2개의 비문을 알아보았다.

'몸을 분열하는'

'분열된 몸을 다시 합치는'

노인이 발동한 것은 위와 같은 의미를 가지는 만자비문이었다.

그리하여 이 비문의 주인은 몸을 여러 개로 나눠서 분신을 만들 수 있었다. 또한 언제든지 이 비문을 사용하여 분신을 거둬들이는 것도 가능했다.

이탄이 조용히 뇌까렸다.

"역시 본체가 아니라 분신이었군. 본체는 디아볼 제국에 남아 있고, 이곳에는 분신만 보낸 거였어."

처음부터 이탄은 이럴 것이라 예상했었다.

노인과 같은 성마급 존재가 타국에 함부로 넘어올 리 없었다. 다만 분신이라면 얼마든지 다른 제국을 방문하는 것이 가능했다.

다른 한편으로 이탄은 노인이 사용했던 만자비문의 힘을 떠올리고는 빙그레 웃었다.

조금 전 노인이 사용한 만자비문의 권능에는 한계가 뚜렷했다. '분열된 몸을 다시 합치는' 이라는 비문의 주인은 언제든지 분신을 회수할 수 있지만, 분신이 가지고 있던 물건들까지 거둬들이는 것은 불가능했다.

그 증거로 노인이 걸치고 있던 의복은 분신이 사라진 순간 바닥으로 후두둑 떨어졌다. 노인이 손에 꼭 쥐고 있던 회적색의 단검도 악귀수라의 손에 고스란히 남았다.

이탄은 단검을 손에 쥐고 이리저리 돌려보았다.

그때였다. 시커먼 장막으로 감추어진 허공 한복판에 새로운 현상이 나타났다. 모드레우스 제국 수도 6층의 청명한 공기가 꾸물꾸물 뭉치는가 싶더니 이내 커다란 얼굴로 변한 것이다.

이 반투명한 얼굴은 조금 전 물거품처럼 사라진 노인의 얼굴을 쏙 빼어 닮았다.

"호오? 이런 것도 가능해?"

이탄은 노인이 보여주는 다양한 흑마법에 감탄했다.

하지만 지금 감탄만 하고 있을 때가 아니었다. 이탄이 허공에 떠오른 커다란 얼굴을 향해서 물었다.

[노인장이 스악골 공작인가?]

공기가 뭉쳐서 이루어진 커다란 얼굴은 이탄을 잡아먹을 듯이 노려보았다. 그리곤 웅장한 뇌파를 내뿜었다.

[그렇다. 내가 바로 디아볼 제국의 스악골이다.]

이탄이 상대에게 따져 물었다.

[그렇군. 한데 스악골 노인장. 나에게 받을 빚이 있다고 했으렸다? 대체 내가 노인장에게 무슨 빚을 졌다는 거지?]

[흥. 네 녀석이 감히 우리 디아볼 제국에서 분탕질을 치지 않았더냐? 그게 바로 네놈이 진 빚이거늘⋯⋯.]

이탄은 상대의 말허리를 잘랐다.

[뭔 개소리야?]

이탄은 조금 전 상대가 스악골 공작이라고 정체를 밝히자 '노인장'이라고 불러주며 나름 대우를 해주었다.

그런데 노인이 '빚' 운운하자 새삼스레 이탄의 꼭지가 돌았다. 빚이라는 단어 자체가 이탄의 역린을 제대로 건드린 까닭이었다.

[이봐. 늙탱이. 이게 뭔 개소리냐고.]

이탄은 다짜고짜 막말, 아니 막뇌파를 뱉었다.

[뭐, 뭣?]

이탄의 막말에 스악골 공작이 얼굴을 일그러뜨렸다.

이탄이 막말을 계속했다.

[어디서 족보도 없는 개뼉다귀 같은 늙탱이가 뭔 개소리를 하는 거야. 엉? 내가 언제 디아볼 제국에서 분탕질을 쳤다고 누명을 뒤집어씌우는데? 악몽들에게 휩쓸려서 디아볼 제국의 수도가 통째로 날아갈 뻔했잖아. 그 위기를 내가 구해주었잖아. 늙탱이가 생각하기엔 그게 분탕질인가? 어디 내가 한 번 늙탱이 앞마당으로 쳐들어가서 분탕질이 뭔지 똑똑히 보여줄까? 어엉?]

이탄이 사납게 으르렁거렸다.

지금 이탄은 극도로 분노한 상태였다. 이탄이 발산하는 기세가 어찌나 살벌하였던지 스악골 공작은 멀리 떨어진 디아볼 제국에 머물고 있으면서도 온몸에 소름이 돋았다.

그래도 스악골은 정신을 바짝 차리고 이탄에게 항의했다.

[이놈. 그 이야기는 나중에 다시 하자. 그것보다 어서 그 단검이나 내놓아라.]

지금 스악골에게 가장 급한 것은 회적색의 단검을 돌려받는 일이었다.

이탄이 그 말을 들어줄 리 없었다.

[닥쳐!]

[뭐뭣? 이런 날강도 같은 놈. 이런 예의도 모르는 후레자

식 같으니. 그 단검은 우리 가문의 보물이다. 당장 내놓지 못할까!]

스악골이 버럭 화를 내었다.

이탄은 한 발도 물러서지 않았다.

[닥쳐, 이 거짓말쟁이 늙탱이야. 네놈의 뇌에서는 뇌파만 놀렸다 하면 거짓말이 줄줄 흘러나오는구나.]

[커헉! 뭣이라? 이런 어린놈의 자식이 예의를 똥구멍으로 처먹었나? 어디서 계속 막말이야, 막말이. 정말 너희 세불 제국이 우리 디아볼 제국과 한바탕 전쟁을 치러보자는 뜻이더냐?]

멀리서 스악골이 뒷목을 잡았다.

이탄은 그런 스악골을 상대로 바락바락 대들었다.

[전쟁? 캬! 내가 오히려 원하던 바이다. 악몽을 처리해줘서 은혜를 베풀었더니 나에게 빚을 갚으라고 구라나 치고, 원래 내 것이었던 단검을 어디서 훔쳐놓고서는 스악골 가문의 보물이라고 또 거짓말이나 치고. 늙탱이. 이게 네놈의 본성이냐?]

이탄은 당당하게도 회적색 단검이 자신의 것이라고 주장했다.

Chapter 7

[이게 뭔 소리야? 그게 왜 네놈의 단검이란 말이냣?]

스악골이 펄쩍 뛰었다.

스악골이 분노할 만도 했다. 회적색 단검은 분명히 이탄의 소유가 아니라 자신의 것이었다. 이탄도 그 사실을 잘 알았다.

하지만 이탄은 한 번 손에 넣은 보물을 되돌려줄 마음이 없었다.

게다가 원래 이탄은 말빨로 상대를 조지는 일에 능했다. 모레툼 교단의 신관이 된 이후로, 어쩌면 그 이전부터도 이탄은 이쪽 방면으로 장기를 타고 났으며, 그 장기를 계속해서 발전시켜왔다.

당장 이탄의 능력이 발휘되었다. 이탄은 자신이 조금 전에 목격했던 환상을 바탕으로 밑밥을 깔았다.

[지저 세계.]

[으응?]

이탄이 지저 세계라는 단어를 내뱉자 스악골이 움찔했다.

이탄은 스악골이 보여준 이 미세한 변화를 알아차렸다. 이탄이 속으로 사악하게 웃었다.

[금속의 뱀.]

이탄이 한 마디를 더 내뱉었다.

[허억?]

스악골은 한 번 더 흠칫했다.

이탄은 입술에 침도 바르지 않고 거짓말을 술술 했다.

[이봐. 노인장. 이 단검은 원래부터 지저 세계에서부터 내가 가지고 있던 물건이다. 내가 금속의 뱀을 잠식할 때부터 가지고 있던 물건이란 말이다. 노인장이 한번 뇌가 있으면 뇌파로 대답해봐라. 거짓말 치지 말고, 이 단검을 어디서 얻었는지 밝혀보라고.]

[헙!]

순간 스악골의 눈이 튀어나올 듯이 커졌다. 스악골의 손은 중풍이라도 맞은 듯이 벌벌벌 떨렸다.

[너, 너, 너! 지금 뭐라 했느냐? 네가 언더그라운드의 지배자인 금속의 뱀을 잠식했다고? 네가 단검의 원주인이라고?]

스악골은 믿을 수 없다는 듯이 반문했다.

이탄은 속이 뜨끔하였으나, 표정 하나 변하지 않고 거짓말을 계속했다.

[당연히 내가 원주인이지.]

[뭣?]

[노인장도 똑똑히 봤잖아. 이 검에서 뿜어진 기운이 내게 닿자마자 씻은 듯이 사라지는 장면 말이야. 봤어, 못 봤어?]

[……]

스악골 공작이 갑자기 침묵했다.

이탄은 상대가 바락바락 악을 쓰면서 단검을 내놓으라고 따질 것이라 예상했다.

의외로 스악골은 그러지 않았다. 대신 스악골은 이탄을 찬찬히 뜯어보았다. 그러다 뜬금없는 독백을 내뱉었다.

[하아아, 세상이 어찌 되려고.]

[뭐? 늙은이, 지금 뭐라고 했어?]

이탄이 기분 나쁜 듯 따져 물었다.

스악골은 대꾸 대신 무거운 한숨만 거듭 내쉬었다.

[하아아아, 큰일이로구나.]

다음 순간, 모드레우스 제국 6층 상공에 뭉쳐 있던 스악골의 커다란 얼굴이 스르륵 자취를 감추었다.

사라지기 전, 스악골은 이탄에게 [회적색 단검을 당장 내놓으라.]고 악다구니를 쓰지 않았다. [나중에 그 단검을 되찾으러 올 테니 각오나 단단히 해라.]라는 협박도 없었다.

상대가 맥없이 물러나자 오히려 이탄은 기분이 찜찜했다.

"뭐야? 스악골 공작이 그냥 가버린 거야?"

이탄은 다시 한번 손 안의 단검을 내려다보았다.

회적색 단검은 잠잠했다. 단검은 아무런 기세도, 예리한 예기도 내뿜지 않았다. 그냥 보면 특이할 것이라고는 전혀 없는 평범한 단검 같았다.

이탄은 문득 마음이 약해졌다.

"쳇! 노인장이 그렇게 맥없이 가버리니까 괜히 내가 악당 같잖아. 내 거짓말이 그렇게 진짜 같았나? 스악골 공작 앞에서 되는 대로 혀를 놀려대기는 했다만, 솔직히 이 단검이 내 것은 아닌데 말이야."

이탄이 씁쓸하게 중얼거렸다.

하지만 곧 머리를 가로저어 마음을 다잡는 이탄이었다.

"아니지. 원주인이 누구건 무슨 상관이람? 지금 내 손에 있으면 내 것이지. 이 회적색 단검은 분명히 아조브와 연관이 있어. 그러니까 이 단검은 아무에게도 못 돌려줘. 이건 내 거야. 설령 나중에 금속의 뱀과 동화한 사내가 나를 찾아온다고 하더라도 이 단검을 그에게 돌려줄 수 없다고."

이탄은 스스로에게 다짐을 하듯이 말한 뒤, 회적색의 단검을 자신의 아공간 속에 잘 넣어두었다.

단검이 가까이 접근하자 아공간 속의 아조브, 즉 둠 사이드들이 우웅웅웅 공명했다. 둠 사이드의 날에서 뿜어지는 음험하면서도 불길한 기운도 한층 더 농밀해졌다.

딱!

이탄이 손가락을 튕겨서 저주 마법을 해제했다. 허공에 짙게 드리웠던 시커먼 장막이 스스륵 걷혔다.

악룡족 군단장을 비롯한 주변의 악마종들은 그제야 이탄의 모습을 볼 수 있었다. 반면 이탄과 싸웠던 가마 속의 노인은 어디에도 보이지 않았다.

이탄 주변에는 새까만 색깔의 가마 파편과 목이 뽑힌 여악마종의 시체가 한 구 나뒹굴었다. 그 옆에는 남악마종이 기절하여 길게 뻗은 모습이었다.

[자네, 잠깐 나 좀 보세.]

악룡족 군단장이 쿵쿵 다가와 이탄에게 물었다.

[디아볼 제국의 그 노인은 어디로 갔는가? 이탄 공, 자네가 해치웠나?]

이탄은 태연하게 어깨를 으쓱했다.

[아닙니다. 그 괴상한 노인과 몇 차례 부딪치기는 했는데, 제 실력으로는 상대를 해치우기 힘들더라고요. 한데 상대도 저와 싸우는 것이 힘에 부쳤는지 펑 소리와 함께 사라지더라고요.]

[엉? 상대가 도망쳤다고?]

악룡족 군단장은 이탄의 뇌파가 믿기지 않았다.

악룡족 군단장이 판단하기에 가마 속의 노인은 스악골 공작이 분명했다. 디아볼 제국의 성마 가운데 한 명인 스악골 말이다.

'그런데 이탄이라는 자가 그 스악골 공작을 물리쳤다고? 말도 안 돼.'

악룡족 군단장은 이탄의 진정한 정체를 알지 못했다. 악룡족 군단장은 이탄이 곧 말테 황태자라는 사실도 몰랐다.

그럼에도 불구하고 악룡족 군단장은 이탄의 주장을 반박하지 못했다.

이탄의 주장에는 아무런 허점이 없었다. 이탄의 말마따나 가마 속의 노인은 홀연히 사라진 상태였다. 이탄은 멀쩡하고 상대는 자취를 감추었으니 이것은 노인이 도망쳤다고 밖에 볼 수 없었다.

제2화

악마종의 유희

Chapter 1

'설마 이탄 녀석이 성마일까?'

악룡족 군단장은 문득 이런 의심을 품었다.

이탄이 스악골 공작을 물리치려면 최소한 그도 성마여야 했다. 악룡족 군단장의 상식으로는 그러했다.

그러다 악룡족 군단장이 고개를 가로저었다.

'에이. 아니겠지. 아무리 봐도 이 젊은 악마종 녀석이 성마 같지는 않아. 그럼 뭐지? 혹시 가마 속의 노인이 허풍쟁이였나? 진짜 스악골이 아니라 그럴듯하게 스악골 공작의 흉내만 내는 가짜?'

악룡족 군단장이 판단하기에 가마 속의 노인은 아무래도

진짜 스악골이 아닌 것 같았다. 스악골을 흉내 낸 가짜가 분명했다. 그렇지 않고서는 지금 악룡족 군단장이 눈앞에 펼쳐진 상황을 설명할 길이 없었다.

'젠장 맞을! 내가 괜히 몸을 사렸구나. 가마에 타고 있던 영감탱이가 가짜 스악골 공작이라는 사실을 알았다면 진즉에 붙잡아서 혼을 내주었을 텐데, 괜히 귀족들과 관료들 앞에서 내 체면만 구겼잖아. 끄으응.'

악룡족 군단장은 가짜 스악골 앞에서 몸을 사린 사실이 민망하고 부끄러워서 얼굴을 들 수가 없었다.

그렇다고 해서 이미 벌어진 일을 되돌릴 수도 없는 상황이었다. 결국 악룡족 군단장은 입을 꾹 다문 채 쿵쿵쿵 발을 굴러서 대사관 동문으로 향했다. 발걸음 소리만 들어도 지금 악룡족 군단장이 어떤 심정인지 훤히 보였다.

[헉. 군단장님께서 들어오신다.]

[어서 문을 열어라.]

악룡족 군단장이 굳은 표정으로 다가오자 세불 대사관의 직원들은 황급히 철문을 열어주었다.

악룡족 군단장은 묵묵히 대사관 안으로 들어갔다.

[훗.]

뒤에 남은 이탄이 입꼬리를 살짝 끌어올렸다.

그날 저녁.

수도 7층에서 머물던 요제프 황자가 6층의 대사관으로 내려왔다. 요제프는 사절단을 한 자리에 모은 뒤, 향후 일정에 대해서 언급했다.

모드레우스 군주의 탄신일까지는 앞으로 한 달 가까이 남은 상황이었다. 그 기간 동안 사절단이 할 일은 다음과 같았다.

첫째, 모드레우스 제국의 최고 권력층인 황족과 친분을 쌓기.

둘째, 모드레우스 제국의 군부와 관계를 돈독히 하기.

셋째, 모드레우스 제국과 세불 제각 사이에 새로운 무역로를 뚫기.

요제프는 사절단원들을 둘러보면서 뇌파를 계속했다.

"이 가운데 황족과 친분을 쌓는 것은 내가 주도적으로 할 일이오. 하지만 군부 쪽은 나보다는 군단장께서 맡아주는 것이 좋겠소."

요제프의 시선이 악룡족 군단장에게 멎었다.

악룡족 군단장은 즉각 고개를 주억거렸다.

[알겠습니다, 황자님.]

이어서 요제프는 이자벨라와 이탄에게 눈길을 돌렸다.

[그리고 모드레우스 제국과 새로운 무품 교역로를 뚫는

일은 두 분이 맡아주면 좋겠소. 교역 품목이 뭐가 되었든지 간에, 앞으로 한 달 안에 가시적인 성과가 있으면 좋겠구려.]

[노력해보겠습니다, 황자님.]

이자벨라가 정중하게 대답했다.

요제프는 이탄의 꼭두각시였다. 노예인 요제프가 주인인 이탄에게 일거리를 던져준다는 것은 상상도 할 수 없는 일이었다.

하지만 공식적인 자리에서 티를 낼 수는 없는 법. 이탄과 이자벨라는 요제프에게 장단을 맞춰주었다.

요제프는 마지막으로 대사에게도 당부를 남겼다.

[대사.]

[황자님, 명령만 내리십시오.]

통통한 체격의 대사가 바짝 긴장하여 대답했다.

[사절단이 좋은 성과를 올릴 수 있도록 대사관 차원에서 모든 지원을 아끼지 마시오. 이건 나의 당부가 아니라 태자 마마의 특별한 지시사항이오.]

[명심, 또 명심하겠나이다.]

태자가 언급되자 대사는 황공하다는 표정으로 허리를 굽실거렸다.

그날 이후로 대사관의 직원들은 온갖 인맥을 총동원하여 사절단을 도왔다.

대사는 요령 좋게도 모드레우스 제국의 군부와 선을 댄 다음, 악룡족 군단장에게 소개를 시켜 주었다.

외교부 관료들도 열심히 뛰었다. 관료들은 모드레우스 제국에서 운영하는 상단, 혹은 상단에 물주 노릇을 하는 부유한 귀족 가문들을 찾아다니며 정보를 모았다.

그 결과 다음 주 초에 키스 공작가에서 화려한 연회가 열릴 것이라는 첩보가 대사관에 입수되었다.

키스 공작가는 모드레우스 제국에서 황실을 제외하면 가장 부유한 가문이었다. 이곳 가문에서 운영하는 상단의 개수만 12개.

12개의 상단들 가운데는 세불 제국과 직접 교역하는 곳도 5개나 되었다.

[엥? 그렇다면 세불 제국과 교역 실적이 없는 상단이 7개라는 소리잖앙? 그 7개는 지금까지 우리 세불 제국이 접해본 적이 없는 물건들을 다룬다는 뜻 아닌가? 야아아, 키스 공작가만 확실하게 붙잡아도 요제프 황자님이 준 미션을 단숨에 해결하겠는걸? 호호홍.]

이자벨라는 특유의 코맹맹이 뇌파를 발산했다.

비록 이자벨라의 뇌파는 장난스러웠지만 내용은 정확하

게 핵심을 짚고 있었다. 이자벨라의 말마따나 만약에 세불 제국의 사절단이 키스 공작가를 파트너로 잡을 수 있다면 새로운 교역로를 뚫으라는 황자의 미션은 그냥 해결되는 셈이었다.

[키스 공작가의 연회가 다음 주라지? 그 연회의 초대장을 무조건 입수해라. 내가 직접 연회에 참석해야겠엉.]

이자벨라가 코맹맹이 뇌파로 다그쳤다.

[넵. 이자벨라 님.]

이자벨라의 독촉을 받은 대사관 직원들은 사방으로 발품을 팔았다.

사절단의 관료들도 자신들의 인맥을 총동원했다.

하지만 연회의 초대장을 구하는 일은 그리 수월하지 않았다. 키스 공작가는 콧대가 높기 그지없어서 타국의 귀족들에게까지 초대장을 발부하지는 않았다.

Chapter 2

연회가 코앞으로 다가오는데 초대장은 구할 길이 없고.

[으아악, 이걸 어쩐단 말인가.]

대사관 직원들은 사색이 되었다. 심지어 대사까지 직접

나서서 열심히 뛰어다녔으나 키스 공작가의 높은 문턱을 넘지는 못했다.

결국 이자벨라는 최후의 패를 사용했다.

요제프 황자가 바로 이자벨라가 동원한 최후의 패였다.

과연 황족은 달랐다. 요제프가 나서자 키스 공작가의 연회 초대장이 곧바로 발부되었다.

하긴, 요제프는 보통 황족이 아니었다. 그는 세불 제국의 실세 중의 실세였다. 게다가 요제프는 모드레우스 제국으로 유학을 다녀온 터라 개인적인 인맥도 탄탄했다.

요제프는 키스 공작가의 초대장을 무려 3장이나 확보한 다음, 그중 두 장의 티켓을 이자벨라에게 건넸다.

이자벨라가 초대장을 손에 꼭 쥐고 이탄의 방을 찾아왔다.

이자벨라는 왠지 모르게 잔뜩 신나 보였다. 아마도 이탄과 함께 화려한 연회에 참석하고픈 마음 때문이리라.

"연회라……."

이탄의 반응은 뜨뜻미지근했다.

요 며칠 사이에 요제프 황자는 성과를 올리기 위해서 사절단을 다그치는 중이었다. 그러나 그 영향이 이탄에게까지 미치지는 않았다. 꼭두각시인 요제프가 감히 주인인 이탄에게 이래라 저래라 지시할 리는 없는 까닭이었다.

그러던 중 이자벨라를 통해서 연회 이야기가 이탄의 귀에 들어왔다.

"키스 공작의 저택에서 큰 연회가 열린단 말이지?"

원래 이탄은 연회처럼 번잡스러운 행사는 꺼리는 편이었다. 이탄은 사교적인 성격은 못 되었다.

그런 이탄이 연회에 관심을 둔 이유는 하나였다.

"모드레우스 제국의 연회에는 이따금씩 피사노교의 신인들도 참석을 한다지? 그렇다면 혹시 이번 키스 공작가의 연회에도 그들이 나타날까?"

이탄은 방안을 서성거리며 피사노교의 신인들을 떠올렸다.

피사노교의 서열 1위인 와힛.

피사노교의 서열 2위인 이쓰낸.

피사노교의 여러 신인들 가운데 이 둘은 정점 중의 정점이었다. 이탄은 이미 다른 신인들을 만나본 터라 이 2명이 유독 궁금했다.

"와힛은 얼마나 강할까? 이쓰낸은 또 어떨까? 그들은 과연 만자비문의 권능을 몇 개나 가지고 있으려나?"

이탄의 마음속에는 여러 가지 궁금증들이 자라났다.

이탄이 가장 먼저 만났던 신인은 피사노교의 서열 6위인 싯다였다. 이탄은 과이올라 시에서 싯다를 만났다.

그 다음으로 이탄이 만난 신인은 서열 3위인 쌀라싸와 5위인 캄사였다. 그들은 이탄이 동차원에 머물 때 그곳으로 쳐들어왔다.

그 밖에도 이탄은 싸마니야를 포함하여 대부분의 신인들을 다 만났다.

솔직히 말해서 이탄이 만났던 신인들의 실력은 이탄의 기대에 미치지 못했다.

아니, 좀 더 정확하게 말하자면 신인들이 부족하다기보다는 이탄이 괴물처럼 강한 것이었다.

"그렇다면 피사노교의 서열 1, 2위는 어떨까? 예전에 전해 들은 바에 따르면 와힛과 이쓰낸은 나머지 일곱 신인들과는 차원이 다른 존재라던데, 진짜로 그 소문이 맞을까? 아아아, 궁금하구나."

이탄은 손바닥을 슥슥 비볐다. 호기심이 잔뜩 생길 때마다 이탄은 습관처럼 손바닥을 비비곤 했다.

다른 한편으로 이탄은 걱정도 조금 들었다.

"혹시 와힛과 이쓰낸이 내 정체를 알아보지는 않겠지?"

우려되는 바가 전혀 없는 것은 아니었다.

그래도 이탄은 걱정보다는 호기심이 더 컸다.

'설령 와힛과 이쓰낸을 정면에서 마주친다 하더라도 내 정체를 들키지는 않을 거야.'

이탄은 이렇게 확신했다.

왜냐하면 지금 이탄은 화이트 투 블랙 트랜스퍼(White to Black Transfer: 백흑 전환) 주술을 이용하여 몸속의 기운을 흑 성향으로 완전히 바꿔놓았다. 덕분에 그는 언노운 월드 시절과는 기질이 완전히 달라졌다. 또한 이탄은 흑체술의 일종인 사행술로 얼굴 모양도 악마종답게 살짝 바꿔놓았기에 더더욱 안심이었다.

"그래. 연회에 한 번 가보자."

마침내 이탄이 마음의 결정을 내렸다.

"이탄 님, 잘 생각하셨어용. 호호호호."

이자벨라는 당연히 폴짝폴짝 뛰면서 이탄의 결정을 기뻐했다.

시간이 흘러 디데이인 9월 14일이 되었다. 이탄과 이자벨라는 연회 시간에 늦지 않게 출발했다.

키스 공작가의 대저택은 모드레우스 수도 7층에 자리했다. 세불 제국의 대사관은 수도 6층에 있으므로 이탄과 이자벨라는 전기뱀장어를 닮은 마수를 타고 신마목 내부의 통로를 이용하여 7층까지 올라가야만 했다.

수도 7층은 6층보다 면적이 협소했다.

대신 7층에 상주하는 악마종들의 숫자는 상대적으로 6

층보다 적었기에 악마종 1인당 사용하는 대지의 면적은 훨씬 더 넓은 셈이었다.

실제로 수도 7층에 세워진 대저택들의 규모는 어지간한 성채를 방불케 했다. 이 저택들은 대부분 황족이나 고위 귀족들의 소유였다.

이렇듯 귀한 분들이 사는 곳이다 보니 7층에 대한 경비 태세도 철저하기 이를 데 없었다. 이탄과 이자벨라는 키스 공작가의 대저택에 도착할 때까지 총 다섯 차례나 검문검색을 받아야 했다.

그나마 이자벨라가 공작가에서 발부한 초대장을 보여준 덕분에 검문 절차가 수월했지, 초대장이 없었다면 그들은 꽤 오랜 시간 시달렸을 뻔했다.

이 모든 과정을 거쳐서 마침내 이탄과 이자벨라가 키스 대저택의 으리으리한 정문 앞에 도착했다.

"여긴가? 흐으음."

이탄은 호기심 어린 눈빛으로 저택의 외관을 둘러보았다. 검은 암석으로 이루어진 대저택의 담장은 생김새부터가 범상치 않았다.

'이건 담장이 아니라 지옥 밑바닥까지 연결된 절벽 같네.'

이탄은 문득 이런 생각을 품었다.

실제로 키스 대저택의 정문을 통과하는 즉시 절벽이 나타나는데, 깎아지른 절벽 사이로 좁고 가파른 오솔길이 형성되어 있었다. 키스 본가는 이 오솔길을 따라 지하로 한참을 내려가야 비로소 나타났다.

Chapter 3

검은 절벽 중간에는 군데군데에 구멍이 뚫려 있었다.

뻥 뚫린 구멍으로부터 시뻘건 용암이 폭포수처럼 흘러내렸다. 펄펄 끓는 용암으로부터 매캐하게 유황 냄새가 풍겼다.

대저택을 처음 건축한 초대 키스 공작은 저택의 입구 부분을 특히 마음에 들어 했다. 하여 초대 가주가 오솔길에 붙여준 이름이 '지옥으로의 초대' 였다.

이탄과 이자벨라가 정문에 도착하자 키스 가문의 문지기들이 앞을 가로막았다.

[여기서부터는 마수를 타고 들어가실 수 없습니다. 마수의 등에서 내리셔서 도보로 이동하셔야 합니다.]

문지기들의 요구사항이었다.

이탄과 이자벨라는 상대의 요구에 묵묵히 따랐다.

그러자 문지기들은 은빛 막대기를 들어서 이탄과 이자벨라의 몸을 스캔하기 시작했다.

[지루하군.]

이탄은 타이트한 검문검색이 마음에 들지 않는 듯 팔짱을 끼었다.

[이것들이 진짜.]

이자벨라의 고운 이마에도 빠직! 핏줄이 불거졌다. 이자벨라가 본격적으로 기세를 개방하자 무지막지한 살기가 쏟아졌다.

[헉?]

문지기들이 화들짝 놀랐다.

키스 공작가의 정문을 지키는 문지기들은 나름 역마 상급과 최상급의 악마종들이었으나, 이자벨라가 발산하는 서슬 퍼런 기세를 받아내기에는 역부족이었다.

이자벨라가 신경질적으로 쏘아붙였다.

[빨리빨리 좀 처리하지? 초대장을 보내놓고 이렇게 귀찮게 굴면 앞으로 누가 공작가의 연회에 참석할까 몰라.]

[죄송합니다. 이제 다 끝났습니다. 마지막으로 두 분의 초대장이 진짜인지만 확인하고 곧바로 안내해드리겠습니다.]

[흥.]

이자벨라가 싸늘하게 코웃음을 쳤다. 그녀의 기세가 어찌나 사나웠던지 문지기들은 등에서 식은땀을 흘려야 했다.

잠시 후, 확인 절차가 모두 끝났다.

[오래 기다리셨습니다. 안으로 모시겠으니 저기 있는 시녀를 따라가시지요.]

문지기들은 이탄과 이자벨라에게 시녀를 붙여주었다.

드레스 복장의 시녀가 이탄과 이자벨라를 대저택 내부로 안내했다. 이 시녀는 대나무처럼 몸이 비쩍 마르고 키가 무척 컸다. 시녀가 입고 있는 풍성한 드레스의 뒤로 뱀의 꼬리 같은 것이 길게 늘어져 바닥을 S자로 쓸었다.

시녀는 이탄과 이자벨라를 절벽 사이의 오솔길로 안내했다.

오솔길은 하염없이 땅 속으로 이어졌다. 절벽 곳곳에 노출된 용암 때문에 주변의 기온은 무척 높았다.

오솔길의 양옆에서는 용암이 20 센티미터의 폭으로 졸졸졸 흘렀는데, 방문자들이 조금이라도 실수하여 발을 헛디딘다면 용암에 발이 녹아버릴 판국이었다.

키스 공작의 저택은 깎아지른 절벽 아래 지하 깊숙한 위치에 자리했다. 이탄은 딱딱한 고딕 풍의 저택을 올려다보았다.

회색 벽돌로 이루어진 대저택은 무수히 많은 뾰족한 지

붕들을 자랑했다.

지붕과 창문 사이에는 각종 악마를 묘사한 조각상들이 붙어 있었는데, 이것들은 평범한 조각상이 아니었다. 조각상 하나하나가 눈알을 움직여서 저택에 방문한 자들을 세심하게 감시했다.

저택 외벽에는 넝쿨식물이 찰싹 달라붙어서 건물 전체를 보호하듯이 자라났다. 특이하게도 이 넝쿨 식물의 잎사귀는 용암으로 이루어져 있었다.

바람에 식물 잎사귀가 흔들릴 때마다 용암이 바닥에 뚝뚝 떨어졌다. 낙하한 용암은 치이익! 소리를 내며 연기를 내뿜었다.

시녀가 다가서자 저택의 문이 좌우로 활짝 열렸다.

문을 열어준 자들은 두 다리가 없이 바닥에 엎드려 있는 악마종들이었다. 화상을 입은 듯 얼굴이 흉측하게 뭉그러진 악마종들은 이탄과 이자벨라가 저택 건물 안으로 들어가자 다시 육중한 문을 닫았다.

안내를 해준 시녀가 뇌파를 가다듬어 아뢰었다.

[세불 제국의 귀족께서 오셨습니다. 이자벨라 대영주님과 이탄 님이십니다.]

세불이라는 단어에 호기심을 느낀 듯, 건물 안의 악마종 몇 명이 이탄과 이자벨라에게 시선을 주었다.

[세불 제국? 그곳의 귀족도 초대된 거야?]

[쳇. 오늘 물이 안 좋네.]

모드레우스 제국의 귀족들은 세불 제국을 그리 높이 평가하지 않았다. 그나마 몇몇 악마종들만이 이렇게 중얼거렸을 뿐, 대부분의 연회 참석자들은 이탄과 이자벨라에게 눈길도 주지 않았다.

반면 이탄과 이자벨라는 연회장의 풍경을 관심 있게 둘러보았다.

저택 문 안쪽의 넓은 홀에는 연회에 초대를 받은 참석자들이 와글와글 모여서 담소를 나누는 중이었다. 잘 차려 입은 참석자들 사이로 시녀들이 바쁘게 지나다니면서 술과 안주를 날랐다. 연회의 참석자들은 시녀들이 들고 다니는 크리스털 쟁반에서 술잔을 들어 흥청망청 마셨다.

넓은 홀 한구석에는 인어를 닮은 마수가 마법에 걸린 채 몸이 굳어 있었다.

요리사 복장의 시녀가 살아있는 마수의 옆구리에서 살점을 얇게 썰어서 접시에 담았다. 그러면 연회의 참석자들이 그 접시를 가져가서 안주로 삼았다. 불쌍한 마수는 피를 뚝뚝 흘리면서도 꼼짝도 하지 못했다.

홀의 반대편 구석에서는 소를 닮은 마수가 마법에 의해 몸이 굳어 있었다. 또 다른 요리사는 마수의 등심 부위를 뚝 잘라 베어서 날 것 그대로 접시에 담았다.

연회의 참석자들은 이 접시도 연신 가져갔다.

한편 홀의 중앙에서는 화려한 드레스를 입은 악사들이 감미로운 노래를 불렀다.

물론 악마종의 기준에서 감미로운 노래일 뿐 이탄이 듣기에는 거북했다.

홀의 양 사이드에는 나선형의 계단이 있었는데, 이 계단을 따라서 2층과 3층, 4층으로 올라갈 수 있었다.

다만 각층 계단 앞에는 검은 복장의 악마종들이 우뚝 서서 신분을 확인한 뒤에나 위층으로 올려보내 주었다.

Chapter 4

이자벨라가 이탄의 귀에 속삭였다.

[이탄 님, 연회장에 초대받은 악마종들 중에도 위아래 구분이 있나 보네요. 쳇! 특별한 초대장을 가진 참가자만이 위층으로 올라갈 수 있나 봐용. 피잇.]

이자벨라는 키스 공작가의 차별 대우에 마음이 상한 듯했다.

이탄은 위층을 힐끗 올려다보았다.

지금 이탄이 서 있는 홀 1층에서는 2층의 모습이 잘 보이지 않았다. 3층이나 4층은 더더욱 볼 수 없었다. 다만 위층의 난간에 기대어 1층 홀을 굽어보고 있는 악마종들의 모습만 볼 수 있을 뿐이었다.

그러던 중 3층 난간에서 요제프 황자가 얼굴을 내밀었다.

[오!]

요제프는 이탄과 이자벨라를 보자마자 후다닥 계단 아래로 내려왔다.

요제프가 움직이자 모드레우스 제국의 황녀인 아네타도 동행했다.

[이탄 님, 오셨습니까?]

요제프는 이탄의 뇌에만 들리도록 조그맣게 인사했다.

[그래.]

이탄은 요제프와 시선을 마주치고는 짧게 인사를 받았다. 물론 겉으로는 요제프를 황자로 대접해주었다.

[요제프 황자님을 뵙습니다.]

이탄과 이자벨라가 뇌파를 하나로 모아서 정중히 아뢰었다.

요제프도 연극을 하듯이 이탄과 이자벨라를 맞았다.

[어서들 오구려. 이렇게 두 분을 보니 한결 든든하구려. 자, 어서 위로 올라갑시다.]

여기까지 이야기한 뒤, 요제프는 아나테 황녀를 돌아보았다.

[아네타, 여기 있는 귀족들은 우리 세불 제국의 유력 악마종들이거든. 혹시 차별을 받아 1층 홀에만 머물러야 하는 것은 아니겠지? 내가 아국의 귀족들에게 잠시 후에 벌어질 재미난 유희를 보여주고 싶은데.]

아나테가 어깨를 으쓱했다.

[요제프, 나를 곤란하게 만들 셈이야? 이번 연회의 주최자는 엄연히 내가 아니라 키스 공작가문이라고. 게다가 잠시 후의 유희는 키스 공작가가 아니라 다른 분이 주최하는 행사거든. 그러니 나에게 부탁을 해봤자 소용없어. 위층으로 올라가고 싶으면 주최측의 허락을 받아야지.]

아네타는 요제프의 청을 에둘러 거절했다.

사실 아네타가 힘을 써준다면 이탄과 이자벨라가 푸대접을 받을 이유는 없었다. 키스 공작가도 황녀의 체면을 살려줘야 하기 때문이었다.

하지만 아네타는 능청맞게도 이탄과 이자벨라를 훑어보기만 할 뿐 선뜻 힘을 써주지는 않았다.

사실 아네타는 이탄과 이자벨라에 대해서 이미 보고를 받은 상태였다.

'이탄과 이자벨라. 이자들이 말테 황태자의 최측근이며

세불 제국의 실세라지? 레벨은 진마 최상급이고. 어디, 이들이 어떤 성격들인지 한번 시험해 볼까나?'

빙글빙글 웃기만 하는 아네타를 향해서 요제프가 이마를 찌푸렸다.

[이거 너무하는군. 아국의 귀족들 앞에서 내 체면을 세워 주지 않네. 쳇. 할 수 없지. 그렇다면 내가 직접 주최측에 부탁을 해볼 수밖에.]

요제프는 이탄과 이자벨라에게 잠시만 기다리라고 하고는 위층으로 올라갔다.

그러는 동안 아네타는 흥미로운 장난감을 보듯 이탄과 이자벨라를 관찰했다.

주변에 모인 모드레우스 제국의 귀족들도 이탄 등을 힐끗 힐끗 보았다.

그 눈빛들이 그다지 유쾌하지만은 않았다. 이자벨라는 기분이 나빴는지 주먹을 불끈 움켜쥐었다.

반면 이탄은 아무렇지도 않았다.

잠시 후, 나이가 지긋이 들어 보이는 귀부인이 3층 난간 밖으로 머리를 내밀었다. 갈색 머리카락 길게 딴 이 귀부인이 키스 공작가의 안주인인 공작부인이었다.

공작부인의 옆에서는 요제프가 열심히 무언가를 설명 중이었다.

키스 공작부인은 부채를 살랑살랑 흔들면서 1층 홀의 이탄 등을 굽어보았다.

[오! 키스 공작부인이시다.]

[저기 계셨구나.]

1층 홀의 귀족들은 먼발치에서라도 키스 공작부인을 대면한 것이 만족스러운 듯 고개를 위로 들고 위층을 올려다보았다. 1층의 귀족들 대다수가 키스 공작부인에게 꾸벅꾸벅 목례를 보냈다.

공작부인은 도도하게도 귀족들의 인사를 무시했다. 그녀의 눈은 오로지 요제프와 이탄 사이만을 오갔다.

이윽고 공작부인이 뇌파를 열어 요제프의 요청에 대한 답을 주었다.

그런데 무슨 의도인지 공작부인은 요제프의 뇌에만 들리도록 답한 것이 아니라 이 자리에 참석한 모든 악마종들이 전부 들을 수 있도록 공개적으로 뇌파의 출력을 높였다.

덕분에 연회 참가자들은 공작부인의 이야기를 똑똑히 듣게 되었다.

[요제프 황자님, 함께 연회에 오신 분들이 세불 제국의 유력 귀족이라는 점은 잘 알겠습니다. 저분들이 진마 최상급의 강력한 악마종이라는 사실도 잘 알겠고요. 하지만 잠시 후에 4층에서 시작될 유희는 안타깝게도 저희 키스 가문이 주

최하는 행사가 아니랍니다. 행사를 주최하실 분이 허락을 해야 저도 저분들을 위층으로 올려 보내줄 수 있답니다.]

공작부인은 자신에게 권한이 없다고 주장하면서 은근히 이탄과 이자벨라의 참여를 꺼리는 듯한 대답을 했다.

상대가 공개적으로 이야기하자 요제프도 덩달아 뇌파의 출력을 높였다.

[그러니까 제가 공작부인께 특별히 부탁드리는 것 아닙니까. 공작부인께서 한번 주최자께 힘을 써주실 수는 없을는지요? 오직 모드레우스 제국에서만 가능한 그 고급스러운 유희를 아국의 귀족들에게도 보여주고 싶어서 그럽니다.]

요제프가 키스 공작부인과 대화를 나누는 동안, 이탄은 어리둥절했다.

'고급스러운 유희라고?'

이탄은 유희가 무엇인지 알지 못했다. 솔직히 말해서 그다지 알고 싶은 마음도 없었다. 지금 이탄은 한가하게 유희나 즐길 상황이 아니었다.

'여섯 눈의 존재도 그렇고, 여러 가지로 급한 일들이 많은데 유희는 무슨. 내 팔자에 유희는 어울리지 않아.'

이탄은 유희에만 관심이 없는 게 아니었다. 솔직히 키스 공작가의 연회도 성에 차지 않았다. 그저 이탄은 오늘 이 자리에서 피사노교의 신인들을 만날 수 있지 않을까 싶어서 참석했을 뿐이었다.

그때였다. 저택 4층에서 새로운 뇌파가 들렸다.

[요제프 황자님, 공작부인을 너무 곤란하게 만들지 마시지요. 황자님도 알다시피 제가 주관하는 유희에 참석할 수 있는 악마종은 오직 두 부류뿐입니다. 첫째, 영육의 분리가 가능한 자. 둘째, 분신의 생성이 가능한 악마종. 육신의 강함과는 별개로, 이상 두 가지가 가능한 악마종만이 제가 제공하는 즐거운 유희를 맛볼 자격이 있지요. 예전에 요제프 황자님이 모드레우스 제국에서 유학 중일 때에 황자님도 유희를 한번 즐겨보고자 하셨지요? 하지만 황자님은 선천적으로 영육이 분리되는 타입은 아니었습니다. 그리고 후천적으로 분신을 생성할 수 있는 악마종도 아니었고요.]

뇌파는 굵직하면서도 기이한 힘으로 가득했다.

[끄응.]

요제프는 말문이 막혔다.

Chapter 5

조금 전에 들린 뇌파는 사실이었다. 오래 전 유학 시절 요제프는 아네타 황녀의 소개를 받아서 유희를 한번 즐겨

보고자 시도했다.

결과는 실패.

영육 분리, 즉 영혼과 육체를 분리한다는 것은 말처럼 간단하지 않았다. 요제프가 아무리 노력해도 영육 분리가 되지 않았다. 또한 요제프는 분신을 생성할 수 있는 능력과도 거리가 멀었다.

요제프가 말문이 막힌 가운데 4층에서의 뇌파가 계속되었다.

[저는 황자님의 모국인 세불 제국을 무시할 마음은 없습니다. 다만 영혼의 힘, 즉 영력이 발달한 악마종들은 대부분 모드레우스 제국에서 태어나더라고요. 그리고 그런 악마종들만이 제가 주관하는 유희를 즐길 수 있습니다. 타국의 악마종들에게는 가능성이 별로 없는 일이지요. 황자님께서는 이 점을 헤아려주십시오.]

[끄으응.]

요제프가 다시 한번 신음을 흘렸다.

그때 이탄이 나섰다.

원래 이탄은 유희라는 것에 별 흥미는 없었다. 그런데 '영육 분리', 혹은 '분신'이라는 이야기가 이탄의 관심을 잡아끌었다.

이탄이 뇌에 모아둔 어둠의 법력을 끌어올렸다.

후오옹!

이탄의 주변으로 어둑하면서도 섬뜩한 기운이 몰아쳤다. 이윽고 이탄의 분신이 하나 뚝딱 만들어졌다.

[주최자께서 보시기에 어떻습니까?]

[이정도면 제가 그 유희라는 것에 참가할 자격이 있겠습니까?]

이탄의 본체와 분신이 동시에 뇌파를 내보냈다.

[엇?]

아네타 황녀가 흠칫했다. 아네타는 어디론가 은밀하게 뇌파를 보냈다.

[설마 이탄이라는 녀석이 분신 능력도 지녔나? 이런 첩보는 없었잖아?]

1층 홀 안쪽에서 시종으로 위장한 정보부 요원이 대답했다.

[죄송합니다, 황녀님. 이탄이 분신 능력자라는 사실은 저희 정보부에서도 몰랐던 정보입니다.]

자유롭게 분신을 만들어 낼 수 있는 능력자는 첩보 요원으로 가치가 높을 뿐 아니라 정치적으로도 쓸모가 많았다. 그래서 모드레우스 제국은 분신 능력을 가진 악마종들을 특별히 관리하는 중이었다.

당연한 이야기지만, 모드레우스 제국에서는 자국의 분신

능력자만 관리하지 않았다. 제국의 정보부가 주축이 되어서 타국의 분신 능력자들도 미리 파악해두곤 했다.

한데 그 명단 안에 이탄의 이름은 없었다.

정보부 요원은 당황하여 바짝 긴장했다.

지금 아네타 황녀와 은밀하게 뇌파를 주고받은 정보부 요원은 한쪽 눈에 유리알 안경을 착용한 차림이었다.

이 요원은 세불의 사절단이 처음 모드레우스 제국에 도착했을 때 이탄과 이자벨라를 유심히 살피던 악마종이기도 했다.

아네타와 정보부 요원이 심각하게 대화를 주고받는 동안, 키스 공작부인도 새삼스러운 눈으로 이탄을 훑어보았다.

짧은 침묵 끝에 4층에서 대답이 들렸다.

[이탄 님이라고 하였나요? 분신이 무척 안정적이군요. 분식을 만들어내는 속도도 보통이 아니고요. 좋습니다. 당신 정도의 실력자라면 유희에 참여할 자격이 있습니다. 저는 이탄 님이 4층에 올라오는 것에 반대하지 않겠습니다.]

이제 공은 다시 키스 공작부인에게 돌아갔다. 요제프가 이글거리는 눈으로 공작부인을 바라보았다.

[하아.]

공작부인은 짧게 한숨을 내쉰 다음, 고개를 주억거렸다.

[유희를 주최하시는 분이 승낙했으니 어쩔 수 없네요. 요제프 황자님의 체면을 보아서라도 귀국의 귀족을 유희 참여자 명단에 올려야겠어요.]

[감사합니다. 공작부인.]

요제프가 활짝 미소를 지었다.

키스 공작부인은 검지를 좌우로 까딱였다.

[단, 2명은 곤란해요.]

[네?]

[이탄이라는 분은 받아들이겠지만 다른 한 분은 유희의 참석이 어렵다고요. 설령 다른 한 분이 분신 능력을 가졌다손 치더라도, 귀국에 2개의 자리를 내줄 수는 없어요.]

공작부인은 딱 잘라 끊었다.

[하지만⋯⋯.]

요제프가 무언가 반박을 하려 들 때였다. 키스 공작부인은 상대의 말허리를 자르고는 부연설명을 보냈다.

[요제프 황자님. 황자님이 알지 모르겠으나 이번 유희 행사를 위해서 저희 키스 가문은 많은 재화와 공을 들였답니다. 그리고도 유희에 참여할 수 있는 자리를 많이 확보하지는 못했어요. 그러니 제 입장에서는 타국의 귀족에게 자리를 2개나 내줄 수는 없는 일이지요. 황자님도 제 입장을 양해해주기 바랍니다.]

[공작부인, 그럼 저도 참관이 어려울까요?]

요제프가 조심스럽게 물었다.

공작부인은 부채로 입을 가리고 웃었다.

[오호호호. 황자님은 어차피 유희에 참여할 수 없잖아요? 그저 옆에서 다른 악마종들이 유희에 참여하는 모습을 지켜보기만 할 뿐이죠. 그렇게 참관만 하는 것까지 거절할 수야 있나요. 제가 그렇게까지 매정하지는 않답니다.]

[그럼 아국의 나머지 귀족도 참관만 하게 해주면 안 되겠습니까? 유희에 직접 참여하는 것은 이탄으로 제한하되, 저와 이자벨라는 옆에서 지켜보기만 하지요.]

요제프는 집요했다.

키스 공작부인은 곤란한 듯 입술을 깨물었다가 결국 마지못해 승낙했다.

[휴우우우. 정말 황자님은 곤란하신 분이네요. 제가 원래 이렇게까지 물렁한 성격은 아닌데……. 에잇. 어쩔 수 없죠. 이번 한 번만 요제프 황자님의 체면을 세워드리겠습니다.]

공작부인은 마지못해 요제프의 청을 받아들였다. 그리곤 아래층을 향해서 손가락을 딱! 튕겼다.

[거기 계신 세불 제국의 귀족 두 분을 위층으로 올려 보내드려라.]

공작부인의 명이 떨어지자 계단 앞을 가로막고 있던 악마종이 한 발 옆으로 비켜섰다.

이탄은 홀에 있는 악마종들의 질투 어린 시선을 받으면서 계단을 올랐다.

[이탄 님, 같이 가용.]

이자벨라는 코맹맹이 뇌파와 함께 종종걸음으로 이탄을 뒤따랐다.

1층 홀의 악마종들은 부러운 듯 이탄과 이자벨라를 지켜보았다.

Chapter 6

'음?'

4층에 발을 내디딘 순간, 이탄이 잠깐 멈칫했다.

4층 정중앙의 넓은 양탄자 위에는 노란색 로브를 깊게 눌러쓴 노인이 앉아 있었다. 노인의 앞에는 피라미드 모양의 조각이 둥실 떠서 천천히 회전 중이었다. 피라미드 조각 밑에는 황금쟁반이 하나 놓여 있었는데, 쟁반 안쪽은 푸른 물로 가득했다. 찰랑찰랑한 수면 위로 은은하게 안개가 감돌았다.

스륵, 스륵, 스르륵.

노인의 어깨에는 아나콘다를 연상시키는 노란색 뱀이 소리 없이 기어 다녔다. 이 뱀은 몸은 하나인데 머리는 총 3개였다.

그중 뱀의 머리 하나는 노인의 목을 한 바퀴 감은 뒤 가슴 쪽으로 기어 내려오는 중이었다.

두 번째 머리는 노인의 겨드랑이 사이로 들어가 등 쪽으로 향했다.

마지막 세 번째 머리는 노인의 앙상한 허벅지 안쪽으로 들어갔다가 사타구니 위로 올라왔다.

머리가 셋인 삼두사는 꼬리가 보이지 않았다.

좀 더 자세히 보면 이 삼두사는 머리와 몸통만 있을 뿐, 꼬리는 노인의 목 뒤쪽에 연결된 모습이었다.

마치 사람이 뱀과 결합한 듯한 기괴한 모습.

이탄은 노인을 목격한 즉시 피사노교의 신인들을 떠올렸다.

'피사노 쌀라싸는 가슴에 악마종의 얼굴이 박혀 있었지. 피사노 싯다는 양쪽 어깨에 악마종의 머리가 하나씩 매달려 있었어. 그리고 피사노 싸마니야는 뒤통수에 긴 혀를 가진 악마종이 매달렸다고.'

이탄의 머릿속에는 과거에 그가 만났던 신인들의 모습이 떠올랐다. 이어서 눈앞의 노인이 그 신인들과 겹쳐 보였다.

'설마!'

이탄이 눈을 동그랗게 떴다.

만약 양탄자 위에 앉아 있는 노란 로브의 노인이 피사노교의 신인이라면?

그럼 그는 피사노교의 서열 1위인 와힛이 분명했다.

'서열 2위인 이쓰낸은 여성이라고 했으니 설마 이 노인이 이쓰낸은 아니겠지. 뭐, 디아볼 제국에는 남녀의 성별이 바뀐 경우도 종종 있기는 하더라마는.'

이탄이 노인을 보고 흠칫한 동안, 노란 로브의 노인도 이탄을 정면으로 쏘아보았다. 노인의 눈은 휘황찬란한 금빛 광채를 뿌렸다.

이탄은 상대의 금빛 안광 속에서 유유자적하게 떠돌아다니는 꽈배기 모양의 문자들을 똑똑히 목격했다.

만자비문들이었다.

놀랍게도 노인이 깨우친 만자비문의 개수는 10개는 훌쩍 넘었고, 20개에는 채 미치지 못하는 듯했다.

'대략 17, 18개의 비문을 깨우쳤다고? 그럼 군주급이잖아? 세불이나 클루티보다는 아래지만, 진마 최상급보다는 더 위야.'

이탄은 노인의 수준을 성마 최하급 정도로 평가했다.

이탄에게 흡수당하기 전, 세불이 깨우친 만자비문이 총

29개였다.

이탄에게 굴복하여 툼 군단에 가입한 클루티는 세불보다 하나가 적은 28개의 만자비문을 깨달았다.

'최근에 나와 부딪쳤던 스악골 공작이 성마 최하 단계라지? 이 노인은 대충 스악골 공작과 비슷한 수준일까?'

이탄이 이런 생각을 할 때였다.

노란 로브의 노인이 금빛 안광을 거둬들이고 다시 눈을 감았다. 그러면서 노인은 굵은 뇌파로 중얼거렸다.

[세불 제국의 이탄 님이라고 했지요? 이탄 님은 독특한 분이군요. 제 금안으로도 이탄 님의 속성이나 깊이가 잘 보이지가 않아요.]

[그렇습니까?]

이탄은 무슨 소린지 모르겠다는 듯 어깨를 으쓱했다.

그러는 동안 유희에 참가할 악마종들이 속속 4층으로 올라왔다. 유희에 참가하지는 못하고 뒤에서 구경만 할 악마종들도 4층에 모였다.

그 숫자가 제법 많아서 양탄자 주변은 악마종들로 발 디딜 틈 없이 빙 둘러싸였다.

짝짝짝!

키스 공작부인이 손뼉을 쳤다.

[자자, 주목해주세요. 제가 몇몇 분들께는 미리 귀띔을

해드렸죠? 오늘 연회에서는 귀한 분을 모시고 유희 행사를 가져볼까 합니다.]

공작부인의 말이 떨어지기 무섭게 악마종들 사이에서 뜨거운 반응이 감지되었다.

[오오오!]

[재미있겠다. 킥킥킥.]

키스 공작부인은 군중들의 반응을 즐기면서 천천히 뇌파를 이었다.

[여러분들은 이미 유희에 대해서 잘 알 겁니다. 그래도 제가 한번 더 설명을 해드리죠. 유희라는 것은 여러분들의 본체는 이곳에 둔 채 영혼이 하계, 즉 언노운 월드로 내려가서 그곳의 인간족 거주민과 결합하는 행위를 뜻합니다.]

'엇?'

공작부인의 말을 듣자마자 이탄의 동공이 확장되었다.

이제 이탄은 확실해 깨달았다.

'양탄자 위의 저 노인은 피사노 와힛이 분명해. 피사노 교의 서열 1위. 백 진영에서 그렇게 행방을 알고 싶어 하는 마왕 중의 마왕이 바로 저 노인이야.'

이탄은 침을 꿀꺽 삼켰다.

키스 공작부인이 손가락 2개를 펴서 위로 들었다.

[그렇다면 우리가 왜 유희를 하느냐? 그야 두 가지 이유

가 있지요.]

　공작부인은 손가락을 하나씩 접으면서 이야기했다.

　[첫째, 유희는 즐기기 위해서 하는 것입니다. 이 자리에
모인 분들은 대부분 수만 년 이상 긴 세월을 살아온 악마
종들이 아닙니까? 그러다 보니 삶이 무료하고 지루할 때가
있지요? 이럴 때 언노운 월드로 내려가서 인간족과 결합한
뒤 그곳에서의 삶을 희롱하듯이 즐겨보면 얼마나 짜릿하겠
습니까? 혹은 귀가 얇은 인간족들을 부추겨서 타락시키면
그 또한 얼마나 즐거운 일이겠습니까? 호호호호호. 이게
우리가 유희를 즐기는 첫 번째 이유지요.]

　이어서 공작부인은 두 번째 손가락도 접었다.

　[둘째, 유희는 우리가 좀 더 강해지기 위한 통과의례와도
같습니다. 여러분도 알다시피 영혼의 힘, 즉 영력을 단련하
는 것이 얼마나 어렵습니까? 영력 수련에 비하면 음차원의
마나를 갈고 닦아 보울을 성장시키는 일은 식은 스프 먹기
나 다름없죠. 그런데 영력 수련에도 지름길이 있답니다. 하
계의 인간족과 결합하여 유희를 즐기다 보면 저절로 여러
분들의 영력이 단련이 되는 것이죠. 호호호호호.]

　이상이 키스 공작부인의 설명이었다.

Chapter 7

4층에 모인 악마종들 대부분은 키스 공작부인이 설명한 내용을 이미 알고 있었다.

그런데도 악마종들은 고개를 끄덕이거나 맞장구를 치면서 공작부인의 설명을 들었다. 오늘 공작부인에게 잘 보인 악마종들만이 유희를 즐길 기회를 얻기 때문이었다.

키스 공작부인이 악마종들 가운데 2명을 지목했다.

[우선 두 분은 선약이 되어 있으시죠? 자, 사양하지 말고 어서 양탄자 위로 올라오세요. 그리곤 황금쟁반 앞에 앉으시면 됩니다.]

공작부인의 지목을 받은 악마종들은 진마 최상급의 강자들이었다. 그런데 비교적 나이가 젊어 보였다.

그들은 흥분한 기색으로 양탄자에 오르더니 황금쟁반의 오른쪽과 왼쪽에 앉았다.

공작부인은 이탄에게도 손짓을 보냈다.

[세불 제국의 이탄 님도 양탄자 위로 올라오세요.]

이탄은 성큼 발을 내디뎌 노인의 앞에 착석했다.

키스 공작부인이 5개의 손가락을 쫙 폈다.

[오늘 유희에는 총 여덟 자리가 마련되었답니다. 벌써 세 자리가 찼으니 이제 다섯 자리만 남았죠? 그렇다면 오늘의

고급진 즐거움을 누릴 행운아가 누구냐? 지금부터 제가 다섯 분의 행운아를 뽑을게요.]

이 뇌파가 떨어지기 무섭게 여기저기서 악마종들이 아우성을 쳤다. 악마종들은 손을 번쩍 번쩍 치켜들고는 자기를 대상자로 뽑아달라며 어필했다.

개중에는 이탄을 욕하는 뇌파도 들렸다.

[아니, 이런 귀한 자리에 세불 제국 놈이 왜 끼어들어?]

[그러게 말이야. 참관이라면 몰라도 우리 자리를 빼앗아서 유희에 직접 참여하는 것은 아니지.]

[쳇. 정말 너무하네. 내가 얼마나 오늘 연회를 기다렸는데 자리 하나를 이렇게 어이없이 빼앗기다니.]

이탄은 귀가 간지러웠다.

요제프와 이자벨라도 악마종들이 헐뜯는 소리가 듣기 싫어 얼굴을 찌푸렸다.

능청맞게도 키스 공작부인은 악마종들의 비난을 못 들은 척했다. 그리곤 그녀는 양탄자 주위를 크게 한 바퀴 돌면서 5명의 행운아를 선발했다.

사실 이것은 미리 짜놓은 각본에 지나지 않았다. 오늘 유희에 참석할 악마종은 이미 정해진 상태였다. 다만 키스 공작부인은 즉흥적 재미와 연회의 흥행을 위해서 한 자리만 비워뒀을 뿐이다.

조금 전 그 한 자리를 이탄이 차지했다.

키스 공작부인이 [이탄 외에 또 한 자리를 세불 제국에 양보할 수는 없다.]고 강하게 주장한 것도 이미 유희에 참석할 악마종들이 정해져 있기 때문이었다.

어쨌거나 참여자가 결정되자마자 유희가 시작되었다. 공작부인은 농염한 미소로 유희의 시작을 알렸다.

[와힛 님, 그럼 잘 부탁드려요.]

공작부인의 뇌파를 들은 순간, 이탄의 동공 속에서 빛이 번쩍 튀었다.

'역시 이 노인이 와힛이었구나. 피사노교의 1인자! 너무나도 막강하여 인간세계에는 적수가 없으며, 그 때문에 부정 차원에 들어와 산다는 마왕이 바로 이 노인이었어.'

이탄이 지켜보는 가운데 와힛이 양손을 피라미드 조각에 가져다 대었다.

우우우우웅―.

허공에서 빙글빙글 회전 중이던 피라미드 조각은 와힛의 손이 가까지 접근하자 적극적으로 공명했다.

그 영향을 받아서인지 황금쟁반에 담긴 푸른 물은 동심원의 파문을 만들었다. 황금쟁반을 뒤덮은 안개는 더욱 짙게 변했다.

잠시 후, 찰랑거리는 푸른 물 안에서 영상이 떠올랐다.

영상 속의 배경은 신전을 보는 듯했다.

그런데 신전은 신전이되 선한 신을 모시는 곳 같지는 않았다. 신전 안에는 웅장한 기둥이 줄지어 늘어섰고, 벽에는 각종 악마들을 형상화한 조각이 섬세하게 양각되어 있었으며, 제단은 피와 해골로 장식되었다.

제단 중심부에는 흑색으로 번들거리는 피라미드 조각이 놓여 있었다.

한편 제단까지 이르는 길에는 검은 종이가 갈기갈기 찢어져 흩뿌려진 모습이었다.

웅엉웅얼.

푸른 물 속 영상으로부터 주문 같은 읊조림이 흘러나왔다. 주문을 읊는 이들은 검보랏빛 로브를 눌러 쓴 인간족이었다. 그 가운데는 남성도 있고 여성도 있었다.

성별은 대충 2대 1.

남성이 3분의 2이고 여성이 3분의 1 수준이었다.

검보랏빛 로브를 입은 자들은 손에 황금 그릇을 하나씩 들었다. 그릇 안에는 붉은 핏물이 가득 담겼다.

검보랏빛 로브를 입은 자들이 바닥에 뿌려진 검은 종이를 맨발로 밟으며 제단 앞으로 다가왔다. 검은 종이는 사람들의 맨발에 닿자마자 화르륵 타올랐다.

발밑에서 불길이 치솟건만 검보랏빛 로브를 입은 자들은

전혀 동요하지 않았다. 그들은 발바닥이 시뻘겋게 달궈져도 전혀 고통을 느끼지 못하는 듯했다.

이탄이 지켜보는 가운데 푸른 물 속의 인간족들은 제단을 빙 둘러쌌다. 그들은 자신들이 들고 있던 황금 그릇을 머리 위로 올린 다음, 세 바퀴를 돌렸다. 그런 다음 제단 위의 피라미드 조각에 차례로 핏물을 부었다.

우우우우웅—.

흑색이던 피라미드 조각이 피를 흡수하면서 붉게 발광했다.

우우우우웅—.

그에 동조라도 하듯이 와힛이 손으로 감싸고 있던 피라미드 조각도 발갛게 달아올랐다. 피라미드 조각은 색만 변한 것이 아니라 바르르 진동도 했다.

'푸른 물 속에 비친 영상은 분명 언노운 월드의 피사노교야. 그런데 저 신비로운 피라미드 조각이 언노운 월드와 이곳 부정 차원을 연결하나 보구나. 하긴, 예전에 내가 부쉈던 부정의 요람도 피라미드 모양이었지.'

이탄은 피사노교의 신도들이 피라미드 조각에 피를 뿌려 제사를 지내는 모습을 흥미롭게 지켜보았다.

'그러고 보니 사도가 된 자들에게는 부정 차원의 악마종과 결합할 기회가 주어진다고 했어. 설마 지금 그 의식을

진행 중인 것인가?'

이탄의 짐작이 옳다면, 영상 속의 검보라빛 로브를 입은 자들은 피사노교의 사도들이 분명했다. 그리고 그 사도들은 지금 부정 차원의 악마종을 소환하여 결합하기 위해서 특별한 초마의식(악마를 초대하는 의식)을 치르는 모양이었다.

Chapter 8

'의식에 성공하여 고위 악마종과 결합하고, 그 고위 악마종의 권능을 잘 인계받은 사도들은 피사노교에서 높은 지위를 하사받겠지. 개중에 특별히 강력한 힘을 부여받은 사도는 10번째 신인이 될지도 몰라.'

이탄은 이렇게 추측했다.

그 추측이 맞았다. 지금 피사노교의 신인들은 초마의식을 통해서 부정 차원의 고위 악마종들과 결합하는 데 성공한 자들이었다.

초마의식이 조금 더 진행되었다.

'혹시 내가 아는 사도 중에도 초마의식에 참여한 사람이 있으려나?'

이탄은 이 점을 궁금히 여겼다.

다른 한편으로 이탄은 엉뚱한 걱정도 품었다.

'만약 내가 초마의식을 통해서 사도와 결합하면 어떻게 되는 거지? 내 영혼의 일부가 대상자의 몸에 들어가는 것인가? 따지고 보면 간철호의 영혼 속에도 내 분혼이 들어가서 장악을 해버린 거잖아? 그런 형태면 괜찮지만, 쌀라싸나 싸마니야처럼 상대의 몸에 내 머리가 매달리는 흉측한 꼴이 되기는 싫은데.'

그때 와힛이 뇌파를 보냈다.

[자, 8명의 유희 참여자 가운데 첫 번째로 시도할 분은 누구인가요?]

질문이 나오기 무섭게 여악마종이 손을 들었다.

[와힛 님, 제가 해보죠.]

[좋습니다.]

와힛이 빙그레 웃었다.

와힛의 목덜미에선 커다란 아나콘다가 쉿쉿 소리를 내었다. 그 아나콘다가 머리를 길게 뻗어 여악마종의 손에 접촉했다.

와힛이 속삭였다.

[몸에 힘을 쭉 빼십시오. 그리곤 영혼을 육체에서 분리하여 제 아나콘다에게 넘기십시오. 그러면 그 영혼이 황금쟁반 속으로 녹아들어 가 하계의 인간족과 결합할 겁니다.]

여악마종은 와힛이 시키는 대로 행했다.

여악마종의 영혼이 아나콘다의 외피를 타고 미끄러지듯이 피라미드 조각으로 들어갔다. 그리곤 황금쟁반 속으로 퐁! 떨어졌다.

여악마종의 영혼은 단숨에 차원을 뛰어넘어 언노운 월드로 넘어갔다.

제단 주위를 둘러싼 피사노교의 사도들은 하늘을 향해 입을 쩍 벌리고는 세차게 주문을 읊어댔다.

하늘에서 뚝 떨어진 여악마종의 영혼이 사도들의 머리 위를 한 바퀴 선회했다. 그리곤 마음에 드는 사도를 선택하여 그의 몸 속으로 쑥 들어갔다.

우우우우웅!

제단 위의 피라미드 조각이 터질 듯이 흔들렸다. 제단 주변에 뿌려진 핏물이 부글부글 들끓었다. 신전 바닥에 널려 있던 해골들은 금방이라도 되살아날 것처럼 이빨을 딱딱딱 맞부딪쳤다.

그러는 가운데 사도들 가운데 한 명이 찢어져라 비명을 질렀다.

"꺄아아아악!"

비명을 지른 사도는 여성이었다.

그런데 그냥 여성은 아니고 사타구니 사이에 남성의 성

기가 돋아난 자였다.

그녀의 이름은 힐다.

그녀는 바로 예전에 시시퍼 마탑에서 첩자 노릇을 하다가 이탄에게 쫓겨서 도망쳤던 사도였다. 그때 부정 차원에 잘못 접촉하는 바람에 여자도 아니고 남자도 아니게 되어버린 그 불운한 사도 힐다가 여악마종의 선택을 받았다.

잠시 후, 힐다의 로브가 크게 부풀었다가 부욱 찢어졌다. 힐다는 동료들 앞에서 단숨에 알몸이 되어버렸다.

주변의 사도들이 흠칫했다. 그들은 힐다의 사타구니를 보고 놀란 것이었다.

이윽고 그보다 더 놀랄 일이 발생했다. 힐다의 출렁거리는 가슴 사이에서 뿔 2개가 길게 자라났다.

"꺄아아아악."

힐다가 더욱 고통스럽게 몸을 뒤틀었다.

그래도 한번 시작된 결합은 멈추지 않았다. 가슴에서 뿔이 돋아난 데 이이서 이번에는 눈이 길게 찢어진 여악마종의 얼굴이 힐다의 가슴을 뚫고 튀어나왔다.

그때 제단 뒤편 신전 기둥 위에서 굵은 목소리가 들렸다.

"오호라! 결합에 성공했구나. 장하다."

이것은 피사노교의 서열 5위, 피사노 캄사의 목소리였다.

캄사는 무척 기분이 좋은 듯했다. 그 이유는 자신의 혈족인 힐다가 부정 차원의 여악마종과 결합하는 데 성공해서였다. 혈족들 중에 초마의식에 성공한 자가 나왔으니 앞으로 캄사의 세력은 더욱 확대될 것이었다.

"아아아아—."

힐다가 바닥에 쓰러져 축 늘어졌다.

초마의식을 보조하던 사도들이 뒤에서 우르르 달려와 힐다의 몸을 부드러운 모포로 감싸주었다.

캄사는 보조 사도들에게 특별히 당부했다.

"초마의식에 성공하여 악마종과 결합을 하고 나면 처음에는 무척 고통스러울 게다. 힐다를 잘 보살펴 주어라."

"명심하겠나이다."

초마의식을 보조하던 사도들이 기둥 위의 캄사를 향해서 공손히 대답했다.

한편 제단 주변에서는 더더욱 열기가 고조되었다. 초마의식에 성공한 사도가 탄생하자 다른 사도들이 잔뜩 흥분한 탓이었다.

사도들은 더욱 열성적으로 주문을 외웠다. 그들의 머리 위에서 사념이 뭉클뭉클 일어나 잔뜩 뭉쳤다.

'부정 차원의 고위 악마종이여, 어서 내게 오소서.'

'어서 이 땅에 내려와 나와 결합하소서.'

사도들은 한마음으로 이렇게 기원했다.

한편 부정 차원에서는 와힛이 두 번째 악마종을 지목했다.

[유희 의식은 실패 확률이 60퍼센트가 넘습니다. 그럼에도 첫 번째 지원자께서는 잘해주셨네요. 이 기운을 받아서 계속 가보죠. 다음은 누가 유희에 나서겠습니까?]

[와힛 님, 제가 해보렵니다.]

이번에는 양의 뿔을 가진 악마종이 손을 들었다.

[좋습니다.]

와힛은 그 악마종을 향해서 아나콘다를 뻗었다.

양의 뿔을 가진 악마종이 영혼을 육체에서 분리하여 아나콘다에게 밀어 넣었다. 그 혼이 피라미드 조각을 타고 황금쟁반 속으로 퐁! 떨어졌다.

양의 뿔을 가진 악마종의 영혼은 눈 깜짝할 사이에 부정 차원을 떠나 언노운 월드로 넘어갔다. 악마종의 영혼은 피비린내가 물씬 풍기는 제단 상공을 크게 한 바퀴 선회한 다음, 사도들 가운데 가장 마음에 드는 자를 골라서 결합을 시도했다.

"끄악!"

사도들 가운데 한 명이 고개를 90도로 치켜들었다. 그의 로브가 바람이 가득 찬 풍선처럼 크게 부풀었다가 빵 터졌다.

Chapter 9

사도의 발은 지상에서 20 센티미터가량 떠올랐다.

그 상태에서 사도의 관절이 뿌득 뿌득 소리를 내면서 기괴한 각도로 꺾이기 시작했다. 사도의 온몸에서는 수포가 뭉글뭉글 솟구쳤다.

수포 속에는 양의 뿔을 가진 악마종의 얼굴이 조그맣게 나타났다가 펑펑 터져버렸다.

시간이 갈수록 수포의 개수는 점점 더 많아졌다.

"끄아악, 끄아악, 아아아악."

사도의 비명 소리도 그에 비례하여 점점 더 증폭되었다. 수포가 터질 때마다 피와 고름이 질질 흘렀다.

그렇게 20분이 지났을까?

뻥!

섬뜩한 폭음과 함께 사도의 몸뚱어리가 폭발해 버렸다. 물주머니가 터지면서 물이 사방으로 튀는 것처럼, 사도의 몸이 담고 있던 피와 고름은 온 사방으로 튀어나가 동료들의 몸을 흠뻑 적셨다.

[흐어—.]

양의 뿔을 가진 악마종의 영혼은 바람 빠진 듯한 뇌파를 내뱉고는 다시 부정 차원으로 소환되었다.

양의 뿔을 가진 악마종이 휘청거리다가 양탄자 위에 쓰러졌다.

와힛이 혀를 찼다.

[쯧쯧쯧. 결합에 실패하셨네요. 하지만 이것은 귀하의 잘못이 아닙니다. 저 사도 녀석이 약해서 귀하의 강대한 힘을 받아들이지 못한 탓이지요. 한 잠을 푹 주무시지요. 비록 사도는 몸이 터져 죽었지만 귀하께는 전혀 해가 없을 겝니다.]

와힛의 말처럼 사도는 죽었으나 양의 뿔을 가진 악마종은 멀쩡했다. 다만 차원을 통과하여 왕복 여행을 하느라 영혼이 지쳐서 잠이 들었을 뿐이었다.

와힛이 또 물었다.

[세 번째는 어떤 분이 도전하시겠습니까?]

[와힛 님, 제가 하겠습니다.]

이번 도전자는 코가 뿔처럼 툭 튀어나와 있고 미간이 유독 좁은 악마종이었다. 덕분에 이 악마종은 앞에서 보면 얼굴이 갸름한데 옆에서 보면 넓었다.

와힛은 코가 뾰족한 악마종에게 아나콘다를 보냈다.

[좋습니다. 방법은 이미 아시리라 믿습니다. 영혼을 분리하여 아나콘다에게 보내주세요.]

악마종이 와힛이 지시한 대로 자신의 영혼을 육체에서

분리한 다음, 와힛의 아나콘다에게 밀어 넣었다.

악마종의 영혼이 아나콘다를 타고 미끄러져 피라미드 조각으로 들어가더니 이내 황금쟁반 속으로 낙하했다.

코가 뾰족한 악마종의 영혼은 언노운 월드로 넘어가 신전 안을 한 바퀴 선회했다. 그 아래에선 여러 명의 사도들이 음울한 주문을 외워댔다.

코가 뾰족한 악마종이 선택한 사도는 키가 멀대처럼 큰 사내였다.

하지만 이번에도 실패.

"끄아아악, 안 돼애—."

키가 큰 사도는 피부에 수포가 마구 번지면서 고통스럽게 몸을 뒤틀었다. 그러다 결국엔 몸이 폭발하여 사망했다.

코가 뾰족한 악마종의 영혼도 어쩔 수 없이 부정 차원으로 되돌아왔다.

와힛은 곧바로 네 번째 도전자를 뽑았다.

이번에는 머리카락이 뱀으로 이루어진 여악마종이 나섰다.

안타깝게도 또 실패.

악마종들의 유희는 벌써 연달아 세 번이나 실패했다. 와힛이 무겁게 한숨을 내쉬었다.

[후우, 오늘은 실적이 별로 좋지 않네요. 그렇다고 여기

서 유희 의식을 중단할 수는 없겠지요? 자, 다음 분은 누구입니까?]

와힛이 주변을 둘러보았다.

악마종들 중에는 선뜻 나서는 자가 없었다. 벌써 세 번이나 연달아 실패하는 모습을 보았기 때문이었다.

사실 오늘 와힛의 유희에 참여하는 악마종들은 키스 공작가에 엄청난 대가를 치렀다. 이들이 값비싼 대가를 선뜻 내놓은 이유는 하나였다. 유희를 통해서 언노운 월드에서의 또 다른 삶을 즐기고 자신의 영혼을 강하게 단련하고자 함이었다.

한데 결합에 실패하면 악마종들이 지불한 막대한 대가가 한순간에 물거품이 되어 날아가는 셈이었다. 악마종들은 신중해질 수밖에 없었다.

다들 망설이자 와힛이 이탄을 돌아보았다.

[그렇다면 세불 제국의 이탄 님께서 한번 도전해 보시렵니까?]

이탄을 향한 와힛의 눈동자는 그의 아나콘다 비늘만큼이나 샛노란 색이었다.

[그러죠. 제가 한번 나서보겠습니다.]

이탄은 입술을 꾹 다문 뒤, 선선히 고개를 끄덕였다.

'흐음.'

본격적으로 유희 의식에 참여하기 전, 이탄은 황금쟁반을 물끄러미 보았다. 이탄의 동공에 살짝 긴장의 빛이 스쳐 지나갔다.

피사노교의 사도와 결합하는 일에 대해서 약간의 걱정도 없다면 그건 거짓말일 것이다. 하지만 이탄은 걱정보다는 호기심이 더 컸다. 그래서 의식에도 선뜻 자원했다.

와힛이 이탄에게 주문을 넣었다.

[이탄 님, 영혼을 분리하여 제 아나콘다에게 맡기시지요.]

[알겠습니다, 와힛 님.]

이탄은 영혼을 통째로 분리하여 내주지는 않았다. 대신 이탄은 분혼 한 조각만을 똑 떼어서 아나콘다에게 보냈다.

그 순간 아나콘다가 움찔했다.

[허어!]

와힛의 노란 눈도 휘둥그레졌다.

[이탄 님, 이거 영혼이 아주 묵직하십니다 그려. 허허허. 거물이에요, 거물.]

와힛은 순수한 의미에서 감탄했다.

만약 와힛이 진실을 알았더라면? 지금 아나콘다에게 실린 영혼이 이탄의 영혼 전체가 아니라 아주 조그만 분혼 한 조각에 지나지 않는다는 사실을 와힛이 알았더라면?

그럼 와힛은 너무 놀라서 자리를 박차고 일어났을 것이다.

이탄의 분혼 한 조각이 어찌나 묵직했던지 와힛의 아나콘다가 휘청거렸다. 이탄의 분혼은 아나콘다의 등을 타고 미끄러져 피라미드 조각으로 들어갔다.

우우우우웅.

피라미드 조각이 터질 듯이 진동했다.

Chapter 10

악마종들은 불안한 듯 피라미드를 바라보았다.

'저거 저러다 피라미드 조각이 깨지는 것 아냐?'

'그럼 오늘의 유희도 여기서 끝이잖아? 젠장.'

악마종들이 웅성거리는 동안 와힛이 진땀을 흘리며 두 손에 힘을 꽉 주었다.

[이이익!]

우우우우웅—.

와힛이 전력을 다해 통제하자 피라미드 조각의 떨림이 다소 진정되었다.

그 사이 이탄의 분혼은 황금쟁반 속으로 퐁당 입수했다.

이탄의 분혼이 떨어지자 황금쟁반에 담긴 푸른 물이 크게 출렁였다. 일부 물방울은 허공에 떠 있는 피라미드 조각에 닿을 정도로 높이 튀어올랐다.

이 또한 이전에는 보지 못했던 현상이었다.

[후우우, 이거 믿을 수가 없군. 영혼의 힘이 이토록 강할 줄이야. 휴우우우.]

와힛이 혀를 내둘렀다.

다들 놀라는 가운데 이탄의 분혼은 부정 차원을 떠나서 언노운 월드에 진입했다.

그때 이탄은 분혼에 살짝 달라붙어서 무언가가 함께 언노운 월드로 넘어간 듯한 느낌을 받았다.

하지만 이탄이 다시 한번 꼼꼼하게 살펴보아도 딱히 감지되는 바는 없었다. 이탄은 일단 이 이질적인 감각을 무시하기로 했다. 그리곤 언노운 월드의 풍경부터 둘러보았다.

'역시 여기는 피사노교의 총단인가 보구나. 건축 양식이 익숙해.'

이탄은 분혼을 조종하여 신전 내부를 휙 탐색했다. 그런 다음 지상으로 낮게 내려와 사도들의 머리 위를 한 바퀴 돌았다.

사도들은 뭔가를 느낀 듯 미친 듯이 주문을 외웠다. 다들 간절함과 두려움을 동시에 느끼면서 사념을 뿜어대었다.

'엇?'

사도들의 면면을 훑어보던 중, 이탄이 멈칫했다. 제단을 둘러싼 사도들 가운데 한 명이 유독 눈에 익숙해서였다.

'이건 소리샤잖아?'

오늘 초마의식에 참여한 사도들 가운데는 소리샤가 포함되었다. 피사노 싸마니야의 혈육들 가운데 맏이이자 은근히 이탄을 견제하던 그 소리샤 말이다.

이탄은 언젠가 한 번쯤 소리샤를 손봐주려고 마음먹었다.

'하지만 지금은 때가 아니지. 내가 소리샤와 결합하는 척하면서 그의 몸을 터뜨려버릴 수도 있겠으나, 그러면 내 유희 의식도 망치는 셈이잖아. 다른 사도를 골라야지.'

이탄의 분혼은 소리샤의 앞을 지나쳐 다름 사도에게로 향했다.

사도들은 악마종의 영혼을 볼 수 없었다. 그들은 악마종의 영혼과 대화를 나누지도 못했다. 다만 감각이 예민한 사도들은 악마종의 영혼이 자신에게 가까이 다가올 때 말로 표현할 수 없는 음습한 느낌을 받았다.

소리샤도 감각이 예민한 편이었다. 그는 조금 전 이탄의 분혼이 가까이 접근했을 때 속으로 쾌재를 불렀다. 악마종의 영혼이 이 정도로 가까이 접근했으면 이것은 곧 선택을 받았다는 의미였다.

'오호라. 드디어 내게 기회가 왔구나. 부정 차원의 악마종

이 나를 선택하려나 봐. 부디 강력한 악마종이면 좋겠는데.'

소리샤는 이를 악물고 주문을 웅얼거렸다.

다른 한편으로 소리샤는 이탄을 떠올렸다.

'쿠퍼, 그 자식이 요새 너무 나대잖아. 막내 주제에 싸마니야 님께 알랑방귀를 뀌면서 관심을 독차지하는 꼴을 더 이상 봐줄 수는 없다고. 그런데 멍청한 형제자매들은 그렇게 나대는 막내를 꾸짖기는커녕 오히려 녀석을 거꾸로 감싸고돈단 말이지. 그 시건방진 막내 놈에게 본때를 보여주려면 오늘 내가 초마의식을 성공해야 해. 그래야 쿠퍼에게 향했던 싸마니야 님의 관심을 다시 내게 돌려놓을 수 있어. 그리고 감히 위계질서를 흐트러뜨리는 아우들에게 따끔한 교훈을 내려줄 수 있겠지. 흐흐흐.'

소리샤가 이런 잡념을 떠올릴 때였다. 이탄의 분혼은 소리샤를 지나쳐 다음 사도에게 휙 지나갔다.

소리샤도 그것을 느꼈다.

'헉? 안 돼. 돌아와. 안 돼. 아아아, 내가 순간적으로 잡념을 떠올리는 바람에 악마종이 멀어진 것인가? 으아아악, 안 된다고 씨발! 제발 돌아오라고.'

소리샤가 속으로 쌍욕을 퍼부었다.

이탄의 분혼은 소리샤의 애타는 마음도 몰라주고 다른 사도를 선택했다.

이탄의 분혼이 선택한 사도는 체격이 왜소했다.

이 사도는 단지 체격만 작은 것이 아니었다. 몸에 보유하고 있는 마나도 풍부하지 않을뿐더러 사념도 진하지 않았다.

심지어 이 사도는 주문을 외는데 열의도 없어 보였다.

이탄은 이 사도가 굉장히 조심스러운 성격이며, 어떻게든 튀지 않으려고 하고, 목숨을 무척 아낀다는 느낌을 받았다.

솔직히 이탄은 이렇게 소심한 성격을 그리 좋아하지 않았다.

그럼에도 불구하고 이탄이 이 왜소한 체격의 사도를 선택한 이유는 하나였다. 이탄의 망막에 맺힌 정보창 때문이었다.

— 종족: 마운틴 일족 (주술사 계열로 추정)
— 주무기: 근미래 예지
— 특성 스킬: 현혹, 고스트 핸드(Ghost Hand)
— 성향: 흑
— 레벨: A+
— 주 출몰지역: 언노운 월드 산속
— 출몰빈도: 희박

이것은 간씨 세가에서 개발한 정보창이었다. 놀랍게도 이 정보창은 차원을 뛰어넘어 부정 차원에 머무르고 있는 이탄의 망막에 직접 맺혔다.

'허어! 이게 된다고?'

이탄은 두 가지 면에서 감탄했다.

첫째, 이탄은 간씨 세가가 개발해낸 정보창이라는 신기술(?)의 위력에 감탄하였다.

둘째, 이탄은 망령들의 폭넓은 사회 진출(?) 때문에 감탄했다.

'저 사도의 정보가 내 망막에 찍혔다는 것은, 곧 간씨 세가의 망령들 가운데 누군가가 저 사도에 대한 정보를 수집했다는 뜻이잖아? 그 이야기는 다시 말해서 간씨 세가의 망령들 가운데 누군가는 피사노교의 핵심부에까지 파고들었다는 뜻이겠지?'

이탄은 혀를 내둘렀다.

간씨 세가는 멀쩡한 사람의 머리를 베어서 망혼목에 매단 다음, 그 희생자의 영혼을 언노운 월드로 들여보내서 싸이킥 에너지의 채굴하도록 시켰다.

이탄도 그 희생자 중 한 명이었다.

이탄이 판단하기에 이 왜소한 체격의 사도는 피사노교의 6개 계열 가운데 신탁 계열이 분명했다. 오직 신탁사도만

이 미래를 예지할 수 있는 능력을 부여받기 때문이었다.

Chapter 11

'한데 신탁사도들은 다른 계열의 사도와는 달리 피사노교를 떠나서 외부로 나가는 경우가 희박하지 않나? 이상하다.'

이탄이 고개를 갸웃했다. 이해가 잘 되지 않는 점이 있어서였다.

적진에 직접 침투하는 잠행사도.

적과 맞서 싸우는 호교사도.

신도들을 모집하는 포교사도.

이들 세 부류는 워낙 바깥 활동이 많아 간씨 세가의 정보창에 정보가 수집될 가능성도 높았다.

하지만 신탁사도는 아니었다.

'그런데도 내 정보창에 정보가 찍혔다는 것은, 다시 말해서 이 사도의 주변에 간씨 세가의 망령이 있다는 뜻이야. 혹은 이 사도가 곧 망령일지도 모르지.'

이탄은 이 왜소한 체격의 사도를 선택하기로 결심했다.

'녀석이 가지고 있는 근미래 예지 특성도 나에게는 없는

것이라 탐이 나지만, 그보다는 간씨 세가의 정보창 시스템
이 궁금해서라도 이 녀석과 결합을 해봐야겠어.'

이탄은 망설임 없이 선택을 마쳤다. 이탄의 분혼 한 조각
이 왜소한 사도의 몸속으로 푹 들어갔다.

"끄억!"

이탄의 선택을 받은 사도가 외마디 비명과 함께 고개를
뒤로 젖혔다. 사도의 로브가 펑! 터지면서 깡마른 몸이 드
러났다. 사도의 눈은 그대로 까뒤집혀 흰자위가 번들번들
하게 드러났다. 사도의 온몸에 혈관이 불거졌다.

"끄억, 끄억, 끄아아악, 살려줘."

사도가 미친 듯이 비명을 질렀다.

이 사도는 고통을 참는 데 이력이 난 자였다.

그런데도 이탄의 분혼과 결합하는 고통은 참을 수가 없
었다. 이건 마치 감당할 수 없는 강적이 몸속으로 강제로
파고들어 와 피부와 근육을 그대로 터뜨려버리려고 드는
것 같았다. 실제로도 사도의 피부가 쩍쩍 갈라졌다. 근육도
우두둑 찢어졌다. 온몸의 뼈가 뒤틀리고 또 부러졌다.

"끄어어어억."

뇌를 하얗게 만드는 듯한 고통 속에서 사도의 정신은 완
전히 해제되다 못해 아예 백치처럼 허물어져 갔다.

'그럼 안 되지. 내 허락도 없이 붕괴할 수는 없어.'

이탄의 분혼이 사도의 근육을 다시 이어 붙였다. 으스러진 뼈도 다시 복구했다. 그러면서 이탄은 사도의 뇌에 담긴 기억들을 읽어 내려갔다.

사도의 이름은 린.

그는 피사노교의 아홉 신인들 가운데 일곱째인 사브아의 혈족이었다. 이탄은 예전에 실키 가문에서 만났던 사브아를 머릿속에 떠올렸다.

사브아는 머리카락이 곱슬곱슬하고 표정이 나른한 마녀였다. 이탄은 사브아로부터 아몬의 심혈관을 하사받아 아몬의 토템을 복원하는 데 성공했다.

사브아는 여러 명의 혈족을 두었는데, 그중 여성들이 두각을 나타내어 사도로 진출했다. 린은 드센 누나들에게 치여서 제대로 기도 펴지 못하고 성장했다.

그러던 린이 사도가 될 수 있었던 것은, 그가 신탁사도의 특성을 개화한 덕분이었다.

피사노교의 여섯 종류의 사도들 가운데 신탁사도가 가장 귀했다. 피사노교의 보고에서 아리만(Arimanius: 신탁)의 별을 열어서 신탁사도가 될 수 있는 자들은 그리 흔치 않았다.

린도 신탁사도의 특성을 개화하기 전까지는 사브아의 눈에 띄지도 않는 미미한 존재였다. 그러다 린이 신탁사도가 된 이후로 사브아의 관심을 반짝 받았다. 누나들의 관심도 린에게 집중되었다.

미래를 예지할 수 있는 능력자를 곁에 두면 여러모로 쓸모가 많기 때문이었다.

그 후로 사브아와 그녀의 혈족들은 온실 속의 화초처럼 린을 보호해주었다.

때문에 사브아와 그녀의 딸들은 린이 초마의식에 참여하게 된 것을 탐탁지 않아 했다.

"초마의식에 참여한 사도들 가운데 상당수가 몸이 터져서 죽어버리잖아. 그런 위험한 의식에 왜 우리 린이 참여해야 해?"

심지어 사브아는 이렇게 항의도 했다.

그래도 어쩔 수 없었다.

초마의식을 주관하는 것은 제례사도들의 임무였다. 그리고 모든 제례사도들의 꼭대기에는 피사노교의 서열 4위인 아르비아가 앉아 있었다.

아르비아는 초마의식에 대한 경험이 많았다. 그녀는 초마의식의 성공률을 높일 방법도 숙지했다.

"여섯 부류의 사도들을 골고루 섞어라. 부정 차원의 악마종이 이 여섯 부류 가운데 어떤 사도를 마음에 둘지 모른다. 그러니 악마종들의 입맛을 맞추려면 모든 부류의 사도들이 골고루 다 포함되는 게 좋아. 마치 뷔페처럼 말이지.

흘흘흘흘."

이것이 아르비아의 명이었다.

문제는 여섯 부류의 사도들, 즉 호교사도, 제례사도, 잠행사도, 교리사도, 포교사도, 신탁사도 가운데 신탁사도의 숫자가 유독 적다는 점이었다.

그 결과 린도 어쩔 수 없이 초마의식의 명단에 포함되었다.

사브아는 린이 초마의식을 치르게 된 점이 마음에 들지 않았다.

하지만 더는 아르비아의 뜻을 반대할 명분이 없었다. 그동안 린은 수차례나 초마의식 참여를 미뤘기 때문이었다.

린이 이탄의 선택을 받아 비명을 지르는 순간, 기둥 위의 사브아가 주먹을 꼭 쥐었다.

'안 돼.'

사브아는 속으로 비명을 질렀다.

린의 조그만 육체는 금방이라도 터져버릴 것 같았다.

그런데 웬걸?

찢어지려던 린의 근육이 다시 아물었다. 기괴한 각도로 뒤틀리던 린의 팔다리도 다시 정상으로 돌아왔다.

"설마 초마의식에 성공하려는 겐가?"

사브아의 얼굴에 기대의 빛이 차올랐다.

만약에 린이 죽지 않고 악마종과의 결합에 성공한다면?

그럼 사브아와 그녀의 혈족은 악마종과 결합한 강력한 신탁사도를 곁에 두는 셈이었다.

피사노 쌀라싸가 갑자기 린에게 관심을 보였다.

"호오? 신탁사도가 악마종과 결합하는 것은 정말 희박한 일인데."

"그러게 말이에요. 심지어 우리 신인들 중에서도 신탁사도 출신은 없잖아요. 흘흘흘흘."

아르비아가 맞장구를 쳤다.

"일반적으로 신탁사도는 근미래 예지만 가능하지. 하지만 악마종과 결합하여 제3의 눈을 뜨게 되면 가까운 미래뿐 아니라 꽤 먼 미래까지 볼 수도 있지 않나? 그럼 우리 피사노교의 전략을 짜는 데 엄청난 도움이 될 게야. 백 진영 놈들의 계획을 미리 다 알아차릴 수가 있으니 얼마나 유용하겠어? 클클클."

신인들 가운데 여섯째인 피사노 싯다도 한 마디를 보탰다.

Chapter 12

신인들 가운데 다섯째인 피사노 캄사는 웃는 낯으로 사브아를 돌아보았다.

"이거 앞으로 일곱째에게 잘 보여야겠는걸. 안 그런가, 사브아?"

"호호호. 굳이 제게 잘 보일 필요가 있나요? 제 혈족이 운이 좋아 악마종의 능력을 얻은 것뿐인데요. 게다가 그 능력은 당연히 제가 아니라 교를 위해서 쓰여야지요."

사브아가 겸손하게 말했다.

그러면서도 사브아는 어깨가 으쓱해지고 콧대가 높아졌다.

한편 이탄은 분혼을 통해서 린에 대한 정보를 점점 더 많이 읽었다.

'아!'

이탄은 비로소 깨달았다.

린은 망령이었다. 그는 오래 전 간씨 세가의 탑에 끌려와 훈련을 받던 인물로, 따지고 보면 이탄의 선배인 셈이었다.

그렇게 생존훈련을 받던 어느 날이었다. 탑의 교관들은 린을 탑의 지하로 끌고 가서 수술대 눕혔다.

린은 영문도 모르고 그 자리에서 목이 잘렸다. 간씨 세가에서는 린의 머리통을 약품 처리한 다음, 망령목에 매달았다.

그 망령목의 주인은 간철호.

그러니까 지금까지 린이 채굴한 싸이킥 에너지는 이탄의 또 다른 분신인 간철호에게 전해지고 있었던 것이다.

'그랬었구나. 너도 간철호의 망령목에 매달린 56개의 머

리통 가운데 하나였어.'

이탄은 린에게 동병상련의 감정을 느꼈다.

사실 이탄의 머리통도 지금 린의 머리통 옆에 대롱대롱 매달린 상태였다. 원래 이탄은 간철호의 손자인 간세진의 망령목에 매달렸으나, 욕심 많은 간철호가 이탄의 머리통을 빼앗아갔다.

물론 그 덕분에 간철호의 영혼은 삭제를 당했고 그 빈 자리를 이탄의 분혼이 차지했지만 말이다.

'그러고 보니 간씨 세가의 일도 정리를 한번 해야 하는데.'

이탄은 자신이 벌려놓은 일들이 너무 많다고 생각했다.

언노운 월드의 모레툼 교단과 은화 반 닢 기사단.

피사노교.

간씨 세가의 미해결 난제들.

동차원의 남명.

동차원의 마르쿠제 술탑.

동차원의 북명에서 발원된 어둠의 세력들 문제.

그릇된 차원에서 인연을 맺은 여러 종족들.

부정 차원의 여러 가지 일들.

여섯 눈의 존재와 새롭게 알게 된 신급 존재들.

이상의 사건들 가운데 제대로 마무리가 된 것은 하나도

없었다. 동시에 여러 가지가 마구 진행 중이라 정신이 하나도 없을 정도였다.

'하나씩 차근차근 처리하자. 어차피 나는 시간을 조종할 수 있으니까 급할 것은 없어. 하나씩 정리하다 보면 언젠가는 벌려놓은 일들을 모두 마무리 지을 수 있을 거야.'

이탄은 편하게 생각하기로 마음먹었다.

그러는 동안 린에 대한 모든 탐색이 끝났다. 이탄의 분혼도 린의 몸에 정착을 끝마쳤다.

이탄의 분혼이 어찌나 묵직하고 거대했던지 린의 영혼은 단숨에 육체의 한구석으로 밀려나서 와들와들 떨게 되었다.

이런 상황에서 이탄이 자신이 신체 일부를 드러낸다면, 그 즉시 린의 여린 영혼은 박살 날 것 같았다.

'후우, 최소한만 결합을 해야겠구나.'

이탄의 분혼은 조심스럽게 린의 육체를 다루었다.

우선 이탄은 린의 오른쪽 엄지 옆을 살짝 찢었다. 그런 다음 피부의 균열 속으로 자신의 엄지를 살포시 내밀었다.

그러자 린의 오른손에 여섯 번째 손가락이 돋아나기 시작했다.

엄밀하게 말해서 이 여섯 번째 손가락은 린의 것이 아니라 이탄의 손가락이었다.

아니, 좀 더 엄밀하게 말하자면 이탄의 본체가 가진 손가락이 아니라 이탄의 분혼이 형상화한 손가락에 불과했다.

"끄아아악."

린이 왼손으로 오른손을 움켜쥐고 비명을 질렀다.

이탄의 분혼은 린의 오른손에 돋아난 엄지를 까딱까딱 움직여 보았다.

이탄이 권능을 발휘하자 린의 느끼던 고통이 줄어들었다. 엄지 주변의 찢어진 살도 다시 감쪽같이 아물었다.

"하! 고작 손가락 하나라니."

사브아가 얼굴을 구겼다.

다른 기둥 꼭대기에 앉아 있던 쌀라싸도 혀를 찼다.

"저런, 쯧쯧쯧. 악마종의 얼굴이 나타났으면 좋았으련만. 그래야 결합한 악마종의 권능을 마음껏 끌어다 쓸 것 아닌가. 그런데 고작 손가락 하나만 결합하는 데 그쳤구나. 이거 참 아쉽구먼, 아쉬워."

쌀라싸는 린의 불운에 안타까워했다.

아르비아가 쌀라싸의 말을 받았다.

"휴우우. 쌀라싸 오라버니 말씀처럼 참 아쉽네요. 신탁 사도들은 몸이 약한 게 탈이에요. 그러다 보니 악마종을 받아들일 체력이 부족했던 게죠. 아마도 저 아이는 부정 차원 악마종의 손가락 하나를 받아들인 것이 한계인가 봐요."

아르비아는 고개를 절레절레 내저었다.

신인들이 이렇게 한탄할 때였다. 지금까지 초마의식을 묵묵히 지켜보기만 하던 싸마니야가 사브아에게 위로의 말을 던졌다.

"사브아 누님. 그리 실망하실 것 없습니다."

"실망할 것 없다니, 그게 무슨 뜻이지? 지금 여덟째가 나를 놀리는 거니?"

사브아는 분통이 터진 듯 앙칼지게 싸마니야를 노려보았다.

싸마니야는 덤덤히 대답했다.

"사브아 누님을 놀리다니요? 제가 그럴 리가 있습니까. 다만 저는 누님의 혈족과 결합한 악마종이 무척 호의적이라 느꼈을 뿐입니다."

"응? 호의적이라고?"

여러 신인들이 동그래진 눈으로 싸마니야를 돌아보았다.

싸마니야는 좀 더 자세히 자신의 의견을 피력했다.

"여기 계신 분들은 이미 경험이 있으니까 아실 것 아닙니까. 부정 차원의 악마종들은 배려라는 감정이 거의 없습니다. 악마종들은 자신과 결합한 사도가 능력이 부족하다 싶으면 그냥 그 사도의 몸을 찢어버리고 말지요. 그런데 제가 보기에 사브아 누님의 혈족과 결합한 악마종은 저 사도가 무척 마음에 들었나 봅니다. 아까 전에도 악마종은 저 아이의 몸이 찢어지지 않도록 조심조심 결합하는 것 같았고요, 지금도 저 아이가 받아들일 수 있을 만큼만 결합을 해준 느낌입니다."

싸마니야의 말은 설득력이 있었다.

Chapter 13

쌀라싸가 맞장구를 쳤다.

"오! 그렇군. 여덟째가 잘 본 것 같네."

아르비아도 저금 전과는 달리 긍정적인 반응을 보였다.

"악마종이 그렇게 호의적이라면 고작 손가락 하나만 결합했다고 미리 실망할 필요는 없겠구먼. 흘흘흘. 비록 결합은 손가락 하나만 했다지만, 악마종이 자신의 능력을 적극적으로 빌려준다면야 활용도가 무궁무진하겠지. 흘흘흘흘."

싯다도 말을 보탰다.

"더군다나 저 아이는 신탁사도가 아닙니까. 신탁사도가 전쟁터에서 직접 싸울 일도 없는데 굳이 결합한 부위에 연연할 필요가 있겠습니까? 예를 들어서 저 악마종이 새끼손가락으로 글을 써서 제법 먼 미래까지 예지해 준다고 상상해 보십시오. 그거야말로 우리가 바라던 바가 아닙니까?"

싯다의 말을 듣자 쌀라싸가 무릎을 쳤다.

"그렇군. 여섯째가 아주 똑똑하이."

"흘흘흘. 여섯째의 말이 맞네. 미래를 알려주는데 새끼 손가락 하나면 충분하지. 암 충분하고말고. 흘흘흘흘."

아르비아도 입술을 오물거리며 웃었다.

사브아의 표정이 활짝 펴졌음은 말할 것도 없었다.

반면 이탄은 얼굴을 구겼다.

'야! 야! 야! 이 어리바리 녀석아 정신 좀 차려 봐라. 그렇게 넋 놓지 말고 정신 좀 바짝 차려보라고.'

이탄은 결합 대상이 다치지 않도록 아주 조심스럽게 결합을 해주었다.

그럼에도 불구하고 린의 영혼은 이탄의 분혼을 차마 감당해내지 못했다.

물론 이탄이 조심스럽게 다뤄준 덕분에 린의 영혼이 아주 소멸을 하지는 않았다. 하지만 린의 영혼은 까무룩 기절을 한 이후로 도통 깨어날 줄을 몰랐다.

'이런 쌍. 이거 이러면 곤란한데. 간철호의 혼이 소멸하면서 간철호의 몸뚱어리도 내 분신처럼 되어 버렸는데, 이러다 린의 영혼이 깨어나지 않으면 이 녀석도 내 분신처럼 신경을 써줘야 하잖아. 어휴우, 골치 아파.'

어쨌거나 결합은 완료되었다. 초마의식을 보조하는 사도들이 우르르 달려와서 린의 몸뚱어리를 부드러운 모포로 잘 감싸주었다.

한편 부정 차원에서는 의미 모를 탄성과 탄식들이 뒤섞여서 터져 나왔다.

[야아아, 성공이네. 유희 의식에 성공했어.]

이런 반응은 긍정적인 탄성이었다.

반면 부정적인 뇌파도 들렸다.

[에게? 겨우 손가락만 결합한 거야?]

[저러면 유희가 제대로 될까? 우리가 다른 차원에 고작 손가락 하나 들여보내려고 이 비싼 유희 의식을 치르는 게 아니잖아.]

악마종들이 이렇게 웅성거렸다.

이탄의 유희 의식은 성공이라고 보기에도 애매하고, 그렇다고 실패도 아닌 어정쩡한 상태였다.

와힛도 곤혹스러운 듯 이마를 찌푸렸다.

'이탄이라는 악마종은 엄청나게 큰 영혼력을 가지고 있는 것 같아. 그래서 제대로 결합하기 힘들었던 것일까? 제기랄. 포용력이 넓은 사도만 있었더라도 좋았을 것을. 그러면 우리 피사노교에 열 번째 신인이 탄생했을지도 모르는데.'

와힛은 안타까움에 속으로 발을 굴렀다.

그 후로도 유희 의식은 계속되었다.

여섯 번째, 일곱 번째, 여덟 번째 도전자가 연달아 언노운 월드로 넘어가 사도들과 결합하려고 시도했다.

안타깝게도 3명 모두 결합에 실패했다.

오늘 이탄을 포함하여 8명의 악마종이 유희 의식에 도전하였으나, 이 가운데 성공한 악마종은 맨 처음 도전한 여악마종과 이탄뿐이었다.

피사노교의 입장에서는 캄사의 혈족인 힐다, 그리고 사브아의 혈족인 린만이 초마의식에 성공한 셈이었다.

악마종과 결합하는 데 실패한 사도들은 의기소침하여 고개를 푹 떨구었다. 또 일부 사도들은 안도의 한숨을 내쉬기도 했다.

"그래도 결합하다가 몸이 터져서 죽는 것보다는 낫겠지. 하아아."

이것이 솔직한 반응들이었다.

하지만 사도들 중에는 실망하거나 안도하는 자들 외에 버럭 화부터 내는 자들도 존재했다.

소리샤가 대표적인 사례였다.

"빌어먹을. 뭐가 이 따위야? 내가 왜 악마종들의 선택을 받지 못하느냐고. 이건 엉터리야, 엉터리."

소리샤는 악마종의 간택을 받지 못하여 기분이 불쾌한 듯 발소리를 쿵쿵 내면서 돌아갔다.

싸마니야의 굵은 눈썹이 꿈틀 움직였다.

"쯧."

싸마니야는 높은 기둥 위에 우뚝 서서 소리샤의 무례한 행동을 불편한 기색으로 굽어보고 있었다.

소리샤는 전혀 몰랐다. 피사노교의 아홉 신인들이 지금 기둥 위에 서서 모든 장면들을 지켜보고 있다는 사실을 말이다. 만약에 소리샤가 이 점을 미리 알았더라면 그는 감히 무례한 본성을 드러내지는 못하였을 것이다.

제3화
그 남자의 귀환 II

Chapter 1

유희 의식이 종료되자 와힛은 피라미드 조각과 황금쟁반을 주섬주섬 챙겼다.

결합에 성공한 여악마종은 표정이 밝았다.

이탄은 뭔가를 곰곰이 생각하는 듯한 표정이었다.

반면 나머지 악마종들은 얼굴을 잔뜩 찌푸렸다. 그들은 키스 공작부인에게 막대한 대가를 지불하고 의식에 참여할 권리를 손에 넣었건만 막상 얻은 것이 없었다. 악마종들의 불편한 기분을 눈치챘는지 키스 공작부인이 손뼉을 쳐서 주의를 환기시켰다.

[자자자. 오늘 유희 의식은 여기까지입니다. 의식을 치른

악마종들 가운데는 기쁜 분도 있을 테고, 또 실망한 분도 있겠지요. 하지만 너무 실망하지는 마세요. 와힛 님께서 또 다른 준비를 해놓았으니까요.]

[또 다른 준비라고요? 그게 뭡니까?]

양의 뿔을 가진 악마종이 퉁명스러운 기색으로 물었다. 그는 모드레우스 제국의 변방을 지키는 변경백이었는데, 성격이 오만하고 포악하기로 유명했다.

키스 공작부인은 상대를 달래듯이 대답했다.

[와힛 님은 최근 부정의 요람을 재건하는 데 성공하셨답니다.]

[엇?]

[그게 진짜입니까?]

양의 뿔을 가진 악마종뿐 아니라 주변의 모든 악마종들이 반색했다.

부정의 요람이란 이곳 부정 차원과 언노운 월드를 잇는 차원의 문을 의미했다. 피라미드 모양의 이 문은 부정 차원과 언노운 월드에 각각 하나씩 건축되어 있는데, 과거 모드레우스 제국의 악마종들은 부정의 요람을 이용하여 좀 더 편안하게 언노운 월드에 영혼을 보내곤 했다.

경우에 따라서는 영혼만 보내지 않고 악마종이 직접 언노운 월드에 강림하는 것도 가능했다.

한데 얼마 전 언노운 월드 쪽에서 변고가 일어났다. 피사노교 총단에 세워져 있던 부정의 요람이 그만 외적의 침입을 받아서 박살 난 것이다.

한쪽 문이 붕괴하자 부정 차원에 존재하던 반대 쪽 문도 같이 무너져버렸다.

그 후로 모드레우스 제국의 악마종들은 와힛의 의식을 통하지 않고서는 언노운 월드로 넘어갈 길이 꽉 막혀버렸다. 영혼이 아니라 본체가 언노운 월드에 강림하는 것은 아예 불가능했다.

더 큰 문제는 와힛이 1년에 한두 차례만 의식을 치를 수 있다는 점이었다.

영혼을 단련하고자 하는 악마종은 많은데, 유희에 참여할 수 있는 악마종의 숫자는 제한되다 보니 여기저기서 불만이 튀어나왔다. 유희 참가를 위한 경쟁이 치열해지면서 모드레우스 제국 귀족들 간의 관계도 껄끄럽게 변했다.

그런데 키스 공작부인이 놀라운 이야기를 꺼냈다.

[그게 참말입니까? 와힛 님께서 부정의 요람을 다시 재건해냈다고요?]

힐다와 결합한 여악마종이 다그쳐 물었다.

공작부인은 대답 대신 와힛을 바라보았다.

와힛이 천천히 고개를 주억거렸다.

[그렇습니다. 위대하신 폐하와 황실의 도움을 받아 부정의 요람을 다시 재건하는 데 성공했습니다.]

[오오오, 이렇게 기쁜 일이 있단 말인가.]

[아니, 와힛 님. 그런데 왜 그 이야기를 여태 하지 않았습니까?]

[그러게 말입니다. 아하하핫.]

악마종들이 눈을 반짝반짝 빛냈다.

와힛은 쓴웃음을 지었다.

[아직 완전한 재건이 아니기 때문에 미리 말씀을 못 드렸습니다.]

[완전하지 않다고요? 조금 전에는 분명 요람의 재건에 성공했다고 하지 않으셨습니까?]

양의 뿔을 가진 변경백이 따져 물었다.

와힛은 입이 가벼운 키스 공작부인을 불만스레 쳐다본 다음, 부연 설명을 붙였다.

[험험험. 부정의 요람을 재건하는 데는 분명 성공했습니다. 그런데 두 차원 사이에 연결 통로를 뚫으려면 마무리 절차가 필요하지요.]

[마무리 절차라고요? 그게 뭡니까?]

양의 뿔을 가진 변경백이 답답하다는 표정으로 캐물었다.

와힛은 품에서 피라미드 조각을 다시 꺼내서 설명했다.

와힛이 꺼낸 피라미드 조각은 2개, 즉 한 쌍이었다. 와힛은 그 조각들을 손에 들고서 악마종들이 알아듣기 쉽게 설명을 계속했다.

[자, 여기 이 피라미드 조각이 부정의 요람이라고 칩시다. 저는 분명히 이 요람을 온전하게 재건하는 데 성공했습니다. 그런데 이 요람은 비록 완성은 되었으나 아직 통로가 연결되지는 않았습니다. 이 상태에서 여러분들이 부정의 요람으로 들어간다? 들어갈 수는 있습니다. 다만 어느 차원에서 튀어나올지 알 길이 없다는 게 문제지요.]

[아!]

악마종들은 와힛의 설명을 알아들었다.

누군가 물었다.

[그럼 통로를 어떻게 연결하면 됩니까?]

와힛은 묘한 웃음으로 대답했다.

[간단합니다. 여러분들 중 한 분이 제가 완성한 2개의 요람 중 하나를 언노운 월드로 직접 가져가서 그곳에 설치해 주시면 됩니다. 그럼 이곳 부정 차원과 언노운 월드가 다시 연결되는 것이지요.]

양의 뿔을 가진 변경백이 짜증을 내었다.

[아니, 와힛 님. 차원의 벽을 뚫고 언노운 월드로 넘어가기 위해서 부정의 요람이 필요한 게 아닙니까?]

[변경백 님의 말씀이 맞습니다.]

와힛은 순순히 고개를 끄덕였다.

짜증이 난 변경백은 좀 더 뇌파의 출력을 높였다.

[그런데 조금 전에 와힛 님이 뭐라고 했습니까? 부정의 요람으로 2개의 차원을 연결하려면 우선 차원의 벽을 뚫고서 요람의 한쪽 문을 언노운 월드에 설치해야 한다고요?]

[그렇습니다.]

와힛은 거듭 고개를 주억거렸다.

변경백은 코웃음을 쳤다.

[크흥. 이건 마치 달걀을 얻으려면 닭을 키워야 하니까 병아리부터 먼저 부화시켜라. 그런데 병아리로 부화할 달걀이 없으니까 그 달걀을 낳을 닭부터 먼저 구해라. 그런데 그 닭을 구할 방법은 존재하지도 않는 달걀을 부화시키는 수밖에 없다. 이런 소리가 아닙니까. 와힛 님, 지금 제 뇌파가 무슨 뜻인지 이해했습니까? 제게는 조금 전 와힛 님의 이야기가 마치 닭과 달걀의 문제처럼 뱅글뱅글 쳇바퀴 도는 말장난처럼 들립니다. 크흥.]

변경백의 지적에도 불구하고 와힛은 표정이 여유로웠다.

변경백도 그 사실을 눈치챘다.

Chapter 2

변경백이 은근하게 물었다.

[호오오? 와힛 님. 뭔가 숨겨둔 아이디어가 있는 것 같습니다?]

[있고말고요.]

와힛은 입가에 웃음기를 머금고 대답했다.

변경백이 반색했다.

[오호라! 역시 와힛 님은 계획이 다 있으시군요. 대체 그 아이디어가 뭡니까? 어떻게 부정의 요람을 언노운 월드로 가져가서 설치할 수 있습니까?]

와힛은 턱으로 이탄을 가리켰다.

[조금 전 유희에 성공하신 분이 있지 않습니까. 저는 저분의 영혼을 언노운 월드로 보내기 전, 저분의 영혼에 한 가닥의 실타래를 붙여두었습니다.]

이탄이 동공을 살짝 확대했다.

이탄은 와힛이 자신의 분혼 뒤에 뭔가를 붙여놓았다는 사실을 이미 짐작하고 있었다. 하지만 모르는 척 와힛의 설명을 들었다.

와힛이 이탄을 정면으로 바라보았다.

[자, 이탄 님. 이제 이탄 님께서 나서줄 차례입니다.]

[제가요?]

[그렇습니다. 이탄 님은 조금 전 언노운 월드의 인간족과 결합하지 않았습니까. 그 인간족을 조종하여 제가 붙여놓은 특수한 실타래를 살살 잡아당기도록 하시지요. 그러면 그 실타래가 부정 차원과 언노운 월드 사이에 좁은 통로를 하나 만들어줄 겝니다. 비록 실이 가늘고 위태로워서 일회용 통로에 불과할 테지만, 어쨌거나 그 일회용 통로를 이용하면 충분히 부정의 요람을 언노운 월드에 전달할 수 있지요. 허허허헛.]

[오오올? 그런 게 가능합니까?]

[역시 와힛 님은 대단하십니다.]

[와힛 님 최고!]

주변의 악마종들은 와힛을 향해서 엄지를 치켜세웠다.

그러는 동안 이탄은 잠시 눈을 감았다.

확실히 부정 차원과 이탄의 분혼 사이에는 물리적으로는 접촉할 수 없는 가느다란 실이 한 가닥 연결된 상태였다.

'이 위태로워 보이는 실을 잡아당기면 언노운 월드에 부정의 요람을 전달할 수 있단 뜻인가? 그렇다는 것은, 이 실을 잘만 활용하면 언노운 월드에 다녀오는 것도 가능하다는 의미겠지?'

이탄이 눈을 번쩍 떴다. 그리곤 와힛에게 몇 가지를 질문했다.

[와힛 님, 제가 결합한 인간족을 조종하여 와힛 님의 실을 살살 잡아당길 때 아무런 위험이 없겠습니까? 혹시 주변의 방해를 받으면 실이 끊어지거나 하는 것은 아니겠지요?]

와힛은 씁쓸한 표정을 지었다.

[역시 예리하시군요. 실이 끊어질 수도 있습니다. 이미 뇌파로 알려드렸다시피 제가 이탄 님께 붙여 놓은 실은 무척 가늘고 약해서 일회용에 불과하니까요.]

[그럼 주변에 아무도 없어서 방해를 받지 않을 때 실을 잡아당겨야겠군요?]

[그렇습니다. 이탄 님의 말씀이 맞습니다.]

[하면 저도 안정되고 조용한 곳으로 가서 인간족을 컨트롤해 봐야겠네요.]

이탄과 와힛이 뇌파로 대화를 나누는 동안, 다른 악마종들은 눈을 반짝이며 둘의 이야기를 들었다.

이탄이 와힛에게 또 물었다.

[궁금한 점이 또 있습니다. 실을 연결한 뒤, 부정의 요람을 어떻게 옮기면 될까요? 그 요람이라는 것을 지금 제게 내주실 겁니까?]

이탄이 부정의 요람에 대해서 충분히 알고 있으면서도 이렇게 너스레를 떨었다.

와힛은 헛웃음을 흘렸다.

[어허허. 세불 제국 분이시라 부정의 요람에 대해서 잘 모르시나 보군요. 부정의 요람은 물건처럼 내줄 수가 없습니다. 그것은 제법 부피가 나가는 건축물이지요.]

주변의 악마종들은 피식피식 이탄의 무식함(?)을 비웃었다.

[저자는 무식해서 부정의 요람이 뭔지도 모르나 봐?]

이런 뇌파가 여기저기서 들렸다.

이탄은 주변 악마종들의 반응을 무시한 채 또 질문을 던졌다.

[와힛 님, 가느다란 실에 의존하여 커다란 건물을 옮긴단 말입니까? 그게 진짜로 가능합니까?]

와힛은 단호하게 장담했다.

[가능합니다. 이탄 님, 실을 완전히 연결한 뒤에 키스 공작가를 통해서 제게 연락을 주시지요. 이탄 님은 오직 실만 연결해주면 됩니다. 부정의 요람을 언노운 월드로 옮기는 일은 제가 직접 하겠습니다.]

와힛은 이탄의 역할을 제한했다. 모드레우스 제국의 악마종들은 그 점이 마음에 든 듯 키득거렸다.

이탄이 마지막으로 한 가지를 확인했다.

[좋습니다. 와힛 님과 키스 공작부인께서 저를 기꺼이 유

희에 끼워주셨으니 그 정도 미션이야 해드려야죠. 제가 인간족을 조종하여 실을 연결하고 나면 그 즉시 키스 공작가에 연락을 하겠습니다. 그런데 와힛 님께 하나만 더 확답을 받고 싶군요.]

[무슨 확답 말입니까?]

와힛이 노란 눈으로 이탄을 응시했다.

이탄은 검지를 빙글빙글 돌리며 뇌파를 이었다.

[제가 실을 무사히 연결했다고 칩시다. 그럼 와힛 님께서 그 실을 이용하여 부정의 요람을 옮기지 않겠습니까? 한데 육중한 건축물을 옮기다가 실이 끊어질 수도 있을 것 같습니다. 그때 와힛 님께서 제 탓을 하면 제가 무척 억울할 것 같아서요. 아니 그렇습니까?]

[어허허허. 괜한 걱정 말고 이탄 님께서는 두 차원 사이에 실만 연결해주시지요. 그 후에 벌어지는 일은 전적으로 제가 책임을 지겠습니다. 설령 계획이 틀어진다고 하더라도 이탄 님의 탓을 하지는 않으리다.]

와힛이 손으로 자신의 가슴을 탁탁 두드렸다.

이탄은 그제야 표정을 부드럽게 풀었다. 이 순간 이탄의 머릿속에는 차원의 실을 이용한 새로운 계획들이 활발하게 돌아갔다.

와힛을 비롯한 악마종들은 이탄이 어떤 계획을 세우고

있는지 꿈에도 알지 못했다.

Chapter 3

이탄은 연회를 끝까지 즐기지도 않고 키스 공작가를 떠났다.

공작부인은 이탄을 붙잡지 않았다. 지금부터 이탄은 차원의 실을 연결하는 미션에 매진해야 하기 때문이었다.

이자벨라도 이탄과 함께 대사관으로 복귀했다.

솔직히 이자벨라는 좀 더 연회를 즐기고 싶었다.

'히잉. 이탄 님과 함께 연회에 온다고 해서 잔뜩 기대를 하고 멋도 부렸는데 이게 뭐양. 이상한 의식만 참관하다가 끝이 났잖앙. 히잉.'

이자벨라는 울상을 지었다.

그렇다고 해서 이자벨라는 이탄도 없는데 연회장에 홀로 남고 싶은 생각은 없었다. 그녀는 아직까지도 무력이 부족한 터라 모드레우스 제국의 강자들 틈에 혼자 끼어 있는 것이 불편했다. 그래서 이탄이 공작가를 떠난다고 할 때 함께 따라나섰다.

숙소로 돌아온 뒤, 이탄은 분혼을 조종했다.

마침 언노운 월드의 린도 피사노교에서 마련해준 안락한 방에서 안정을 취하던 중이었다. 이탄은 린의 몸을 조종하여 와힛이 붙여준 실을 살살 잡아당겼다. 그러면서 이탄은 실의 강도나 굵기, 연결 상태 등을 꼼꼼하게 살폈다.

"하하하. 역시 내 짐작이 맞았어. 이 정도 강도라면 일회용이 아니라 몇 번은 쓸 수 있겠는걸. 아하하하."

이탄은 통쾌하게 웃었다.

물론 와힛의 실로 무거운 건축물을 옮기려면 일회용으로 쓸 수밖에 없으리라.

"하지만 부정의 요람처럼 묵직한 건축물을 옮기지 않고 내가 직접 사용한다면 두 차원 사이를 몇 번은 오갈 수 있을 거야."

이탄은 와힛의 실을 이용하여 언노운 월드에 한 번 다녀올 생각이었다.

"그동안 내가 꽤 충동적이었지? 언령의 벽이나 아조브 등에 눈이 멀어서 차원을 마구 넘나들다 보니까 뒤처리를 못 한 것이 꽤 많아. 비록 아직까지도 아조브와 피사노의 비석은 얻지 못했지만, 그래도 이참에 언노운 월드에 돌아가서 몇 가지 급한 일들을 정리해야겠다. 그리고 시간과 관련된 현상도 다시 한번 확인해야겠어."

이탄이 그릇된 차원에 다녀올 동안 언노운 월드의 시간

은 전혀 흐르지 않았다.

실제로 이탄이 그릇된 차원에서 머문 시간은 2년 하고도 14일이나 되었다.

한데 이탄이 다시 언노운 월드로 돌아왔을 때 달력은 이탄이 언노운 월드를 떠났던 바로 그 날짜 그 시각을 가리키고 있었다.

차원을 오가는 중에 시간이 멈춰버리는 타임 프리징(Time Freezing) 현상이 일어난 것이다.

"과연 이번에도 그럴까?"

이탄은 이 점이 못내 궁금했다.

지금으로부터 4년 전, 이탄은 언노운 월드 남부의 지하도시를 출발하여 부정 차원에 진입했다.

'그런데 만약 내가 언노운 월드로 돌아갔을 때 그곳의 시간이 4년 전 그날이라면?'

그러면 이탄은 차원을 오가면서 시간을 엄청 버는 셈이었다.

"이 기회에 그 점을 확실히 체크해야지."

또 한 가지.

이탄이 4년 전의 언노운 월드로 돌아간다고 치자. 그 다음 이탄이 언노운 월드에서 이런 저런 일들을 처리한다고 치자.

"그런 이후에 다시 내가 와힛의 실을 이용해서 부정 차원으로 복귀하면 어떻게 될까? 내가 언노운 월드에 머무는 동안 부정 차원의 시간도 멈춰 있을까?"

가능성은 충분했다. 이탄이 부정 차원에서 언노운 월드로 넘어갈 때 타임 프리징 현상이 일어난다면, 거꾸로 언노운 월드에서 부정 차원으로 돌아올 때도 타임 프리징이 일어날 가능성이 있었다.

이탄은 이참에 '양방향 타임 프리징'이 일어나는지도 확인하고 싶었다.

이틀 뒤인 9월 16일.

이탄은 드디어 와힛의 실을 완벽하게 연결했다.

'와힛은 결코 호락호락한 자가 아니야. 내가 두 차원 사이에 실을 연결했다는 사실을 알아차릴지도 몰라.'

이탄은 와힛이 눈치채기 전에 언노운 월드를 다녀올 생각이었다.

부정 차원을 떠나기 전, 이탄은 요제프에게 명을 내려놓았다.

[내가 어디를 좀 다녀올 것이다. 만약에 나의 복귀가 늦어지고, 모드레우스 제국의 악마종들과 와힛이 이곳으로 들이닥친다면, 너는 모든 것에 우선하여 이자벨라를 보호하라.]

이것이 이탄의 명이었다.

[넵, 주인님.]

꼭두각시인 요제프는 충심으로 이탄의 명을 받들었다.

이탄은 똑같은 명령을 몇몇 심복들에게도 하달했다. 그런 다음 두근거리는 마음으로 와힛의 실에 몸을 실었다.

부정 차원과 언노운 월드 사이에 연결된 와힛의 실은 그 자체가 통로 역할을 했다.

그 통로는 마치 인체 내부의 신경계를 연상시켰다. 신경계를 통해서 전기신호가 빠르게 이동하는 것처럼 이탄도 번쩍! 하는 순간 가느다란 통로를 통과하여 부정 차원을 떠났다. 이탄의 몸뚱어리 전체가 갑자기 방 안에서 사라졌다. 이탄의 눈앞에서는 오색 불꽃이 화려하게 명멸했다.

"웃!"

이탄은 차원을 넘어갈 때 짧은 신음을 흘렸다. 절벽에서 갑자기 추락하는 듯한 아찔한 감각이 이탄을 사로잡았다.

그리고 잠시 후, 이탄은 어두운 방 안에서 눈을 떴다.

'이곳은……?'

이탄은 이곳 풍경이 친숙했다.

'여기는 내가 분혼을 통해서 보았던 장소로구나. 아! 저기에 내 분혼이 있군.'

이탄의 시야에 침대가 들어왔다. 넓고 안락한 침대 위에는 린이 얌전히 누워서 새근새근 잠을 자고 있었다.

'후훗! 이렇게 가까이서 저 녀석을 보니까 또 기분이 새롭네. 후후훗.'

이탄은 이불 밖으로 나온 린의 여섯 번째 손가락을 유심히 관찰했다. 그런 다음 이탄이 한 걸음을 크게 내디뎠다.

샤라랑~.

이탄의 몸이 빛의 입자가 되어 산산이 흩어졌다.

다음 순간, 이탄은 대륙 서북부에 위치한 피사노교의 총단을 떠나서 대륙 남부 그레브 시의 지하로 순간이동했다.

언노운 월드로 복귀한 바로 그 순간부터 이탄은 언령을 자유롭게 사용했다. 이탄이 가진 언령들 가운데 공간을 지배하는 무한공의 언령이 발휘된 순간, 이탄은 이미 언노운 월드 대륙을 종단해버렸다.

Chapter 4

그레브 시의 지하, 땅 속 깊은 곳에는 도시가 하나 세워져 있었다. 이 은밀한 지하도시는 한때 마르쿠제 술탑의 지부 역할을 했다.

그렇다고 하여 마르쿠제 술탑만 이 지하도시를 독점했느냐?

그건 또 아니었다. 북명과 혼명의 술법사들이 이 지하도시를 함께 활용했다.

그러니까 그레브 시 지하의 도시는 동차원 술법사들이 언노운 월드에 마련한 은밀한 거점이나 마찬가지였다.

그 신비로운 도시가 지금은 인적이 끊인 황량한 폐허로 변했다.

지하도시의 황폐화는, 얼마 전 이곳에 차원의 문이 열리고 그릇된 차원의 몬스터들이 쳐들어오면서 시작되었다.

다행히 몬스터들은 정리가 되었지만 지하도시는 이미 황폐화된 상태였다.

엎친 데 덮친 격이랄까?

한 번 나타났다가 사라졌던 차원의 문이 지하 도시 상공에 또다시 열렸다. 이번에는 그릇된 차원이 아니라 부정 차원으로 통하는 문이 개방된 것이다.

그릇된 차원의 몬스터들을 상대하는 것도 버거운데 부정 차원이라니! 술법사들이 기겁을 하면서 지하도시를 떠날 만했다.

사실 이 두 번째 문은 이탄이 만들어낸 결과물이었다. 이탄은 그릇된 차원에서 여러 가지 귀한 재료를 모아서 차원의 벽을 허물고 부정 차원으로 통하는 길을 뚫었다.

"그게 벌써 4년도 더 전의 일이지."

이탄은 스쳐 지나가는 듯한 말투로 4년 전의 사건을 뇌리에 끌어당겨 놓았다.

아니, 굳이 4년 전을 회상할 필요도 없었다. 지금 이탄의 눈앞에는 검보랏빛 파동이 너울너울 요동쳤다.

콰르르르르르—.

지하도시 상공에서 소용돌이치는 검보랏빛 파동은 서서히 옅어지는 중이기는 하였으나, 그 실체만큼은 여전히 뚜렷했다.

이탄은 검보랏빛 파동을 보자마자 확신했다.

"하하하하. 이건 내가 4년 전에 만들었던 바로 그 소용돌이잖아? 저 검보랏빛 소용돌이 깊은 곳에 차원의 벽이 허물어진 모습이 똑똑히 남아 있네. 비록 허물어졌던 부분이 빠르게 다시 메꿔지고는 있지만, 아직 조그맣게 구멍이 남아 있어. 아마도 저 구멍을 뚫고 들어가면 부정 차원의 세불 제국이 나타나겠지."

4년 전에 이탄이 만들었던 검보랏빛 소용돌이가 지금까지 지하도시 상공에 남아 있을 리는 없었다.

"그러니까 저 소용돌이가 의미하는 바는, 이번에도 타임 프리징 현상이 일어났다는 반증이겠지."

이탄은 이렇게 중얼거렸다.

4년도 더 전, 이탄은 이곳 지하도시를 떠나서 부정 차원에 진입했다. 이자벨라와 함께 말이다.

그리고 4년 뒤 이탄이 언노운 월드로 돌아왔을 때 이곳의 시계바늘은 여전히 4년 전의 그 위치에 고정되어서 전혀 움직이지 않았다. 이탄이 부정 차원에서 지내는 동안 언노운 월드의 시간은 단 1초도 흐르지 않은 것이다.

"좋아. 그렇다면 몇 가지 처리하지 못했던 일들을 마저 끝내볼까? 그런 다음 다시 부정 차원으로 넘어가서 피사노의 비석 반쪽과 아조브를 찾아야지."

이탄은 머릿속으로 계획을 정리한 다음, 무한공의 권능을 다시 한번 발휘했다.

샤라랑~.

빛의 입자로 흩어졌던 이탄이 다시 나타난 곳은 쿠퍼 본가였다.

이곳 본가 또한 이탄이 부정 차원으로 떠날 때나 지금이나 달라진 바가 없었다. 하긴, 그동안 이곳의 시간이 전혀 흐르지 않았으니 변화가 있기란 불가능했다.

다만 그때와 지금은 두 가지가 바뀌었다.

첫째, 이탄은 쿠퍼 본가를 떠날 때보다 한 층 더 강해졌다.

둘째, 그때는 이탄의 곁에 에스더와 이자벨라, 그리고 코후엠이 있었다. 지금은 3명 모두 이탄의 곁에 없었다. 셋뽀일족인 에스더는 이탄에 의해 고향으로 돌려보내졌다. 이자벨라와 코후엠은 부정 차원에 남았다.

"자, 내가 돌아왔다."

이탄은 습관처럼 손바닥을 슥슥 비볐다.

그러는 사이 블랙 투 화이트 트랜스퍼(Black to White Transfer: 흑백 전환) 흑주술이 자연스럽게 펼쳐지면서 이탄이 가진 음습한 어둠의 기운을 밝은 백 진영의 기운으로 바꿔주었다.

물론 이것은 포장만 바뀐 것일 뿐 알맹이는 그대로였다.

게다가 이탄의 피부 위에는 얇은 보호막을 뒤집어쓴 것처럼 악마종이 한 겹 뒤덮였다.

이 악마종의 정체는 화이트니스.

음차원의 마나를 신성력으로 포장해준다는 바로 그 절망과 비탄과 통곡의 악마종이 이탄의 정체를 감춰주었다.

이탄이 부정 차원에서 돌아온 바로 그 시각.

[아!]

언노운 월드 서남쪽의 구름 위에서 외마디 탄성이 들렸다.

이 탄성은 뇌파의 일종이었다. 뇌파가 동심원을 그리면서 퍼져나가자 구름이 위아래로 출렁거렸다.

탄성을 뱉은 존재는 일반적인 생명체가 아니었다. 그녀는 물질이 아니라 파동으로 이루어진 존재였다.

그녀는 정상 세계의 인과율과 깊은 관련을 맺고 있는 신적 권능자였다. 그녀는 세상이 처음 시작할 때부터 이미 존재하였으며, 세상과 함께 살아왔고, 세상이 존재하는 한 영원히 함께할 불멸자였다.

그 신격 존재가 진한 탄성과 함께 대륙 남쪽을 둘러보았다.

[이상하다? 조금 전에 공간과 관련된 언령이 작동한 것 같았어. 무척 강력하면서도 중요한 언령이 말이야. 그런데 잠깐 그 언령의 힘이 느껴졌다가 다시 물거품처럼 사라져 버렸단 말이지. 어떻게 이럴 수가 있을까? 나는 아는 자이건만, 어떻게 이렇게 깜깜히 모를 수가 있느냐고.]

신적 권능자, 즉 인과율의 여신은 깊게 한탄했다.

인과율의 여신은 정상 세계에서 벌어지고 있는 모든 일들을 다 알고 있는 '아는 자'였다. 인과율의 여신은 '인지'라고 불리는 최상격 언령의 주인이므로 그녀에게 모르는 일이란 있을 수가 없었다.

그런데 최근 여신의 눈을 벗어난 존재가 탄생했다. 인과율의 여신이 아무리 노력해도 그자는 보이지가 않았다.

다만 한 가지는 확실했다.

보이지 않는 자(이탄)는 시간이 갈수록 점점 더 많은 언령들을 깨우치고 있었다. 그것도 여신이 애타게 갖기를 원했던 최상격의 중요한 언령들을 그 보이지 않는 자가 속속들이 빼앗아갔다.

그 언령들은 원래 여신의 것이 아니었음에도 불구하고 여신은 언령을 남에게 빼앗겼다며 분노를 감추지 못했다.

[이런 빌어먹을. 대체 그놈이 누구인지 모르겠구나. 그놈인지 그년인지, 하여간에 그자를 볼 수도 없고 들을 수도 없으니 답답할 따름이로다. 하아.]

인과율의 여신은 거듭 한숨만 내쉬었다.

Chapter 5

인과율의 여신이 갑자기 머리를 가로저었다.

[아니야. 이대로는 안 되겠어.]

이 순간, 인과율의 여신은 중대한 결정을 내렸다.

[이렇게 가다가는 정상 세계 전체가 나를 배척하고 새로운 질서로 편입될 거야. 더는 이 사태를 두고 볼 수 없어. 보이지 않는 자가 흙탕물 속의 미꾸라지처럼 감추어진 존재라면, 흙탕물 자체를 완전히 빼버려야지. 이참에 아예 연못 밑바닥까지 통째로 드러내 주겠어. 그렇게 하면 미꾸라지 놈도 어쩔 수 없이 본 모습을 드러낼 테지.]

인과율의 여신은 독한 마음을 먹었다.

비록 인과율의 여신은 추종자를 두지 않는 신이었으되, 그렇다고 하여 세상에 관여할 끈이 전혀 없는 것은 아니었다.

언노운 월드에 셋.

동차원에 하나.

인과율의 여신이 직접 동원할 수 있는 세력은 4개나 존재했다.

또한 인과율의 여신은 동차원의 마르쿠제 술탑에도 낚싯바늘을 하나 드리워 놓았다.

이 가운데 언노운 월드에 위치한 3개의 세력 가운데 하나가 바로 숫자를 다루는 종파, 즉 '수의 사원'이었다. 수의 사원은 오로지 숫자로 세상만사를 파악하고자 하는 몽크들의 집단이었다.

'그곳의 몽크들 가운데는 나와 끈이 닿은 자가 존재하지.'

인과율의 여신은 기억을 더듬어 그 인연자의 이름을 떠올렸다.

[나바리아. 수의 사원에 나바리아라는 꼬마 여자아이가 있었어. 필멸자인 인간족 기준으로 지금은 나이를 좀 먹었으려나? 아니면 이미 늙어서 수명이 다했나? 만약에 나바리아가 살아 있다면 그 아이를 통해서 수의 사원에 신탁을

내려야겠구나.]

인과율의 여신은 구름 위에서 중얼거렸다. 여신이 뇌파를 발산할 때마다 구름 밖으로 상서로운 빛이 뿜어져 나왔다.

이어서 인과율의 여신은 또 다른 인연자를 떠올렸다.

[시시퍼 마탑. 그곳에도 꼬맹이 용인(龍人)이 있었지. 녀석의 이름이 뭐였더라? 그래! 라웅고. 라웅고라고 했어.]

라웅고는 드래곤과 인간족 사이에서 태어난 하프 드래곤으로, 현재 시시퍼 마탑의 부탑주였다.

인과율의 여신은 라웅고를 통해서 시시퍼 마탑도 움직여 볼 요량이었다.

마지막으로 인과율의 여신은 '레온'이라는 아주 특별한 가문을 염두에 두었다. 이 가문은 오로지 용인들로만 이루어진 특수한 곳으로, 세상 사람들에게는 거의 알려져 있지 않은 곳이었다.

다른 한편으로 인과율의 여신은 동차원의 북명 지역에도 하수인 가문을 하나 만들어 두었다.

북명의 삼대세력 가운데 가장 흉포하다고 알려진 하버마.

그 하버마를 구성하는 가문들 중에는 흰곰 수인족 일가가 버티고 있었다.

북명의 술법사들은 상고시대부터 맥이 끊어지지 않고 대를 이어온 흰곰 수인족들을 루코른 일족이라 불렀다. 또한 그들은 루코른 일족을 '집행하는 곰족'이라고 칭하기도 하였는데, 여기에는 이유가 존재했다.

사실 인과율의 여신은 2개의 이명을 가지고 있었다.

아는 자.

집행자.

그리하여 인과율의 여신은 세상 곳곳을 꿰뚫어 보다가 인과율을 벗어난 자들이 등장하면 언령으로 그들을 처단하는 집행자가 되곤 했다.

이처럼 인과율의 여신이 집행에 나설 때면 북명의 흰곰 수인족들이 옆에서 여신을 보필했다.

그때부터였다. 흰곰 일족이 '집행하는 곰족'이라고 불리기 시작한 것은.

이후 오랜 시간이 지나면서 인과율의 여신과 루코른 일족 사이의 인연도 희미하게 퇴색했다.

인과율의 여신은 더 이상 루코른 일족을 부르지 않았다.

루코른 일족도 여신 바라기를 서서히 중단했다.

설령 그렇다손 치더라도 상고시대부터 이어져 내려오던 인연의 끈이 그리 쉽게 끊어질 리는 없는 법.

[오랜만에 흰곰 녀석들도 다시 불러다 써야지.]

인과율의 여신은 수의 사원의 늙은 몽크 나바리아, 시시퍼 마탑의 부탑주인 라웅고, 신비에 싸인 레온 가문, 그리고 북명의 루코른 가문을 동시에 움직이고자 마음먹었다.

거기에 더해서 인과율의 여신은 마르쿠제 술탑에 드리워 놓은 낚싯바늘에도 신경을 썼다. 그 낚싯바늘이란 사람이 아니라 하나의 물건, 즉 법보였다. 여신의 힘이 숨겨져 있는 법보 말이다.

[이런 것들을 총동원해서라도 미꾸라지를 찾아야 해. 뿌연 흙탕물 속에 모습을 감추고 있는 그 미꾸라지 도적놈을 온전히 드러나도록 만들어야 한다고.]

인과율의 여신은 결의를 다지듯 뇌파를 중얼거렸다.

인과율의 여신이 미꾸라지(이탄) 수색을 위한 계획을 짜는 동안, 이탄도 나름의 계획표를 그렸다.

이탄은 다음과 같이 일처리 순서를 정한 다음, 그것을 본인만 알아볼 수 있는 암호로 적어놓았다.

1. 모레튬 교황청 및 은화 반 닢 기사단과의 관계 재정립.

2. 간씨 세가 세상에서 암약 중인 어둠의 세력 (아마도 쥬신 황가 복원 세력) 뿌리 뽑기.

   3. 북명의 코이오스 가문을 비롯한 어둠의 세력
들을 조사하고 조치하기.
   4. 상고시대 신들에 대한 정보를 수집하기.

사실 위의 순서들 가운데 이탄이 가장 중요하게 생각하는 것은 4번이었다.

'아마도 4번 문제는 장차 내 앞날에 크게 영향을 미칠 거야. 거기에 비하면 나머지 1, 2, 3번은 내 생사가 달려 있지는 않지. 쩌업. 언데드인 내게 생사라는 것이 있는지는 모르겠지만 말이야.'

이탄은 속으로 이렇게 중얼거렸다.

여하튼 이탄에게 가장 중요한 것은 4번이었다.

그런데도 이탄은 상고시대 신들에 대한 정보 수집을 후순위로 미뤄놓았다. 신에 대한 정보를 구하는 일은 쉽지 않을 것 같아서였다. 또한 자칫하다가는 정보 수집만으로도 이탄이 위험에 빠질 수도 있었다.

'함부로 4번 일을 하다가는 신들을 자극할 수 있지.'

이탄은 특히 4번에 대해서는 최대한 조심스럽게 접근하기로 마음먹었다.

신이란 이탄에게도 버거운 상대였다. 게다가 그런 신이 단 한 명이 아니라 여러 명 존재했다.

이탄은 여섯 눈의 존재와 같은 신격 존재들이 여럿이라는 사실을 알고는 충격을 받았다. 비록 그 신들이 아직까지 모두 존재하는지는 알 수가 없었다. 하지만 최악의 경우 그 신들이 모두 남아 있다고 봐야 했다.

솔직히 이탄은 아직까지도 여섯 눈의 존재와 싸워서 100퍼센트 이긴다는 자신은 없었다.

'피사노의 비석을 온전하게 얻든가, 새로운 술법을 연마하여 더 강해지기 전까지는 여섯 눈의 존재를 확실히 압도할 자신은 없거든. 그런데 만약 내가 여섯 눈의 존재와 싸우고 있는 도중에 또 다른 신이 개입하여 나를 공격한다면 어떻게 하지?'

이건 상상만 해도 끔찍한 사태였다. 만에 하나 그런 일이 벌어진다면 그 즉시 이탄은 소멸을 당할 수밖에 없었다.

설마 2명 이상의 신이 협동하여 이탄을 공격할 일이 있겠느냐고?

이탄은 가능성이 충분히 높다고 생각했다.

이탄이 부정 차원에서 얻은 정보에 따르면, 오랜 옛날 태고 시대에 여러 신들은 힘을 하나로 합쳐서 악신을 거꾸러뜨렸다.

이어서 그 신들은 태초의 마신 피사노도 소멸시켰다.

피사노는 악신을 쓰러뜨린 제1 공로자였지만, 그 강함

때문에 다른 신들의 질투를 받아서 소멸을 당했다.

"쯧쯧쯧. 신이라는 것들이 말이야, 아주 협잡에 능해요. 자신보다 강하다 싶으면 떼거리로 덤벼서 없애고 보는 게 바로 신들이라고. 그랬던 자들이, 이미 두 번이나 저질렀던 협공을 또다시 못하라는 법은 없지. 내가 강해지면 강해질 수록 다른 신들은 위기감을 느끼고는 힘을 하나로 합쳐서 나를 공격할 거야. 태고에 악신을 처단할 때처럼. 그리고 태초의 마신 피사노를 처형할 때처럼. 쯧쯧쯧."

이탄은 신들의 야비한 본성을 깨달은 터라 입맛이 무척 썼다.

Chapter 6

최근 모레툼 교황청은 어수선했다.

교황청의 분위기가 흐트러진 이유는 간단했다. 비크 교황이 긴 피정에 들어가 모습을 감춘 탓이었다.

비크 교황은 자신을 추종하는 추기경을 전면에 내세워서 절대 권력을 추구했었다. 모레툼 교단에 대한 비크의 장악력은 정말 대단했다.

그 절대 권력자가 사라지자 권력에 공백이 생겼다.

그나마 비크의 추종자들이 똘똘 뭉쳐 있었다면 권력의 누수 현상을 뒤로 미룰 수 있었을 터.

그런데 교황 추종 세력의 우두머리 격인 세본 추기경이 엉뚱하게도 비크 교황에게 원한을 품었다.

세본이 비크를 배신한 이유는 아들 때문이었다. 세본 추기경은 비크가 자신의 아들인 미유 주교를 암살했다고 믿었다.

사실 미유 주교 타살의 배후에는 추심 기사단의 단장인 레오니 추기경과 부단장인 나바리아가 있었지만, 세본이 그 일을 알 리가 없었다.

비크 교황과 세본 추기경의 사이가 틀어지자 그 틈을 비집고 도미니코 추기경이 파고들었다.

다른 한편으로 레오니 추기경의 주변에도 사람들이 많이 모였다.

이 세력 관계를 도식화하면 다음과 같았다.

* 비크 교황파 ― 은화 반 닢 기사단
* 레오니 추기경파 ― 추심 기사단
* 도미니코 추기경파 ― 수호 기사단

이 가운데 비크 교황파의 거목인 세본은 최근 도미니코

추기경과 은밀하게 손을 잡았다.

그리고 배후에서 이 모든 일을 주도했던 레오니 추기경은 비크 교황의 칼이라 불리는 은화 반 닢 기사단을 노리고 있었다.

"유모가 비크의 오른팔인 세본 추기경을 작업해서 비크와 사이를 벌려놓았지. 덕분에 도미니코 그 능구렁이가 어부지리를 얻기는 했지만, 일단 비크의 힘이 빠진 것은 사실이야. 여기에 더해서 비크의 칼인 은화 반 닢 기사단까지 비크의 손에서 떨어뜨려 놓는다면? 그럼 할아버지의 복수도 멀지 않았어."

레오니 추기경은 상황을 긍정적으로 판단했다.

조금 전 레오니가 언급한 유모란 나바리아를 의미했다. 그리고 레오니의 할아버지는 비크의 라이벌이었다가 의문사를 당한 슈로크 추기경이다.

나바리아 유모는 슈로크 추기경이 손녀딸 레오니에게 붙여준 가장 신뢰할 수 있는 사람이었다.

나바리아는 레오니가 세상에 홀홀단신으로 남겨졌을 때 손수 추심 기사단의 부단장이 되어서 그녀를 지켰을 뿐 아니라, 자신의 아들인 하비에르도 레오니의 곁에 붙여주었다. 또한 나바리아는 레오니를 수의 사원으로 데려와 사원의 보호 아래 두었다.

수의 사원은 중립 진영에서 몇 손가락 안에 꼽히는 곳으로, 모레툼 교단도 함부로 공격할 수 없는 철옹성이었다. 나바리아의 보호 덕분에 레오니는 비크 교황의 마수를 피해서 안전하게 성장했다.

그 후 레오니는 비크 교황이 할아버지를 죽였다는 증거를 찾기 위해 노력했다.

레오니는 오래 전부터 '비크가 할아버지를 죽였을 거야.'라는 심증을 가지고 있었다. 하지만 그 심증만으로 큰 일을 도모할 수는 없는 법. 레오니는 확실한 증거를 찾기 위해 여러 가지로 애를 썼다.

그러다 두 달 전, 드디어 레오니 추기경에게 기회가 왔다. 솔노크 시에서 미유 주교가 타살을 당하자 세본 추기경은 아들의 죽음을 파헤치지 위해서 은화 반 닢 기사단의 요원들을 대거 파견한 것이다.

레오니는 즉각 추심 기사단을 움직였다. 그녀는 이탄의 도움도 받았다.

그 결과 레오니는 은화 반 닢 기사단의 전투요원들 가운데 왼쪽 눈 밑에 하트 모양의 붉은 점이 있는 요원, 즉 56호를 생포하는 데 성공했다. 그리곤 지독할 정도로 56호를 고문하여 그가 비크 교황의 명을 받아 슈로크 추기경을 죽였다는 자백을 받아내었다.

심증이 확증으로 굳어진 순간, 레오니는 죽은 슈로크를 떠올리며 피눈물을 흘렸다. 그리곤 단호하게 칼을 뽑았다.

비크의 목을 칠 칼이었다.

애꾸눈 하비에르가 모처럼 이탄에게 연락을 취했다.

레오니가 이끄는 추심 기사단은 총 10개 부대, 12개 조, 그리고 36개의 별동대로 구성된 모레툼 교단 최대의 무력 집단이었다.

이 가운데 하비에르는 12개의 조 가운데 제1조의 조장을 맡고 있었다. 그 하비에르가 추심 기사단원들만 알아볼 수 있는 밀어로 편지를 적어 이탄에게 전달했다.

마침 이탄도 모레툼 교단과 은화 반 닢 기사단을 정리하려던 중이었다.

"어쩜 이렇게 때를 딱딱 맞추는지. 역시 추심 기사단과 나는 쿵짝이 잘 맞는다니까."

이탄은 콧노래를 부르며 하비에르의 소환에 응했다.

달이 구름에 가린 으슥한 밤.

쿠퍼 본가에서 10 킬로미터가량 떨어진 숲 어귀에 이탄이 나타났다. 그러자 숲 안쪽에서 애꾸눈 하비에르가 기다렸다는 듯이 등장했다.

하비에르의 양옆에는 검을 길게 늘어뜨린 기사들이 호위

했다.

"여어, 별동대장. 그동안 잘 지내셨는가?"

하비에르는 기사들보다 한 발 앞으로 나오더니 반갑게 손을 들어 이탄을 맞았다. 이탄은 은화 반 닢 기사단의 49호일 뿐 아니라 추심 기사단의 더 데이 별동대의 대장이었다.

"오랜만에 뵙네요."

이탄이 하비에르를 향해서 피식 웃음을 터뜨렸다.

하비에르는 무슨 소리를 하냐는 듯이 하나뿐인 외눈을 껌뻑였다.

"으잉? 오랜만이라고? 이게 뭔 소리야? 우리 불과 두 달 전에 봤잖아."

Chapter 7

하비에르의 말이 맞았다. 언노운 월드의 시간으로 두 달쯤 전, 세본 추기경의 아들인 미유 주교가 솔노크 시에서 타살을 당했다.

그때 하비에르가 이탄을 찾아와 힘을 보탤 것을 주문했다. 당시 이탄은 기꺼이 추심 기사단의 작전에 장단을 맞춰 주었다.

당시 은화 반 닢 기사단의 원로기사들이 이탄에게 내린 것이 '까마귀 깃털 고르기' 퀘스트(Quest)였다.

사실 이 넓은 언노운 월드에서, 바쁘기 그지없는 요원들이 불과 두 달 만에 다시 얼굴을 본다는 것은 그리 흔한 일은 아니었다.

하비에르는 바로 그 점을 지적했다.

이탄은 손바닥으로 자신의 이마를 때렸다.

'아차! 그렇구나. 나는 그 사이에 간씨 세가의 세상도 다녀오고, 또 부정 차원에서 4년도 넘게 머물다 왔으니까 하비에르 조장을 오랜만에 보는 것처럼 느껴졌겠지만, 사실 하비에르의 입장에서는 불과 60일 만에 나를 만나는 셈이잖아?'

이탄은 자신의 실수를 깨달은 뒤, 임기응변으로 둘러대었다.

"하하하. 제가 그만큼 하비에르 조장이 보고 싶었나 보죠. 그러니까 두 달도 길게 느껴진 것 아니겠어요?"

이탄은 모레툼의 신관 출신답게 사탕발림을 잘했다.

"어허허. 그런가?"

무뚝뚝하던 하비에르의 입꼬리가 씰룩씰룩 움직였다.

이탄이 화제를 돌렸다.

"그나저나 갑자기 연락을 다 주고. 이번에는 또 무슨 일입니까? 혹시 지난번 솔노크 시에서 벌어졌던 사건의 뒤처리를 하는 것은 아니겠죠? 그때 자크르의 수인족 녀석들과 싸우느라 진땀을 흘렸다고요."

이탄은 짐짓 너스레를 떨었다.

하비에르가 손사래를 쳤다.

"아아. 자크르 놈들과 또 싸우라고 부른 것은 아냐. 그보다 말일세……."

하비에르는 말꼬리를 길게 끌면서 이탄에게 가까이 오라고 손짓했다.

"뭡니까?"

이탄이 하비에르에게 다가가 귀를 가져다 대었다.

하비에르는 이탄의 귀에다 대고 은밀하게 속삭였다.

"단장님께서 드디어 칼을 뽑으셨다네."

"네에?"

이탄의 눈빛이 확 바뀌었다.

하비에르는 그럴 줄 알았다는 듯이 말을 이었다.

"그러고 보니 별동대장도 비크 놈에게 원한이 있지? 별동대장도 아나톨 주교를 살해했다는 누명을 썼잖아. 이 기회에 그 누명을 벗게 될지도 몰라. 단장님께서 드디어 비크의 목에 칼을 들이밀 결심을 하셨으니까 말이야."

"제가 뭘 하면 됩니까?"

이탄은 짐짓 이빨을 뿌드득 갈면서 물었다.

하비에르는 품에서 반쪽짜리 은화를 꺼냈다.

"이걸 처리해주게. 단장님이 본격적으로 비크를 치려면 우선 비크의 무력부터 봉쇄해야 할 것 아닌가."

"저 혼자서 말입니까?"

이탄이 눈을 찌푸렸다.

물론 이탄이 본래 실력을 드러내면 은화 반 닢 기사단을 처리하는 것도 가능했다.

'하지만 혼자서 그렇게 설칠 거라면 레오니 단장과 손을 잡을 필요가 뭐 있었겠어? 나는 혼자서 깽판을 치면서 복수를 하려는 게 아니라고.'

하비에르가 검지를 좌우로 까딱거렸다.

"설마. 단장님이 자네에게 그렇게 무리한 미션을 시키겠는가? 이미 우리 추심 기사단의 5개 무력부대와 7개 조, 그리고 30개의 별동대들이 은화 반 닢 기사단의 주요 거점들을 포위해 놓았다네. 단숨에 칼을 뽑아 그 거점들을 점령한 뒤, 은화 반 닢 기사단을 수중에 넣어버리겠다는 것이 단장님의 계획이라네."

"허! 그게 정말입니까?"

이탄은 진짜로 깜짝 놀랐다. 은화 반 닢 기사단은 은밀하기 그지없는 곳이라 저 피사노교에서도 골머리 꽤나 썩었다.

'그런데 레오니 추기경은 어느 틈에 은화 반 닢 기사단의 주요 거점들을 다 파악했단 말인가? 그건 아직까지 나도 못한 일인데?'

이탄이 이런 고민을 할 때였다.

하비에르가 이탄의 의문에 대한 답을 주었다.

"자네도 알다시피 이번에 세본 추기경의 마음이 흔들렸지 않은가. 그러면서 교황청을 통해서 은화 반 닢 기사단의 극비정보가 단장님의 손에 입수되었거든. 하하하. 덕분에 우리는 일을 수월하게 해결할 열쇠를 손에 쥔 셈이지."

"아하! 그랬군요. 교황청이 뚫렸군요."

이탄이 무릎을 쳤다.

역시 그 어떤 탄탄한 철옹성도 내부에서부터 허물어지기 시작하면 걷잡을 수가 없는 법이었다. 이탄은 역사의 교훈을 다시 한번 마음속에 되새겼다.

다음 날 새벽.

이탄은 은밀하게 333호를 불렀다.

'레오니가 칼을 뽑았으니 이제 곧 은화 반 닢 기사단은 주인을 잃은 검의 신세가 될 거야. 혼란의 시기가 오겠지. 그때 내가 은화 반 닢 기사단이라는 검자루를 움켜쥐어야 해. 그동안 내가 퀘스트를 수행하느라 얼마나 개고생을 했

는데, 은화 반 닢 기사단을 다른 사람에게 **빼앗길** 수는 없지.'

레오니 추기경은 죽은 할아버지의 복수를 하는 것이 최종목적일지 모르겠으나, 이탄은 아니었다.

솔직히 말해서 이탄이 비크 교황의 목을 따고자 했으면 진즉에 해치울 수 있었다. 이탄이 마음만 먹었으면 원로기사들을 해치우는 것도 충분히 가능했다.

그런데도 이탄이 기회만 엿보면서 꾹 참았다. 이탄의 마음속에는 또 다른 음흉한 꿍꿍이가 있기 때문이었다.

솔직히 이탄이 깽판을 치면 속은 후련할지 몰라도 나름 손해를 볼 수밖에 없었다. 예를 들어서 트루게이스 시의 지부 같은 것을 잃을 확률이 컸다.

그런데 이탄은 트루게이스의 지부를 포기할 마음이 전혀 없었다. 포기는커녕 오히려 이탄은 사업을 더 확장했다.

이탄은 최근 저 머나먼 그릇된 차원이나 부정 차원에도 나름 모레툼의 지부를 세웠다. 그러면서 이탄은 은화 반 닢 기사단에도 은근히 욕심을 내었다.

최근에는 그 욕심이 조금 더 늘어나서 이탄은 '모레툼 교단을 통째로 내 지부 안에 편입시키면 어떨까? 그럼 쏠쏠하게 은화가 벌릴 텐데.' 라는 황당한 생각까지 품었다.

사실 이것은 배꼽이 배보다 더 커지는 일이었다.

그럼에도 불구하고 영 실현 불가능한 몽상은 아니었다. 이탄의 능력이라면 충분히 가능할 듯싶었다.

Chapter 8

'그동안 내가 왜 비크 놈을 그냥 내버려 두고 있었는데? 비크가 가진 모든 것을 쏙 빼앗으려고 참고 있었던 거였어. 그러니까 은화 반 닢 기사단은 내 거라고. 다른 자들이 내 것에 침을 바르면 곤란하지.'

이탄은 이제 행동에 나서야 할 때라고 판단했다.

그런데 이탄이 은화 반 닢 기사단을 손에 넣으려면 보조 전담요원들의 도움이 필요했다.

'피로 세력을 얻으려면 은화 반 닢 기사단의 요원들 가운데 3분의 2는 죽여야 비로소 내 말이 먹힐 거야. 그런데 그렇게 조직을 망가뜨리고 나면 은화 반 닢 기사단을 얻은 의미가 없어지잖아? 반면 보조요원들을 적극적으로 활용하면 별 손상 없이 조직을 내 손에 넣을 수 있지.'

이것이 이탄의 판단이었다. 이탄이 하비에르를 만나고 나서 곧장 333호부터 찾은 이유는 바로 이 때문이었다.

333호를 기다리는 동안, 이탄은 머릿속을 정리했다.

이탄은 오래 전부터 전투요원과 보조요원 사이의 관계를 생각해왔다.

외부의 시선으로 보았을 때는 전투요원들이 은화 반 닢 기사단의 핵심이라고 여겨졌다.

'하지만 속을 파고들면 다르지.'

이탄은 다르게 생각했다. 은화 반 닢 기사단의 핵심은 전투요원인 성기사들이 아니라, 그 성기사들을 옆에서 보좌하는 보조전담요원들이라는 것이 이탄의 판단이었다.

이탄이 보기에 보조요원들이 전투요원을 위해서 모든 정보를 물어오고 작전계획을 짰다. 그리고 나면 전투요원들은 그 계획에 따라서 무력만 휘두를 뿐이었다. 최소한 이탄의 눈으로 확인한 바에 따르면 그러했다.

이탄은 다른 사람들과 상반된 각도에서 은화 반 닢 기사단의 주도권을 파악했으며, 그에 맞춰서 조금씩, 아주 조금씩 보조요원들의 마음속에 좋은 인상을 심어주었다.

그 노력이 먹혀서 지금은 은화 반 닢 기사단의 보조요원들 가운데 49호에 대해서 모르는 자가 없었다.

그러니 이제 그동안의 결실을 거둘 때가 되었다.

이탄이 머릿속으로 생각을 정리하는 동안, 333호가 단발머리를 찰랑거리며 나타났다.

[49호 님, 저를 찾으셨어요?]

싱그러운 새벽이슬을 맞으며 나타난 333호는 상큼하면서도 발랄한 매력을 물씬 풍겼다. 특히 333호의 귓볼에 매달려 대롱거리는 한 쌍의 예쁜 초록색 귀걸이가 333호의 상큼함을 한층 돋보기에 만들었다.

이 귀걸이는 간씨 세가 세상의 높은음자리표를 닮은 모양이었다.

이탄은 녹색으로 영롱하게 빛나는 옥 귀걸이를 보자마자 피사노교 보고의 홀로그램 창에 적혀 있던 설명을 떠올렸다.

일전에 이탄이 피사노교의 보고에 들어갔을 때였다. 초록색 귀걸이 세트 앞에는 다음과 같은 설명이 붙어 있었다.

 * 본 법보의 기본 특성:
 — 녹옥 귀걸이 착용자가 적을 공격을 받았을 때 방어력의 40퍼센트에 해당하는 그린 드래곤이 소환되어 적을 자동 공격
 * 본 법보의 유래:
 — 8,500여 년 전, 동차원 남명의 오수문을 멸망시키고 전리품으로 획득.
 * 사용 시 주의할 점

— 여섯 세트의 귀걸이 중 한 번에 한 종류만 착용 가능.

— 법력이 없는 사람도 착용할 수 있음.

그렇다! 지금 333호가 착용하고 있는 녹옥 귀걸이는 이탄이 피사노교의 보고에서 가지고 나온 법보였다.

남명의 오수문이라는 술법문파에서 제작된 이 귀걸이형 법보는 방어에 특화된 술법 아이템이었다. 이탄은 청옥, 백옥, 홍옥, 흑옥, 황옥, 그리고 녹옥으로 이루어진 6개의 귀걸이 세트를 보고에서 가지고 나왔는데, 이 세트 가운데 녹옥 귀걸이를 333호에게 선물했다.

이탄이 333호에게 귀걸이를 쥐여준 것은 4년도 더 전 일이었다. 이탄의 시점에서는 분명 그러했다.

하지만 333호에게는 그게 바로 어제의 일이었다.

'어제 귀걸이를 주시더니 오늘 또 보자고 하시네? 호호호. 49호 님이 어쩐 일이실까?'

333호는 이탄의 갑작스러운 연락을 받고는 가슴이 콩닥콩닥 뛰었다. 333호는 혹시나 싶은 마음에 장미꽃잎을 띄운 물에 몸을 정갈하게 씻었다. 그런 다음 이탄에게 선물받은 어여쁜 옥 귀걸이를 귀에 차고 들뜬 마음으로 이탄을 만나러 왔다.

이 자리에 나오는 내내 333호의 입에서는 콧노래가 흘러나왔다.

하지만 발그레 달아올랐던 333호의 능금빛 뺨이 하얗게 질리기까지는 그리 오랜 시간이 걸리지 않았다.

"아아아, 어쩜!"

이탄의 말을 들은 즉시 333호는 뒤통수를 해머로 한 대 후려 맞은 기분이었다. 333호는 머리가 멍해 아무런 생각도 할 수 없었다.

이탄은 그런 333호를 걱정스러운 눈빛으로 바라보았다.

한참 뒤, 333호가 겨우 정신을 차렸다. 333호는 이탄의 말을 듣고 깊은 고민을 한 듯 얼굴에 복잡한 기색이 엿보였다.

하나 이윽고 333호의 얼굴에서 고민의 흔적이 사라졌다.

"49호 님, 아무런 걱정 마세요. 49호 님께서 주신 정보를 바탕으로 제가 뒤처리를 해볼게요."

333호가 결연히 말했다.

이탄이 눈썹 사이를 찌푸렸다.

"알아서 하다니? 괜히 위험한 짓 하려는 거 아냐? 그러지 말고 보조요원들은 뒤로 빠져라. 내가 앞장서서 처리할 테니까 너희들은 괜히 높으신 분들의 정쟁에 휘말리지 말고 모르는 척하고 있어."

이탄이 말려도 333호는 듣지 않았다.

"아니에요, 49호 님. 흑 진영의 무리와 전쟁이 벌어질 때면 49호 님과 같은 전투요원들이 나서야겠지요. 하지만 지금은 흑 진영의 악마들과 싸우는 게 아니잖아요. 교황청의 추기경님들끼리 권력다툼이 생긴 상황이고, 그 내분에 우리 은화 반 님 기사단이 휘말린 거잖아요? 이런 정치적인 일은 저와 같은 보조요원들이 49호 님보다 더 잘 처리할 수 있어요. 원로기사님과 49호 님 사이의 줄타기도 저희가 더 잘 처리할 수 있고요."

여기까지 말한 뒤, 333호는 혀를 쏙 내밀면서 한 마디를 덧붙였다.

"물론 그 와중에 실제 전투가 벌어지면 49호 님의 도움이 필요할 테지만요. 헤헤헤."

333호의 표정은 무척 결연하여, 그녀의 얼굴만 보아도 '49호 님, 아무런 걱정 마세요. 저희 보조요원들이 49호 님을 반드시 지켜드릴 거예요.'라는 결의가 쓰여 있는 것 같았다.

이탄은 333호가 고맙기도 하고, 또 미안하기도 했다.

'쩌업. 이거 333호가 이렇게 적극적으로 나오니까 괜히 내가 그녀를 이용하는 것 같잖아? 내가 이런 용도로 써먹으려고 333호에게 녹옥 귀걸이를 선물한 것은 아닌데 말이야.'

이탄은 괜히 민망하여 뒤통수를 긁적였다.

은화 반 닢 기사단의 내홍

Chapter 1

333호의 주도하에 은화 반 닢 기사단의 보조요원들이 한자리에 모였다.

보조요원들은 그동안 기사단 내에서 그리 높은 평가를 받지 못했다. 원로기사들은 물론이고, 보조요원들의 도움을 직접적으로 받고 있는 전투요원들도 보조요원들을 시녀, 혹은 종처럼 부릴 뿐이었다.

심지어 교황청의 높으신 추기경들은 은화 반 닢 기사단 내에 보조요원이라는 직군이 있다는 사실조차 모르는 경우가 태반이었다.

은화 반 닢 기사단이 어려운 퀘스트를 성공할 때마다 모든 찬사는 전투요원들과 원로기사들에게 돌아갔다.

퀘스트의 성공을 위해서 음지에서 정보를 모으고, 사전에 땅을 고르는 정지작업을 수행하고, 미리 퇴로까지 준비해놓는 보조요원들의 공로는 전투요원의 그림자 속에서 조용히 묻혔다.

그러는 와중에 일부 보조요원들은 소모품처럼 적진에 홀로 남겨져 죽임을 당하기도 했다. 혹은 치명상을 입어 불구가 되는 경우도 많았다.

그래도 보조요원들은 불평하지 않았다. 음지에서 전투요원들을 보필하는 것이 보조요원들의 사명이라고 생각했기 때문이었다.

그렇게 수동적이던 보조요원들이 요새 새로운 생각을 품게 되었다. 이것은 333호가 그들에게 심어준 생각이었다.

아니, 좀 더 엄밀하게 말하면 이탄이 333호의 머릿속에 심어준 생각을 333호가 동료들에게 전파한 것이었다.

숲 속에 모인 보조요원들은 333호가 토해놓는 열변을 홀린 듯이 경청했다.

최근 몇 년간 333호는 이탄과 함께 은화 반 닢 기사단의 퀘스트를 진행하면서 이탄과 수시로 대화를 나누었다.

주로 이탄이 자신의 의견을 말하면 333호는 그 말을 곰곰이 곱씹어 들었다. 이탄이 꺼낸 화두는 전투요원과 보조요원 사이의 관계였다.

"333호. 나와 같은 전투요원들은 적의 마지막 숨통을 끊어 놓는 칼 같은 존재야. 그리고 그 칼을 적의 목으로 인도하는 것이 너희 보조요원들의 역할이지."

"……!"

난생 처음 들어보는 이탄의 독특한 시각에 333호는 말문이 막혔다. 333호는 한 번도 이탄과 같은 방식으로 자신의 역할을 생각해본 적이 없었다. 이탄이 던진 화두가 333호의 마음속에 큰 파문을 만들어 놓았다.

이탄이 333호에게 기습적인 질문을 던졌다.

"한번 대답해 봐라. 칼이 더 중요할까? 아니면 칼을 적의 목에 들이미는 손이 더 중요할까?"

"……!"

333호는 이번에도 아무런 대답을 하지 못했다.

이탄은 그럴 줄 알았다는 듯이 손가락으로 333호의 이마를 톡 밀었다.

"이 봐. 너의 가치를 결코 낮게 평가하지 마. 내가 볼 때 은화 반 닢 기사단의 주인은 교황청에 틀어박혀서 거들먹거리는 추기경들이 아니야. 다 늙어서 이래라 저래라 잔소리만 늘어놓는 원로기사들은 더더욱 아니지. 그리고 나와 같은 전투요원들도 은화 반 닢 기사단의 주인이 될 수는 없어. 주인은 머리를 쓰는 자가 주인이지. 그러니까 내 말은, 너희 보조요원들이 은화 반 닢 기사단의 뼈대이자 주인인 것 같아."

"아아아아아!"

이탄의 이야기를 듣는 순간, 333호는 열렬한 신음을 토했다. 이탄이 해준 이야기는 333호의 귀가 아니라 심장에 틀어박혔다.

그리고 오늘.

333호는 이탄에게 들었던 바로 그 이야기를 동료들에게 해주었다. 말을 전달하면서 333호의 가슴 깊은 곳에서 울컥 하고 뜨거운 것이 치밀어 올랐다. 333호는 문득 자신의 뺨에 물기가 흐르고 있다는 사실을 깨달았다.

"어? 내가 왜 이러지?"

333호가 황급히 손등으로 뺨을 훔쳤다.

무의식중에 눈물을 흘린 사람은 333호만이 아니었다. 어둑한 숲속에 구름처럼 모인 보조요원들 전체가 333호의 말을 들으면서 눈이 시뻘겋게 충혈되었다. 일부 요원들은 훌쩍거리기까지 했다.

그 가운데는 쿠퍼 가문의 집사장인 세실도 포함되었다. 세실은 333호와 함께 이탄을 전담하는 보조요원 389호였다.

잠시 후, 구름처럼 모였던 보조요원들은 다시 바람에 구름이 흩어지듯이 본래의 자리로 돌아갔다.

그때부터 은화 반 닢 기사단의 톱니바퀴는 이상한 방향으로 돌아가기 시작했다.

이것은 은화 반 닢 기사단의 원래 주인인 비크 교황도 예상치 못한 변화였다. 비크로부터 은화 반 닢 기사단의 지휘권을 임시로 부여 받은 세본 추기경도 이런 변화가 생길 줄은 몰랐다.

실질적으로 은화 반 닢 기사단을 통제 중인 원로기사들도, 기사단의 전투요원들도, 그리고 레오니 추기경이나 도미니코 추기경도 은화 반 닢 기사단의 보조요원들이 단체 행동에 나설 것이라고는 꿈에도 예상하지 못했다.

아무도 모르는 사이에 모레툼 교단엔 새로운 바람이 불기 시작했다.

피요르드 시에서 남쪽으로 200 킬로미터쯤 떨어진 곳에 조그만 바닷가 마을이 자리했다. 마을은 작았지만 그래도 번듯한 부두는 있었다.

턱에 수염이 덥수룩하고 피부가 구릿빛으로 그을린 노인 한 명이 그 부둣가에 자신의 조각배를 대고 닻을 내렸다.

"내일쯤 비가 오려나?"

노인은 주름진 손으로 등을 툭툭 두드린 다음, 고개를 들어 하늘을 올려다보았다.

은은한 달빛 아래 구름이 한가롭게 흘러갔다. 깊은 밤이라 그런지 철썩 철썩 치대는 파도 소리가 평소보다 더 크게 들렸다.

노인은 밀짚모자를 고쳐 쓴 다음, 그물을 어깨에 짊어졌다.

"끙차."

노인이 어망을 메고 조각배에서 내리려던 중이었다. 뭔가 수상쩍은 기운을 감지한 듯 노인의 눈이 검날처럼 예리하게 변했다.

"웬 놈이냐?"

노인은 반사적으로 그물을 내려놓고 작살을 잡았다.

풋!

노인의 손을 떠난 작살이 벼락처럼 날아가 70 미터 밖의 언덕배기에 꽂혔다.

Chapter 2

무거운 작살을 70미터나 던진다는 것은 보통 일이 아니었다. 작살을 투척함과 동시에 노인은 조각배의 난간을 박차고 허공으로 훌훌 날아올랐다.

그렇게 발로 허공을 밟으면서 노인은 무기를 뽑았다. 노인이 허리춤에 차고 있던 낭창낭창한 연검이 달빛 아래 그 모습을 드러내었다.

노인이 던진 작살이 언덕 위에 꽂혔다.

바로 뒤를 이어서 노인의 몸뚱어리도 언덕 위에 작렬했다. 노인이 수직으로 내리그은 연검은 언덕 땅거죽을 단숨에 세로로 쪼갰다.

노인의 검술은 아울 검탑의 검수들도 감탄을 할 만큼 깔끔하고 신속했다.

언덕 위에 숨어 있던 적은 제대로 반응도 하지 못하고 노인의 검에 머리가 쪼개지는 듯이 보였다.

하지만 결과는 노인의 뜻대로 되지 않았다.

까앙!

언덕 위에서 날카로운 금속음이 터져올랐다.

"크윽."

노인이 입술을 꽉 깨물었다. 조금 전의 검의 손잡이를 통해 전해진 충격이 어찌나 강렬했던지 노인은 하마터면 연검을 놓칠 뻔했다. 노인의 손바닥이 길게 찢어지면서 검의 손잡이를 피로 물들였다.

손바닥이 타는 듯이 뜨거웠지만 노인은 자신의 손바닥을 돌볼 새가 없었다.

'내 공격이 막혔으니 이제 상대가 반격할 차례다.'

노인은 노련하게도 위험을 느끼고는 곧바로 반응했다. 노인이 반응하기 전에 그의 몸이 먼저 움직였다. 노인은 백 텀블링으로 풀쩍 뛰어올라 언덕 정상으로부터 멀어졌다.

그 순간 언덕 뒤에 매복 중이던 하얀 무복을 입은 괴한이 찰거머리처럼 따라붙어 노인의 발목을 붙잡았다.

괴한의 속도는 '신속의 가호'를 가진 노인보다도 오히려 더 빨랐다. 노인은 단숨에 적에게 발목을 붙잡히고 말았다.

"허억?"

어찌나 놀랐던지 노인은 숨이 멎는 줄 알았다.

다음 순간, 노인의 몸이 아래로 휙 딸려가 바닥에 거꾸로 내리꽂혔다. 노인이 반사적으로 고개를 옆으로 젖혔기에 망정이지, 조금만 반응이 느렸으면 노인의 정수리가 암석에 꽂혀 머리가 터질 뻔했다.

노인은 빠른 반사 신경 덕분에 머리가 깨지는 것은 피했으나, 대신 오른쪽 어깨가 바위와 부딪쳐 으스러졌다.

더 큰 문제는 이게 시작일 뿐이라는 점이었다. 노인이 어떻게 손을 써 볼 사이도 없이 그의 몸이 다시 허공으로 부우웅 딸려올라 갔다.

하얀 무복을 입은 괴한은 노인의 몸뚱어리를 짐짝처럼 거칠게 다루었다. 그는 노인을 몽둥이처럼 휘둘러 바닥에 내리찍고, 다시 위로 번쩍 들었다.

괴한의 악력이 어찌나 강했던지 노인이 아무리 저항해도 벗어날 수가 없었다. 이번에는 노인이 등짝부터 바닥에 내리 찍혔다.

"끄읍!"

바닥에 충돌하는 순간 노인이 등에 힘을 꽉 주었다. 그럼에도 불구하고 척추가 으스러지는 듯한 고통이 노인의 등에 작렬했다.

이어서 괴한의 손이 노인의 목줄기를 움켜잡았다.

"켁."

노인은 숨을 쉬지 못했다. 경동맥을 통해서 흐르던 피가 차단되면서 노인의 뇌에 공급되어야 할 산소도 끊겼다.

"끄헙, 너. 너."

적을 가리키던 노인의 손가락이 아래로 툭 떨어졌다. 노인의 동공도 힘없이 풀렸다.

축 늘어진 노인을 바닥에 내팽개친 뒤, 하얀 무복을 입은 괴한이 얼굴에 쓴 복면을 벗었다. 달빛 아래 어슴푸레 드러난 괴한의 정체는 다름 아닌 이탄이었다.

이탄은 어부 노인을 단숨에 제압한 뒤, 품에서 장부를 하

나 꺼냈다. 그리곤 노인에 해당하는 내용을 찾아 줄을 쭉쭉
그었다.

~~<19호>~~
~~* 거주지: 웨스트에 투입되지 않을 때는 사나타~~
~~어촌마을에서 어부로 지내고 있음.~~
~~* 주무기: 연검과 작살~~
~~* 가호: 신속의 가호, 응집의 가호~~

조금 전 이탄이 쓰러뜨린 어부 노인은 은화 반 닢 기사
단의 베테랑 성기사인 19호였다. 19호는 신속의 가호 덕분
에 벼락처럼 몸이 빨랐으며, 순간적으로 검에 강력한 힘을
응집하여 적의 무기를 산산이 깨뜨려버리는 것이 주특기였
다.

그렇게 노련한 베테랑 성기사도 이탄의 무지막지한 무력
앞에서는 버티지 못했다.

"333호가 오늘 밤 안에 총 11명의 성기사들을 제압해야
한다고 했지? 이제 3명을 해치웠으니까 8명이 남았네."

이탄은 19호를 처리하기 전, 29호와 30호를 차례로 쓰
러뜨린 상태였다. 그러니까 19호가 이탄의 세 번째 목표물
인 셈이었다.

이탄은 축 늘어진 19호를 바닥에 내버려둔 채 남쪽 방향으로 휘익 날아갔다.

이탄이 사라지고 잠시 후.

은화 반 닢 기사단의 보조요원들이 해안가에 사사삭 등장했다. 보조요원들은 하늘을 날아가는 이탄의 뒷모습을 보면서 혀를 내둘렀다.

"49호 님이 대단하다는 소리는 여러 번 들었지. 그래도 저렇게 하늘을 날 줄은 몰랐네."

"49호 님은 대체 어떤 가호를 받으셨기에 하늘을 날 수 있을까?"

"어디 나는 게 전부일까. 자네들 조금 전에 49호 님이 19호 님을 해치우는 장면을 보지 못했어? 불과 몇 초도 걸리지 않았다고."

보조요원들은 소근소근 이야기꽃을 피웠다.

이 보조요원들은 원래 원로기사들이 19호를 도우라고 붙여준 자들이었다. 실제로 그들은 오랜 세월 충심으로 19호를 섬겼다.

그런데 얼마 전 333호의 감동적인 웅변이 파란을 일으켰다. 333호의 웅변을 듣고 난 이후로 19호의 보조요원들은 급격한 심경의 변화를 겪게 되었다. 그 결과 19호의 보조요원들은 19호에 대한 극비정보를 333호에게 발설하였고,

333호가 그것을 한 권의 장부에 담아 이탄에게 전달했다.

솔직히 333호의 장부가 아니었다면 이탄은 19호의 행적을 쉽게 찾아내지 못했을 것이다. 19호는 은둔자에 가까운 요원이기 때문이다.

'굳이 19호만 은둔을 하는 게 아니지. 은화 반 닢 기사단의 상위 서열 성기사들은 모두 행적이 묘연해. 그들은 원로기사 늙은이들의 숨겨진 칼과 같은 존재들이야.'

이탄은 상위 서열 선배들을 숨겨진 칼이라고 여겼다.

그렇게 그림자 속에 숨어 있던 칼이 이제는 백주대낮에 훤히 드러난 칼이 되었다. 상위 서열 요원들의 현재 거주지와 주특기, 그리고 가호 등의 정보가 보조요원들에 의해서 낱낱이 까발려진 까닭이었다.

이탄은 이 귀한 정보를 바탕으로 은화 반 닢 기사단에 대한 정리 작업에 착수했다.

Chapter 3

30분 뒤.

이탄은 사나타 어촌마을에서 남서쪽으로 500 킬로미터나 떨어진 산골마을에 나타났다. 마을이라고 해봤자 이 산골짜기에 세워진 집은 다 합쳐도 고작 20여 개에 불과했다.

이 조그만 마을은 마운틴 일족 사냥꾼들과 약초를 캐는 심마니들이 오다가다 모여서 형성된 곳이었다. 마을이 워낙 작아서 지도에도 나와 있지 않았다.

당연히 이곳은 마을의 이름 같은 것도 없었다. 그러니까 이 마을은 마을 주민이 아니면 찾아올 수도 없는 곳이었다.

이탄은 높은 바위 위에 팔짱을 끼고 서서 이름 없는 마을의 풍경을 굽어보았다.

조그만 마을의 집 몇 곳이 불을 밝혔다. 창문 안에서 램프가 희미하게 깜빡거리는 모습이 이탄의 눈에 밟혔다. 날은 흐려 달빛이 구름에 가렸다. 밤공기는 서늘하면서도 축축했다.

"21호가 저기에 웅크리고 있다는 말이지?"

이탄은 마을에서 가장 큰 집을 주목했다.

통나무로 지어진 집 한쪽 기둥에는 조그만 끈이 하나 매달려 바람에 나부꼈다.

저 끈이 의미하는 바는, 지금 21호가 집 안에 있다는 뜻이었다. 당연히 저 끈을 매단 장본인은 평소에 21호를 돕던 보조요원이리라.

이탄은 높은 바위 위에서 점프하더니, 신발형 법보를 구동하여 완만한 곡선을 그리며 활공했다.

슈와—왁.

이탄의 뺨을 스치며 바람이 횡횡 지나갔다. 이탄이 목표로 삼은 착지지점은 21호의 집 지붕이었다.

쾅!

격렬한 폭음과 함께 21호의 집 지붕이 무너졌다. 이탄은 지붕을 그대로 뚫고 들어가 21호의 안면을 향해 손을 뻗었다.

마침 21호는 부엌에서 사슴을 도축하던 중이었다. 그러다 갑자기 지붕이 무너지면서 괴한(이탄)이 쳐들어오자 반사적으로 손도끼를 휘둘렀다.

스르륵.

반격과 동시에 21호의 몸이 투명하게 변했다. 21호의 머리 위에는 반투명한 방패가 거창하게 일어나 이탄의 공격을 막았다.

'상대가 이렇게 대응할 줄 알았지.'

이탄은 21호의 대응 방도를 미리 예측했다. 이것은 이탄이 미래를 읽어서 예측한 것이 아니었다. 333호가 이탄에게 준 장부 덕분이었다.

333호가 쥐여준 장부에 따르면 21호는 모레툼 님으로부터 폭발의 가호, 은신의 가호, 그리고 지둔의 가호를 하사받았다고 했다.

'그러니까 기습공격을 받은 즉시 21호는 반사적으로 지둔의 가호로 몸을 방어하면서 은신의 가호도 펼칠 테지. 또한 동시에 폭발의 가호로 반격하려 들 거야.'

이탄은 이렇게 예측했다.

333호가 준 정보에 따르면 21호는 모레툼으로부터 가호를 무려 3개나 하사받은 행운아였다. 게다가 21호의 가호들은 공격과 침투, 방어에 골고루 특화되어 있어 밸런스가 무척 좋은 성기사로 손꼽혔다.

그래 봤자 이탄의 상대는 아니었다. 21호가 아무리 밸런스가 좋다고 하더라도 이탄의 압도적인 무력 앞에서는 빛을 잃게 마련이었다.

쫘앙!

두꺼운 금속 벽이 터져나가는 듯한 굉음과 함께 21호가 일으킨 지둔의 가호가 산산이 으깨졌다.

"쿠억!"

온몸을 투명화한 21호가 피를 뿜으며 뒤로 날아갔다. 지둔의 가호가 깨질 때 21호의 집 주방도 함께 폭발했다.

그래도 21호는 그냥 당하지는 않았다. 피투성이가 된 와중에도 21호는 이탄을 향해서 정확하게 손도끼를 던졌다. 뱅글뱅글 회전하면서 날아온 손도끼가 이탄의 코앞에서 갑자기 쾅! 폭발해 버렸다.

도끼의 파편이 무시무시한 속도로 이탄에게 쏘아졌다.

따다다당!

이탄은 가볍게 손바닥을 들어서 상대의 폭발 공격을 막았다. 이탄의 손바닥 전면에는 반투명한 방패, 즉 지둔의 가호가 응집되어서 이탄을 보호 중이었다.

21호는 이탄이 펼친 신성 가호를 알아보았다.

"어헛? 지둔의 가호라니! 그렇다면 네놈은 은화 반닢……."

21호는 허물어진 벽에 등을 기댄 채 무언가를 외치려는 듯 이탄을 향해 검지를 뻗었다.

이탄은 상대의 말을 끝까지 듣지 않았다. 이탄은 먹이를 채가는 뱀처럼 슈왁— 날아와 21호의 목을 손으로 틀어쥐었다.

"켁!"

순간적으로 21호의 경동맥이 꽉 막혔다. 21호가 아무리 발버둥 쳐도 이탄의 손아귀에서 벗어날 수가 없었다.

얼마 후, 21호는 꾸르륵 소리를 내면서 고개를 옆으로 떨구었다.

"어디 보자. 이자가 21호 맞지?"

이탄은 다시 한번 재확인한 다음, 333호가 준 장부를 꺼내어 줄을 쭉쭉 그었다.

<21호>

*거주지: 퀘스트에 투입되지 않을 때는 이름 없는 산골마을에서 사냥꾼으로 위장하여 지냄.

*주무기: 손도끼

*가호: 폭발의 가호, 은신의 가호, 지둔의 가호

21호는 오늘 밤 19호에 이어서 네 번째로 이름이 지워진 전투요원이 되었다. 이탄은 기절한 21호를 그냥 내버려둔 채 자리를 떴다.

이번에도 기다렸다는 듯이 보조요원들이 나타났다. 그중 한 명이 21호를 들쳐 업었다. 또 다른 보조요원들은 전투의 흔적을 깔끔하게 지웠다.

이들은 평소에 21호의 퀘스트를 묵묵하게 돕던 충직한 요원들이었다. 그러나 지금은 그 성실하던 보조요원들이 모두 이탄에게로 노선을 갈아탔다.

Chapter 4

다시 15분쯤 뒤.

이탄은 산골마을로부터 60 킬로미터 남동쪽에 위치한 조그만 도시에 모습을 드러내었다.

깊은 밤이 되었건만 도시의 뒷골목은 여전히 화려한 불빛으로 흥청거렸다. 길거리에는 술에 취한 취객들이 비틀비틀 갈지자로 걸었다. 취객들은 서로 어깨동무를 하고 "한 잔 더!"를 외쳤다. 술집 폴딩 도어 바깥쪽에 놓인 테이블에는 술 한 잔 즐기려는 사람들로 만원을 이루었다.

이탄은 술집 골목을 따라 언덕을 올라가면서 감각을 넓게 퍼뜨렸다.

'이쪽이구나.'

이내 이탄이 방향을 잡았다. 이탄의 발이 향한 곳은 아기자기한 램프로 장식된 선술집이었다.

장사가 그리 잘 되는 곳은 아니었는지 술집 안에는 손님이 많지 않았다. 홀에는 오직 두 테이블만 차 있을 뿐이었다.

"어서 옵쇼."

이탄이 술집 문을 열고 들어서자 주인장의 굵직한 목소리가 이탄을 맞았다.

이탄은 이 술집의 단골이라도 되는 듯 성큼 걸어 주인장에게 다가섰다.

"그래, 무슨 술로 드릴깝쇼?"

술집 주인장이 고개를 들어 이탄을 바라보았다.

이내 주인장의 눈이 경악으로 가득 찼다.

쾅!

뼈가 으스러지는 듯한 강한 충격과 함께 주인장의 몸뚱어리가 뒤쪽 진열장을 뚫고 들어갔다. 주인장이 팔을 X자로 교차해서 이탄의 주먹을 막았으나 소용없었다. 그의 팔은 이미 양쪽 모두 뚝 부러진 상태였다.

솔직히 이것만 해도 놀라운 일이었다. 이탄이 근거리에서 주먹을 휘둘렀는데, 거기에 반응하여 방어를 시도했다는 것만으로도 주인장의 무력은 칭찬해줄 만했다.

사실 술집 주인장이 반응을 한 것은 동체시력 덕분이 아니었다. 이 주인장은 모레툼으로부터 '예지의 가호'를 하사받은 성기사였다. 그는 이탄이 주먹을 날리기 몇 초 전에 이탄의 공격을 미리 예지했다. 그리고는 반사적으로 X자로 팔을 모아서 자신의 상체와 얼굴을 방어한 것이다.

그 X자의 팔뚝 위에 이탄의 주먹이 꽂혔다.

"크왁!"

술집 주인장은 포탄처럼 뒤로 날아가 진열장을 부수고 안으로 틀어박혔다.

만약 주인장이 온몸을 강철로 만드는 '무쇠의 가호'를 가지지 않았더라면 그는 두 팔만 부러진 것이 아니라 온몸이 터져서 죽었을 것이다.

아니, 비록 주인장이 무쇠의 가호를 발휘했다고 하더라도 이탄이 조금만 더 주먹에 힘을 실었다면 그는 즉사할 수밖에 없었다.

이탄은 상대가 딱 죽지 않을 만큼만 힘을 조절했다.

술집 주인장이 진열장의 파편 사이에서 끙끙거리는 동안, 이탄은 바를 홀쩍 뛰어넘어 상대에게 다가섰다.

"으으윽. 네놈은 뭐냐?"

주인장이 양팔을 축 늘어뜨린 채 비틀비틀 일어섰다.

이탄은 한손으로 상대의 목을 움켜잡았다.

"커헉."

목이 잡힌 주인장이 황급히 손님들을 돌아보았다.

'어서 도움을 요청해라. 흑 진영의 강적이 쳐들어왔다.'

술집 주인장은 눈빛으로 이렇게 명령했다. 주인장은 이탄을 흑 진영의 인물이라 착각하였기에 보조요원들에게 도움을 청한 것이다.

사실 이 술집의 손님들은 진짜 손님이 아니라 은화 반 닢 기사단의 보조요원들이었다.

한데 주인장이 아무리 눈을 부라려도 보조요원들은 딴청만 필 뿐 모르는 척했다.

'헉? 네놈들이 설마 배신을!'

주인장은 비로소 돌아가는 사태를 깨닫고는 두 눈을 부릅떴다.

"뭘 잘했다고 눈을 부라려?"

이탄은 손날로 상대의 목을 쳐서 혼절시켰다.

"끄륵."

이탄 나름으로는 아주 살짝 톡 쳤을 뿐인데 술집 주인장의 몸뚱어리는 허수아비처럼 옆으로 픽 쓰러졌다. 이탄은 기절한 주인장을 술집 바닥에 내팽개친 채 33호가 준 장부를 꺼내어 줄을 쭉쭉 그었다.

~~<22호>~~

~~* 거주지: 웨스트에 투입되지 않을 때는 싱커 시~~
~~의 술집에서 바텐더로 위장하여 지내는 중.~~
~~* 주무기: 맨손.~~
~~* 가호: 예지의 가호, 무쇠의 가호.~~

조금 전 이탄의 손에 쓰러진 술집 주인장은 은화 반 닢 기사단의 22호였다.

이탄은 문득 새로운 점을 깨달았다.

'그러고 보니 은화 반 닢 기사단의 상위 서열들은 대부분 총단 근처에 모여 있구나. 아마도 원로기사들이 상위 서

열의 성기사들을 일부러 근거리에 배치를 해놓았겠지? 만일의 사태를 대비해서 말이야.'

이탄은 목이 퉁퉁 부은 22호를 슬쩍 훑어본 다음, 등을 돌렸다.

이탄이 자리를 뜨려 하자 손님으로 위장한 보조요원들이 이탄에게 꾸벅 인사를 했다. 이탄도 짧은 목례로 보조요원들의 인사를 받았다.

이탄이 술집을 떠난 뒤, 보조요원들은 혀를 내둘렀다.

"와아, 49호 님은 정말 대단하구나."

"22호 님도 나름 실력자인데 49호 님의 상대가 되지 않잖아?"

"어디 그뿐인가? 49호 님은 무력도 무력이지만 우리 같은 보조요원들에도 마음을 써주시잖아. 333호와 뜻을 같이하기 잘했어."

보조요원들은 이런 대화를 주고받으며 기절한 22호를 질질 잡아끌고서 선술집의 지하로 내려갔다.

날이 밝기 전, 이탄은 장부에 기록된 곳들을 모두 돌았다.

23호는 아담한 시골동네에서 목장을 운영하는 양치기로 위장하여 살았다. 이탄은 늦은 밤에 목장으로 쳐들어가서 23호를 제압했다.

23호를 처치하자 24호는 덤으로 딸려왔다. 장부에 기술된 바와 같이 24호는 23호와 부부 사이였다.

"이노옴!"

남편인 23호가 눈앞에서 쓰러지자 24호가 분노하여 이탄에게 달려들었다.

"이건 마치 1 플러스 1 같구면."

이탄은 농담과 함께 주먹을 가볍게 휘둘렀다.

당연히 24호는 이탄의 상대가 되지 못했다. 그녀는 이탄에게 복부를 한 방 얻어맞은 뒤, 맥없이 고꾸라졌다.

목장에서 잡일을 하던 인부들이 우르르 달려왔다.

이 인부들은 23호와 24호를 보조하는 보조요원들이었다. 그들은 이탄이 떠난 뒤, 23호와 24호를 깔끔하게 처리했다.

Chapter 5

한편 25호는 번화한 도시에서 의사 노릇을 했다.

26호는 오래된 수도원에서 수사로 지내는 중이었다.

27호는 중규모 도시에서 기사들을 훈련시키는 엄격한 교관이었다.

이들 3명 모두 한밤중에 이탄의 방문을 받아 한 방에 깨졌다. 이탄은 목표들을 처리한 뒤, 차례로 장부에서 이름을 지웠다.

"10명을 해치웠으니 이제 마지막 한 명만 남았구나."

이탄에게 주어진 숙제 가운데 마지막 한 명은 놀랍게도 피요르드 시에서 머무르는 중이었다.

"야아아, 20호가 이 늙은이였어? 그거 참 놀랍네. 20호는 그동안 내 옆에서 웅크리고 있었던 것 아냐? 그런데도 전혀 알아보지 못했네."

이탄은 장부에 기술된 20호에 대한 설명을 읽어 내려가면서 검지로 자신의 관자놀이를 긁적였다.

<20호>

 * 거주지: 평소 피요르드 시의 기사단장으로 위장하여 지내는 중.

 * 주무기: 검.

 * 가호: 삭풍의 가호, 열화의 가호.

이상이 20호에 대한 정보였다.

피요르드 시의 기사단장이라면 그동안 이탄이 몇 차례나 만났던 사람이었다. 그는 이탄의 장인인 피요르드 후작이 가장 신뢰하는 부하였다.

좀 더 정확하게 설명하자면, 피요르드 후작은 아울 검탑에 가입하기 전까지 바로 이 기사단장으로부터 검의 기초를 배웠다. 그러니까 20호는 피요르드 후작의 검술스승이나 다름없는 셈이었다.

"그 정도 인물이라면 신분에 걸맞은 대접을 해주어야겠지."

이탄은 지금까지처럼 다짜고짜 상대를 찾아가 두들겨 패지 않았다. 대신 20호 스스로 이탄을 찾아오도록 만들었다.

사실 이것은 나름 중요한 배려였다. 주변의 지인들이 보는 앞에서 이탄에게 두들겨 맞아 제압당하는 꼴을 보이지 않아도 되니까 말이다.

20호를 유인하는 역할은 20호를 돕던 보조요원들이 맡았다. 보조요원들은 20호에게 암호문을 하나 전달했다.

20호는 돌돌 말린 암호문 종이를 불빛에 쬐어 해독했다.

구사월삼 육공일제 새라벽기 다농섯다 시문까리
지갱 쿠나퍼보 본르가징 동서측본 외낭관민건서물
요에도 집상결로 요뱅망자

위 암호문의 홀수 글자만 따서 읽으면 "9월 6일 새벽 5시까지 쿠퍼 본가 동측 외관건물에 집결 요망"이라는 명령이 드러난다.

물론 이 명령은 은화 반 닢 기사단의 어르신들이 내린 퀘스트가 아니었다. 20호를 섬기던 보조요원들이 만들어낸 가짜였다.

안타깝게도 20호는 이 암호문이 가짜일 것이라고는 꿈에도 생각하지 못했다. 평소 20호에게 암호문을 전달하는 업무는 보조요원들이 도맡았는데, 이번에도 동일한 방식으로 20호에게 암호문이 전달되었다.

그러니 20호가 철석같이 믿을 수밖에.

20호는 암호문을 해독하자마자 행동에 나섰다. 그러면서도 20호는 밤잠을 설친 것이 짜증 난 듯 불만을 토로했다.

"쌍! 이른 새벽부터 왜 집결하라 마라야? 게다가 쿠퍼 본가로 오라니, 대체 무슨 일이냐고? 확 집결 명령을 무시해버릴까 보다."

입으로는 이렇게 투덜거리면서도 20호는 서둘러서 하얀 무복으로 갈아입었다. 옆구리에는 긴 검을 착용했다.

아직은 동이 트지 않은 새벽 4시 50분.

사방은 어둑했다. 쿠퍼 본가 외곽을 지키는 경호무사들은 2명씩 짝을 이뤄서 담장 바깥쪽을 돌았다.

그러는 가운데 어두운 그림자 한 명이 경호무사들을 속이고 담장에 착 달라붙었다. 이윽고 그 그림자는 높은 담장을 유령처럼 타넘었다.

그림자의 정체는 은화 반 닢 기사단의 20호. 그는 가짜 암호문에 속아서 쿠퍼 가문의 동측 담장을 넘은 것이다.

바로 그 순간, 20호의 앞에 이탄이 불쑥 나타났다.

지금 이탄은 복면으로 얼굴을 가린 모습이었다. 게다가 복면 위에 로브까지 푹 뒤집어썼기에 20호는 이탄의 정체를 알아보지 못했다.

"네놈은 누구냐?"

생각지도 못한 매복자의 등장에 20호가 날카롭게 반응했다. 20호는 노련하게도 어느 틈에 검을 뽑아서 이탄의 목덜미에 겨누었다.

이탄이 손바닥을 펼쳐서 상대의 검을 막았다.

까아앙—.

긴 울음소리와 함께 20호의 검이 부러질 듯이 흔들렸다.

"헙?"

20호는 한 발 후퇴하면서 재빨리 검을 회수했다. 그런 다음 허공에서 검을 한 바퀴 빙글 돌린 뒤, 이탄의 가슴을 찌르는 동작을 펼쳤다.

그와 동시에 20호는 모레툼으로부터 하사받은 '삭풍의 가호'를 발휘했다. 20호를 주변으로 날카로운 바람이 소용돌이치듯이 나타났다.

슁슁슁—.

유령 우는 듯한 소리가 울리면서 주변의 공기가 20호의 검자루 속으로 빨려들었다. 그 공기는 20호의 검날을 통해 다시 내뿜어지면서 철덩어리도 베어버릴 듯한 강렬한 삭풍으로 돌변했다.

실제로 20호가 삭풍의 가호를 전력으로 펼쳐내면 20 센티미터 두께의 철벽도 썽둥썽둥 썰어버릴 정도였다. 덕분에 삭풍의 가호는 피사노교에서도 인정할 만큼 살상력이 강한 수법으로 손꼽혔다.

그 위력이 곧 드러났다. 20호의 검날로부터 뿜어진 삭풍, 즉 시커먼 바람은 쿠퍼 본가의 담장을 서걱서걱 베면서 이탄을 에워쌌다. 이탄의 몸뚱어리는 수십, 수백 가닥의 날카로운 바람에 둘러싸여서 제대로 보이지도 않았다.

설명은 길었지만 지금까지 20호가 보여준 대응 능력은 이탄이 감탄할 정도로 신속했다.

20호는 쿠퍼 본가의 담장을 타넘다가 이탄과 마주쳤다. 그는 검을 휘둘러 이탄을 베려다 여의치 않자 한 걸음 뒤로 후퇴했다. 그러면서 20호는 삭풍의 가호를 발휘하여 시커먼 바람을 소환했으며, 그 바람이 이탄을 집어삼켰다.

이 모든 일들이 채 1초도 지나기 전에 일어났다.

Chapter 6

더 놀라운 점은 20호의 상황판단 능력이었다.

20호는 담장 위에서 이탄과 맞닥뜨린 순간 이상함을 느꼈다. 20호는 이탄을 끝까지 해치우려 들지 않았다. 검은 바람이 이탄을 에워싼 순간, 그는 결과도 확인하지 않고 담장에서 뛰어내려 이 자리를 벗어나려고 시도했다.

그러니까 20호가 삭풍의 가호를 펼친 것은 이탄을 해치우기 위해서라기보다는 자신이 도망칠 시간을 벌기 위함이리라.

"허어."

이탄은 순수한 의미에서 감탄했다.

"보통 기사단장들은 자존심 때문에라도 도망치지 않는데, 확실히 당신은 다르군."

싱싱싱 우는 검은 바람 속에서 이탄이 중얼거렸다. 그 나직한 뇌까림이 강렬한 바람을 뚫고서 20호의 귀에 꽂혔다.

20호가 두 눈을 부릅떴다.

"내 정체를 알아?"

20호가 이탄의 말에 반응하여 짧게 멈칫했다. 그러는 동안 20호가 발동한 날카로운 삭풍은 꽝! 꽝! 꽝! 소리를 내면서 소멸했다. 이 소리는 삭풍이 이탄의 몸과 충돌하면서 발생한 소음이었다.

사그라지는 검은 바람 속에서 이탄이 불쑥 튀어나와 20호의 어깨를 손으로 짚었다.

"치잇."

20호는 팽이처럼 몸을 회전하여 이탄의 손아귀에서 벗어나려 들었다.

하지만 20호의 어깨를 붙잡은 이탄의 악력이 어찌나 강했던지 그의 어깨 근육이 부욱 뜯겨나갔다.

"끄읍."

20호는 살이 생으로 뜯어지는 고통을 억지로 참아낸 뒤, 자신의 검을 풍차처럼 휘둘렀다.

이번에는 '열화의 가호'가 발휘되었다. 20호의 검이 화로에 달군 듯 시뻘겋게 달아올랐다. 그러면서 검 주변 수십 미터 이내가 기화되기 시작했다.

무쇠도 녹일 듯한 열기에도 불구하고 이탄은 개의치 않았다. 이탄은 시뻘겋게 변한 상대의 검을 맨손으로 잡고는 뚝 부러뜨렸다.

"이럴 수가!"

20호가 기함했다.

그때 이미 이탄은 20호의 머리카락을 붙잡아 앞으로 와락 잡아당긴 상태였다.

20호는 슬라이딩 하듯이 넘어져서 이탄 앞에 무릎을 꿇었다.

이탄은 한 발로 상대의 오른손을 꾹 눌렀다.

"끄악!"

20호의 오른손이 단숨에 으스러졌다. 손의 뼈가 모두 으깨지자 20호는 불가피하게 검을 손에서 놓을 수밖에 없었다. 20호는 경악에 가득한 눈으로 이탄을 올려다보았다.

이탄은 손날로 20호의 목을 끊어 쳤다.

힘을 미세하게 컨트롤하여 상대가 죽지 않고 기절만 할 정도로 톡!

"꾸르륵."

20호는 허파에서 바람 빠지는 소리를 내면서 옆으로 고꾸라졌다.

이제 이탄은 오늘 밤 목표로 삼았던 11명의 전투요원들을 모두 제압했다.

"날이 밝는 대로 은화 반 닢 기사단의 총단으로 오라고 했지?"

이탄은 333호의 당부를 머릿속에 떠올렸다.

333호는 철두철미한 성격이었다. 그런 그녀가 보조요원들의 전폭적인 지원을 받아서 작전을 짰으니 그 작전이 실패할 가능성은 없었다.

원래 은화 반 닢 기사단의 모든 정보는 보조요원들을 통해서만 오갔다. 333호와 보조요원들은 자신들이 본디 장악하고 있던 정보를 통제하고 조작하여 은화 반 닢 기사단과 모레툼 교황청 사이의 소통 통로를 완전히 끊어놓았다. 또한 보조요원들은 각 전투요원들 사이의 개인적인 소통 통로도 모두 차단했다.

덕분에 원로기사들은 미처 인식하지도 못한 사이에 외딴 섬처럼 고립되었다.

12명의 원로기사들의 서열은 다음과 같았다.

가장 서열이 높은 원로기사가 은화 반 닢 기사단의 5호였다.

그 다음이 6호, 7호, 8호⋯⋯.

이런 식으로 내려와서 원로기사들 가운데 막내는 16호였다.

원로기사들보다 더 윗선, 즉 1호부터 4호는 실질적인 의미는 없었다. 여기는 모레툼의 교황과 추기경들에게 상징적으로 배정된 자리였다.

원로기사들의 바로 아래 서열인 17호는 이미 레오니 추기경에게 포섭되어서 추심 기사단에 한 발을 걸쳤다. 이탄은 지난번 까마귀 깃털 고르기 퀘스트 당시 그녀를 만나서 친분을 맺었다.

아니, 엄밀하게 말해서 친분이라고 할 수는 없었다. 17호는 이탄과 친해지고 싶었다기보다는 이탄의 가늠할 수 없는 무력에 눌려서 강제로 인사를 나눴을 뿐이었다.

한편 은화 반 닢 기사단의 28호도 까마귀 깃털 고르기 퀘스트 당시에 이탄에게 제압을 당해서 추심 기사단의 손에 신병이 넘어갔다.

그리고 지난 밤, 은화 반 닢 기사단의 19호부터 시작하여 30호에 이르기까지 원로기사들이 은밀하게 총단 주변에 배치해놓았던 상위서열 전투요원들은 모두 이탄에 의해 깔끔하게 정리되었다.

그러니까 이제 남은 자는 베일에 싸인 18호, 그리고 원로기사들뿐이었다.

"이제 늙은이들을 처리해야지."

이탄은 은화 반 닢 기사단의 총단이 위치한 방향을 바라보면서 뇌까렸다.

사실 이탄은 원로기사들보다도 18호가 더 마음에 걸렸다.

18호 성기사는 보조요원들조차 행방을 알지 못하는 유령 같은 존재였다. 왜냐하면 그동안 18호는 보조요원의 도움 없이 단독으로 일을 처리했기 때문이었다.

333호를 비롯한 보조요원들이 아무리 정보를 모아도 18호의 행적은 묘연했다. 그래서 333호는 18호를 목에 걸린 가시처럼 찜찜하게 여겼다.

그렇지만 18호를 찾을 때까지 마냥 시간만 끌 수도 없었다. 333호는 '모레툼 교단의 내분이 겉으로 불거지기 전에 은화 반 닢 기사단을 완전히 장악해야 한다.'고 판단했다.

그러자면 비록 마음에 걸리는 구석이 있을지라도 거사부터 치르고 볼 수밖에. 결국 333호는 18호에 대한 처리를 미룬 채 일을 저질렀다.

"이제 333호가 계획하고 내가 실천에 옮긴 거사를 마무리 지을 단계로구나. 원로 늙은이들만 처리하면 돼."

이탄은 높낮이가 없는 무감정한 말투로 중얼거렸다.

이른 아침, 피요르드 시 북쪽 협곡에 한 사람이 나타났다.

그의 정체는 이탄이었다.

이탄은 눈처럼 하얀 무복을 입고서 좁은 길을 따라 걸었다.

오솔길은 산속으로 깊숙이 감겨들면서 점점 경계가 희미해졌다. 이탄은 길이 아닌 곳을 헤쳐서 절벽으로 다가섰다.

깎아지른 단애 앞에는 잎사귀가 하나도 없이 앙상하게 가지만 남은 고목이 한 그루 자리했다.

이탄은 고목의 옹이를 찾아서 그곳에 엄지를 밀착했다.

Chapter 7

지이잉—

고목이 스스로 이탄의 지문을 스캔했다.

지문 검사가 끝나자 깎아지른 절벽 중앙에 철문이 드러났다. 이탄은 녹슨 철문으로 다가서면서 처음 이곳을 방문했을 때를 떠올렸다.

당시 철문 안에서는 암구어에 대한 확인이 있었다. 안에서 "은화."라고 말하면 이탄은 "반 닢."이라고 대답해야만 했다. 그래야 비로소 은화 반 닢 기사단 총단으로 들어가는 철문이 열렸다.

이번에는 암구어 확인이 없었다. 이탄이 접근하자 철문

은 기다렸다는 듯이 쿠르릉 소리를 내면서 위로 들렸다.

이탄을 위해 문을 열어준 자들은 은화 반 닢 기사단의 보조요원들이었다.

"49호 님."

"어서 오십시오."

2명의 보조요원은 이탄에게 절도 있게 목례를 했다.

이탄이 절벽 내부로 들어가면서 물었다.

"어르신들은?"

"12명 모두 안에 있습니다."

"혹시 어르신들이 사태를 눈치챘나?"

이탄이 거듭 질문했다.

2명의 보조요원들은 단호하게 고개를 가로저었다.

"절대 아닙니다."

"믿으셔도 좋습니다. 이곳 총단으로 집결되는 모든 정보는 지금 저희들이 철저하게 차단 중입니다."

은화 반 닢 기사단의 총단은 본래 이렇게 쉽게 장악할 수 있는 곳이 아니었다. 이 조직은 철저하게 점조직으로 이루어졌을 뿐 아니라 출입도 2중, 3중으로 통제되었다.

하지만 이 은밀한 조직도 결국은 사람이 움직이는 곳이었다. 모든 보조요원들이 한 마음 한 뜻이고 거사에 힘을 보태자 그 결과는 놀라웠다. 하룻밤 사이에 원로기사들은

눈 뜬 장님 꼴이 되었고, 은화 반 닢 기사단은 이탄과 보조
요원들의 수중에 장악을 당했다.

"그렇다면 들어가자."

이탄이 보조요원들을 독촉했다.

"네, 49호 님."

"저희가 모시겠습니다."

2명의 보조요원들이 앞장서서 걸었다. 그들은 개미굴처
럼 복잡한 동굴을 지나 안으로 계속 파고들어 가더니 원로
기사들의 거처로 이탄을 안내했다.

5호부터 16호에 이르기까지 12명의 원로기사들은 그때
까지도 이탄의 침입 사실을 깨닫지 못했다.

원로기사들의 거처는 12개의 분리된 저택으로 구성되었
다. 저택 하나하나마다 정원이 아름답게 꾸며져 있었다. 집
의 규모도 상당히 컸다. 지하 깊은 곳에 이렇게 잘 꾸며진
저택이 12개나 있다는 사실이 믿어지지 않을 정도였다.

이탄이 손을 들었다.

"스톱. 너희들은 이제 그만 따라와라."

"네?"

보조요원들이 흠칫했다.

이탄은 단호하게 고개를 가로저었다.

"이 이상은 위험해. 원로들은 한때 현역에서 활동했던

성기사들이다. 비록 나이가 드셨다고 해도 그분들의 무력을 무시할 수는 없어. 괜히 다치지 말고 여기서 기다려. 뒤처리는 나 혼자 한다."

"49호 님······."

보조요원들은 감동한 표정으로 이탄을 바라보았다.

지금까지 보조요원들이 모셨던 전투요원들은 대부분 보조요원들을 소모품처럼 여기기 일쑤였다. 그 가운데는 보조요원들을 정찰병으로 삼아 적진에 먼저 던져보는 전투요원들도 많았다.

이탄은 정반대였다.

'역시 49호 님을 따르기를 잘했구나. 이런 분을 상관으로 모셔야 열심히 일할 맛이 나지.'

'49호 님의 성품은 333호가 말한 대로야.'

2명의 보조요원들은 서로 눈을 마주치고는 고개를 끄덕였다.

그러는 사이 이탄은 333호가 정리한 장부를 한 번 더 펼쳐들었다. 이탄이 펼친 페이지에는 원로기사들의 성향이 기술되었다.

— 교황청에 절대 복종하는 성향: 6호, 8호, 16호.

── 권위적인 성향: 5호, 6호, 10호, 11호, 12호, 13호, 14호.

── 은화 반 닢 기사단의 설립 목적에 충실하려는 성향: 7호, 15호.

── 정치적으로 저울질을 하는 성향: 5호, 9호, 14호, 16호.

이탄은 위의 내용을 머릿속에 숙지했다.

일단 한 가지는 명확했다.

'비크 교황파는 가만히 둘 수 없지. 6호, 8호, 16호는 우선 처리 대상이야.'

이탄은 제거 명단의 1순위에 비크 교황의 심복들을 올려놓았다. 이들만큼은 목숨을 살려둘 이유가 없었다.

이탄은 비크의 심복인 원로기사들과 전투요원들에 대한 처리 방법은 서로 달라야 한다고 믿었다. 지난밤 이탄은 전투요원들을 죽이지 않고 기절만 시켜놓았는데, 이는 나중에 그 전투요원들을 부려먹기 위함이었다.

솔직히 이탄은 은화 반 닢 기사단을 박살 내는 것이 목적이 아니었다.

'그동안 은화 반 닢 기사단이 나에게 진 빚이 많잖아? 그 빚을 죽을 때까지 갚아야지. 아니 죽고 나서라도 계속해

서 갖게 만들어야지.'

이탄은 이러한 계획을 세웠다. 이탄의 계획이 성공하려면 은화 반 닢 기사단의 전투요원들을 죽일 게 아니라 잘 어르고 달래서 빚쟁이로 만들어야 했다. 게다가 그렇게 하는 편이 이탄의 성향에도 더 잘 맞았다.

마침 전투요원들을 구속할 굴레가 이탄의 손에 들어왔다. 보조요원들이 바로 전투요원들을 구속할 재갈이었다.

'전투요원들은 그렇게 부려먹으면 되고, 원로 늙은이들은 어찌하지? 비크 교황의 심복들이야 당연히 죽인다고 치고, 심복이 아닌 자들은 어떻게 하냐고.'

이탄은 이 점을 고민했다.

Chapter 8

'성격이 권위적인 늙은이들은 내가 반란을 일으킨 것을 끝내 용납하지 못할 거야. 내 앞에서는 어쩔 수 없이 굴복하는 척할지 몰라도 뒤에서는 딴 마음을 품을 거라고. 이참에 그런 늙은이들도 정리하는 편이 낫겠어.'

전투요원들은 써먹을 데가 많기라도 하지, 이탄의 입장에서 원로기사들은 그다지 영양가도 없었다.

그래서 이탄은 권위적인 자들도 제거하기로 결심했다. 5
호, 6호, 10호, 그리고 11호부터 14호 어르신이 여기에 해
당했다.

반면 7호와 15호 어르신은 살려두어도 괜찮겠구나 싶었
다. 이들은 비크 교황파가 아닐뿐더러 균형 잡힌 시각을 가
지고 있었다.

마지막으로 이탄은 정치적 성향의 원로기사들의 처리를
고민했다. 이탄이 마음속으로 살생부를 작성할 때 가장 고
민했던 파트가 바로 정치적 인물들이었다.

정치적이라는 것은, 다시 말해서 비크 교황에게도 붙을
수 있고 레오니 추기경 편에 설 수도 있다는 뜻이었다.

그런 자들은 이탄이 잘만 구슬리면 써먹을 수 있을 법도
싶었다.

다만 이 부류에 속하는 원로기사는 딱 한 명뿐이었다.

정치적 성향의 원로기사들 가운데 5호와 14호는 권위적
인 자들이라 이탄의 제거 명단에 이미 이름이 올랐다.

'그리고 16호는 비크 놈의 꼬봉이니까 죽여야지.'

그렇다면 남는 사람은 9호뿐.

이탄은 다음과 같은 내용을 머릿속에서 확정했다.

첫째, 7호와 15호는 가급적 살린다.

둘째, 9호에 대한 처리는 나중으로 미룬다.

셋째, 나머지 늙은이들은 모두 저승길로 보내준다.

이탄은 결심이 서면 곧바로 행동에 돌입하는 성격이었다. 이탄은 은신의 가호로 몸을 투명화한 채로 원로기사들의 저택에 뛰어들었다.

원래 이 구역은 허락받지 않은 자가 침입하면 종소리가 시끄럽게 울리도록 마법진이 깔려 있었다.

한데 오늘따라 알람 마법이 작동하지 않았다. 원로기사들 몰래 알람 마법을 해제한 것은 보조요원들의 짓이었다. 덕분에 이탄은 아무런 방해 없이 16호 어르신의 숙소로 파고들 수 있었다.

16호는 느긋하게 반신욕을 즐기다가 이탄을 맞이했다.

"웬 놈이냣?"

머리 위에서 시커먼 그림자가 덮친 순간, 16호는 반사적으로 지둔의 가호를 일으켰다.

그보다 한발 앞서 이탄의 손바닥이 16호의 두개골을 수박 쪼개듯이 으깼다.

뻐억!

"꾸엑?"

16호는 발가벗은 채로 머리가 박살 나서 욕조에 쓰러졌다. 뜨거운 목욕물이 벌겋게 피로 물들었다.

뒤늦게 발동한 16호의 방패는 이탄의 팔뚝과 부딪쳐 산산이 부서졌다. 16호가 내지른 고함은 목욕탕 밖으로 새어 나가지 않았다. 16호의 두개골이 바스러지는 소리도 밖으로 퍼지지 않았다.

이탄이 주변에 마나로 막을 만들어서 소리를 차단한 덕분이었다.

이탄은 욕조 안에 둥둥 떠 있는 16호의 시체를 으스스한 표정으로 내려다보았다.

"우선 한 명은 끝났네. 이제 14호의 차례인가."

16호의 숙소를 떠난 뒤, 이탄은 곧장 14호를 방문했다. 은신의 가호가 발동 중이라 이탄의 몸은 여전히 투명한 상태였다.

14호는 숙소 정원에서 화분에 물을 주는 중이었다.

그런 14호의 뒤쪽에 이탄이 유령처럼 나타났다.

"누구냣?"

섬뜩한 느낌에 14호가 등을 홱 돌렸다.

그 순간 이탄이 펑! 소리와 함께 검푸른 연기로 흩어졌다. 이탄은 투명 상태를 유지한 채로 바닥에 낮게 깔려서 S 자를 그리며 날아오더니 14호의 앞에서 갑자기 솟구쳤다. 그리곤 손바닥으로 상대의 안면을 후려쳤다.

스르륵.

14호도 은신의 가호를 마주 펼쳤다. 몸이 투명해진 상태에서 14호는 재빨리 다른 공간으로 순간이동 했다.

14호는 전투요원 출신이자 점퍼이기도 했다. 14호가 마음만 먹으면 다른 원로기사 11명이 동시에 달려들더라도 얼마든지 그들을 따돌리고 도망칠 자신이 있었다.

문제는 이탄이 공간의 지배자라는 점이었다. 이탄은 상대가 점퍼의 특성을 이용하여 공간을 건너뛰는 순간, 함께 공간을 뛰어넘어 바짝 따라붙었다.

쭈—왁!

순간적으로 이탄의 팔이 엿가락처럼 길게 늘어난 것처럼 보였다.

실제로 이탄의 팔 관절이 늘어난 것은 아니었다. 이탄의 동작이 워낙 빨라서 허공에 잔상이 남았을 뿐이었다.

"우힉?"

14호가 자지러졌다.

다음 순간, 콰직! 소리와 함께 14호의 안면에 이탄의 손도장이 깊이 틀어박혔다. 이탄은 무지막지하게도 상대의 안면 전체를 부수고도 모자라 뒤통수까지 그대로 뚫어버렸다. 허공에 14호의 피와 뇌수가 질퍽하게 비산했다.

"두 번째도 끝났군. 이제 13호에게 가자."

이탄이 13호 어르신의 숙소에 도착했을 때, 그곳에는 10호와 12호 어르신들이 모여서 함께 아침식사를 하는 중이었다. 이들 3명은 예전에 함께 흑 진영과 싸웠던 전력이 있어서 그런지 서로 죽이 잘 맞았다.

이탄은 창문 안쪽에 원로기사 3명이나 모여 있는 모습을 보고도 전혀 주저하지 않았다.

'잘 되었네. 하나씩 찾아다니는 수고를 덜었어.'

오히려 잘 되었다는 듯이 이탄은 일처리에 나섰다.

이탄이 은신을 풀지 않은 채 접근하자 삑삑 경고음이 울렸다. 이 알람마법은 보조요원들도 미처 몰랐던 것이라 미리 해제해놓지 못했다.

다만 원로기사들은 알람을 듣고도 쉽사리 적의 침투 사실을 인정하지 않았다.

"이곳에 침입자가 있다고?"

10호 어르신이 고개를 갸웃했다.

12호는 머리를 좌우로 가로저었다.

"허어, 그럴 리가요. 침입자가 있었다면 바깥쪽의 알람이 먼저 울렸겠지요."

"맞아요. 아마도 마법진에 오류가 생겼나 봅니다. 허허허. 두 분은 계속 식사를 하시지요. 제가 한번 나가보리다."

집주인인 13호가 10호와 12호를 자리에 남겨둔 채 정원으로 나왔다.

이탄이 문 앞에서 기다리고 있다가 13호의 목을 낚아챘
다.

"으헙?"

화들짝 놀란 13호가 반사적으로 '속박의 가호'를 펼쳤
다. 13호의 발밑에서 돋아난 넝쿨이 눈 깜짝할 사이에 이
탄의 몸을 휘감았다.

Chapter 9

이탄은 같잖은 넝쿨에는 신경도 쓰지 않았다. 이탄이 가
볍게 힘을 한 번 주자 고래힘줄보다 질긴 넝쿨이 썩은 동아
줄처럼 후두둑 끊어졌다. 이탄은 속박을 풀어내는 것과 동
시에 13호 어르신의 목뼈를 부러뜨렸다.

"꾸륵."

13호는 영문도 모른 채 혀를 길게 빼어 물고 죽었다.

이탄은 13호의 시체를 문 앞에 고이 내려놓은 뒤 13호의
집 안으로 들어갔다.

순간, 10호 어르신과 12호 어르신이 문기둥 옆에서 벼락
처럼 튀어나와 이탄을 공격했다.

"이 노옴."

"죽어랏."

10호 어르신의 손은 무려 60 센티미터보다 더 크게 증폭되었다. 그 커다란 손의 주변으로 철의 기운이 스산하게 어렸다.

한편 12호 어르신은 온몸에 푸른 뇌전을 머금은 채 온몸을 던져 이탄을 들이받았다.

이들이 이탄의 접근을 눈치채고 미리 선수를 칠 수 있었던 것은 오로지 10호의 능력 덕분이었다.

10호 어르신의 특기 가운데 하나가 가까운 미래를 예지하는 것이었다. 소규모 도시에서 선술집을 운영하던 22호가 그랬던 것처럼 10호도 모레툼으로부터 예지의 가호를 하사받았다.

조금 전, 10호는 동료인 13호가 괴한의 기습 공격을 받아서 목뼈가 부러지는 장면을 예견했다.

그 즉시 10호는 12호와 함께 문 앞에 매복했다가 괴한(이탄)을 급습했다. 두 원로기사들은 자신들의 기습공격이 괴한에게 충분히 통할 것이라 믿었다.

아니었다.

꽈앙!

10호의 커다란 손은 이탄과 부딪치는 순간 100배의 반탄력에 의해 폭발해 버렸다. 10호 어르신은 손이 통째로

날아갔을 뿐 아니라 뼈까지 잘게 으스러졌다. 그 뼈의 파편
들이 10호의 몸에 빼곡하게 꽂혔다.

"크으윽. 이럴 수가!"

10호 어르신이 비틀거리며 뒷걸음질 쳤다.

한편 이탄에게 육탄돌격했던 12호의 꼴은 더 처참했다.
12호는 이탄에게 달려들었던 것보다 몇십 배의 속도로 튕
겨 나와 벽에 거칠게 처박혔다.

"끄으윽."

벽에 몸이 꽂힌 12호의 주변에서 푸른 전하가 번쩍 번쩍
뛰놀았다.

이탄은 엉망진창으로 몸이 망가진 12호를 힐끗 곁눈질
한 뒤, 10호 어르신에게 바짝 따라붙었다.

10호 어르신이 이탄의 접근 사실을 깨달았을 때, 이미
그의 머리카락은 이탄의 우악스러운 손아귀에 붙잡힌 뒤였
다.

"끄헙? 이놈이 감히 내 머리채를 잡아?"

10호 어르신은 머리가죽이 통째로 벗겨지는 듯한 통증
과 분노를 함께 느꼈다.

그러나 10호의 분노는 그리 오래 가지 않았다. 10호가
다른 생각을 할 새도 없이 그의 몸뚱어리는 이탄에게 확 딸
려갔다. 그리고 바로 이어서 이탄의 주먹이 10호의 정수리

를 부수며 파고들었다.

뻑!

이탄의 주먹은 10호의 두개골을 부수고 목뼈를 좌굴시킨 다음 더 안쪽까지 파고들어 척추를 연달아 박살 냈다. 이탄이 다시 손을 뽑았을 때, 그의 팔뚝까지 피와 뇌수로 범벅이 되어 있었다.

10호 어르신을 해치운 뒤, 이탄은 벽에 박혀 꿈지럭거리는 12호 어르신에게 다가갔다.

"너, 너, 넌!"

12호 어르신은 그제야 이탄을 정체를 알아보았다. 12호의 안색이 하얗게 질렸다.

'크으윽. 어서 알려야 해. 49호가 조직을 배신했다는 사실을 교황청과 동료들에게 알려야 한다고.'

12호는 급박한 와중에 이런 판단을 내렸다.

그러나 12호의 사고는 오래 지속되지 못했다. 이탄이 가까이 다가와 12호 어르신의 머리통을 몸에서 강제로 잡아 뽑았기 때문이었다.

10호, 12호, 13호가 한 자리에서 죽었으니 이제 11호 어르신이 죽음의 신을 만날 차례였다.

이탄이 찾아갔을 때 11호는 운 좋게도 자리에 없었다.

"다만 몇 분간이라도 목숨을 연장했구먼. 운도 좋아."

이탄은 가볍게 혀를 찼다.

이탄은 9호 어르신의 집은 건너뛰었다. 대신 8호 어르신 부터 찾았다.

그런데 8호의 집 앞에서는 5호와 6호, 8호, 그리고 11호 가 모두 모여 있었다. 원로기사들은 각자의 무기를 들고 서 서 비장한 표정으로 이탄을 맞았다.

5호 어르신은 이탄의 어깨에 수놓아진 49라는 숫자를 확 인한 다음 얼굴을 악귀처럼 일그러뜨렸다.

"이 노옴, 49호. 네놈이 감히 모레툼 님의 은혜를 받고 도 이런 참담한 배신을 저지르다니. 네놈이 사람이라면 어 찌 이럴 수가 있단 말이냐."

6호 어르신이 기다렸다는 듯이 5호의 말을 받았다.

"이런 천하의 패륜아 놈. 네놈이 오늘 저지른 참사는 모 두 다 네놈에게 돌아갈 것이니라. 모레툼 교단은 결코 네놈 의 짓을 용서하지 않을 게다."

이탄을 노려보는 6호의 눈빛은 천하의 악적을 대하는 듯 했다.

5호와 6호뿐만이 아니었다. 8호도 이탄을 크게 나무랐다.

"49호, 네놈이 피사노교의 악마들과 손을 잡은 게 틀림 없구나. 네놈은 감히 모레툼 님의 은혜를 배신하고 선배 성 기사들의 신뢰를 저버린 게야. 오늘 내가 네 녀석의 목을 베어 징벌할 것이니라."

5호와 6호 어르신이 맨손인 것과 달리 8호는 무려 4 미터가 넘는 긴 배틀 훅(Battle Hook: 긴 갈고리 모양의 무기)을 한 손에 움켜쥐고 있었다. 또한 8호는 덩치가 산처럼 컸고, 턱과 구레나룻에는 빳빳하게 가시 수염이 돋아 있어 무식한 산적을 연상시켰다.

'정말 배틀 훅과 잘 어울리는 외모군,'

이탄은 8호 어르신을 보면서 이런 생각을 품었다.

한편 11호 어르신은 허리를 꾸부정하게 구부린 채 말없이 이탄만 노려보았다. 11호 어르신의 손끝에서 쇠사슬이 철그럭 소리를 내면서 회전했다. 쇠사슬 끝에는 끝이 뭉툭한 추가 매달린 모습이 인상적이었다.

5호가 날카롭게 이탄을 압박했다.

"49호. 지금이라도 무릎을 꿇고 항복하라. 그리고 피사노교의 악마들에게 어떻게 하다가 회유를 당했는지 고백하라. 그러면 고통스럽지 않게 죽여줄 것이니라."

Chapter 10

6호가 뒤를 이어서 윽박질렀다.

"49호. 저항은 소용없다. 도망칠 생각도 하지 마라. 이미 비상 마법진이 발동하여 이곳 총단 전체가 철저하게 봉쇄되었느니라. 지금쯤 각지에서 네놈의 선배 성기사들이 달려오는 중일 게다. 게다가 네놈의 배반 사실은 이미 교황청에까지 보고가 올라갔을 거란 말이다. 이제 네놈은 평생 동안 우리 은화 반 닢 기사단의 요원들과 교단의 수호대에 쫓기는 신세가 되었느니라."

"암 그렇고말고. 알람마법이 발동한 즉시 보조요원들이 매뉴얼대로 대응을 했을 테지. 지금쯤 보조요원들은 매를 날려서 네놈의 배신 사실을 교황청에 알렸을 게다."

5호 어르신이 맞장구를 쳤다. 6호와 5호는 말을 주거니 받거니 하면서 이탄에게 심리적인 압박을 가했다.

"훗."

이탄이 피식 웃었다.

그 웃음이 8호의 신경을 건드렸다.

"웃어? 이 배신자 새끼가 감히."

8호는 벼락처럼 달려들어 4미터 길이의 배틀 훅을 휙 잡아당겼다. 배틀 훅은 어느새 이탄의 뒤통수 쪽에 나타나서 이탄의 목을 가을보리 추수하듯이 낚아챘다.

순간 이탄의 표정이 싸늘하게 굳었다.

"다른 곳은 몰라도 내 목을 노리면 곤란하지. 그럼 내가 화가 나잖아."

듀라한인 이탄에게 목은 역린이었다. 그리고 지금까지 이탄의 역린을 건드린 자들 중에 무사한 사람은 없었다.

8호의 배틀 훅이 이탄의 목을 뒤에서 낚아채려는 순간, 이탄의 몸이 검푸른 연기로 변해서 펑! 터졌다.

다음 순간, 이탄은 8호의 옆쪽에 나타나 상대의 손목을 잡아챘다.

꽈득.

이탄이 가볍게 움켜쥐었을 뿐인데 8호의 굵은 손목이 수수깡처럼 끊어졌다. 뚝 절단된 손목 단면으로부터 허연 뼈 조각들이 보였다.

"크아악, 내 손."

8호가 입을 쩍 벌리고 울부짖었다.

"이노옴!"

부왕—.

11호가 쇠사슬이 매달린 추를 던져 이탄의 등을 노렸다. 신속의 가호가 걸린 쇠사슬은 어느새 공간을 가로질러 이탄의 등에 작렬했다.

꽈앙! 하고 폭음이 터졌다. 11호의 추는 이탄의 등에 부딪친 즉시 무지막지한 반탄력에 의해서 뒤로 튕겨나갔다.

"크윽."

추와 쇠사슬이 연쇄적으로 폭발하면서 11호가 몸을 휘청거렸다.

이탄의 몸은 유령처럼 흩어졌다가 11호의 등 뒤에 으스스하게 나타났다. 이탄은 허공 20 센티미터 높이로 몸을 띄운 채 11호의 뒤에서 양손을 뻗었다. 그리곤 11호의 귀를 살짝 막았다가 떼었다.

퐁!

맥주병 따는 소리가 울렸다. 이탄의 손바닥 사이에서 발생한 가공할 압력이 11호의 고막을 터뜨렸다. 11호의 달팽이관도 엉망진창으로 파괴되었다. 심지어 11호의 뇌까지 곤죽이 되었다.

"으어어어."

11호 어르신은 몇 차례나 비틀거리다가 제자리에 푹 주저앉았다. 11호의 눈과 코, 입과 귀에서 검붉은 핏물이 폭포수처럼 쏟아졌다.

단숨에 11호를 죽여 버린 뒤, 이탄이 한 번 더 유령처럼 이동했다. 이번에는 이탄이 8호의 등 뒤에 나타났다.

"으헉?"

깜짝 놀란 8호가 베틀 훅을 수평으로 휘둘렀다.

깡!

이탄은 팔뚝으로 상대의 무기를 막은 다음, 비어 있는 상대의 복부에 주먹을 꽂아넣었다.

가죽 터지는 소리와 함께 8호의 몸이 반으로 접혔다. 이탄의 주먹에 가격을 당한 즉시 8호의 등허리가 거짓말처럼 허공으로 떠올랐다. 반면 8호의 얼굴은 아래로 확 쏠리면서 무릎에 닿았다.

이탄의 주먹은 그런 8호의 배를 뚫고 들어가 척추를 부쉈다. 그런 다음 등판을 관통하여 뒤로 튀어나왔다.

"끄어억."

덩치가 큰 8호가 입을 쩍 벌렸다.

이탄이 손을 다시 빼자 8호의 배에서 선혈이 콸콸 쏟아졌다.

"이런 살인마!"

6호 어르신이 분노하여 이탄에게 달려들었다.

6호의 몸이 눈 깜짝할 사이에 10명으로 불어났다. 6호의 특기 가운데 하나인 '분신의 가호'가 발휘된 결과였다.

단지 분신만 잔뜩 생긴 것이 아니었다. 6호의 분신 한 명한 명이 이탄을 향해서 날카로운 예기를 뿌렸다.

'이 노인장이 그나마 봐줄 만한데?'

이탄은 원로기사들 중에서는 그래도 6호를 높이 평가했다.

나름 평가를 받을 만도 한 것이, 한때 6호는 피사노교와 최전방에서 사투를 벌였던 실력자였다.

하지만 지금 6호 어르신은 나이가 많이 들어 실력이 녹슬었다. 은화 반 닢 기사단의 원로기사들 가운데 6호보다 나이가 많은 사람은 5호뿐이었다.

이탄이 6호의 분신들을 향해서 달려들었다. 이탄의 손끝에는 어느새 강렬한 빛의 씨앗이 자라났다.

츠츠츠츠츳!

이것은 빛의 씨앗, 혹은 빛의 정수.

광정(光精)이라 불리는 쥬신 제국 최강의 수법이 이탄의 손끝에서 빚어졌다.

쭈왕—.

광정이 유려한 곡선을 그리며 빛의 속도로 날아가 6호의 분신 10명을 차례로 관통해 버렸다.

퍼버버벅 소리가 뒤늦게 들렸다. 그때 이미 6호의 분신들은 와르르 허물어진 뒤였다. 분신들이 쓰러지자 6호 어르신도 가슴을 쥐어뜯으며 고꾸라졌다.

"안 돼."

5호 어르신이 황급히 6호를 부축했다.

"쿨럭."

6호의 입에서는 피 한 덩이가 왈칵 쏟아져 가슴 섶을 적셨다.

5호 어르신이 6호를 안고 자리를 피하려 들었다. 5호의 몸 주변에서 신성력이 폭발적으로 일어나 이탄을 밀어냈다.

당연한 말이지만 이탄은 뒤로 밀리지 않았다. 이탄이 음차원의 마나를 끌어올리자 그 마나가 화이트니스를 거치면서 신성력으로 포장되었다.

Chapter 11

콰창!

빛과 빛이 강렬하게 맞부딪쳤다. 모레툼을 상징하는 광휘와 광휘가 충돌했다.

5호 어르신의 신성력이 비록 원로기사들 가운데 발군이라고 하지만, 그것은 원로들 수준에서의 비교일 뿐, 감히 이탄과 견줄 수는 없었다. 이탄이 화이트니스를 통해서 뿜어내는 신성력의 양은 역대 그 어떤 교황도 흉내 내지 못할 수준이었다.

아니, 이것은 그 정도를 넘었다.

모레툼 교단의 신도들이 지금 이탄의 모습을 보았다면 두 손을 공손히 모으고 눈물을 흘리면서 이렇게 외쳤을 것이다.

"오오오! 모레툼 님의 화신이시다."

"우오오오오! 모레툼 님께서 이 땅에 다시 현신하셨도다."

이탄이 뿜어내는 신성력은 그만큼 압도적이었다.

"커헉? 말도 안 돼. 교를 배신한 배교자가 어찌 이런 신성력을 발휘한단 말이더냐?"

5호 어르신은 자신이 눈으로 목격한 장면을 부정했다.

5호의 품에 안겨 있던 6호 어르신도 믿을 수 없다는 듯이 두 눈을 번쩍 떴다.

저 멀리서 후다닥 달려오던 7호와 9호, 그리고 15호도 이탄이 신성력을 뿜어내는 장면을 보았다. 그들은 처음에 이탄의 배신에 분노하며 5호 등을 도와서 이탄과 싸우려 했다. 한데 이탄이 발휘하는 신성력에 놀라서 걸음을 딱 멈췄다.

'드디어 나타나셨군.'

이탄은 눈으로 보지 않고서도 7호와 9호, 그리고 15호 어르신의 등장을 알아차렸다. 그 즉시 이탄 특유의 능글맞은 연기가 시작되었다.

"어르신들이 감히 나를 배교자라 부를 자격이 있소? 어르신들은 시류에 영합하여 비크, 그 독사 같은 자에게 충성하지 않았소. 어둠의 악마들과 손을 잡고 슈로크 추기경을 암살한 비크, 그 독사 같은 자에게 충성하여 은화 반 닢 기사단을 그릇된 길로 이끈 게 누구요? 바로 당신들 아니오."

이탄의 꾸짖음은 통렬했다.

"뭣이?"

서슬 퍼런 이탄의 호통에 5호가 두 눈을 부릅떴다.

6호는 몸서리를 쳤다.

멀리서 이탄의 말을 들은 즉시 7호의 눈도 휘둥그레졌다.

9호와 15호는 당황하여 서로를 마주 보았다.

5호가 목청을 쥐어짜 반격했다.

"49호, 이 미친 놈. 지금 뭐라고 지껄이는 것이냐? 네놈이 감히 악마들의 꼬임에 넘어가서 교황 성하를 음해하다니. 이이익."

이탄은 코웃음을 쳤다.

"흥. 모르는 척하지 마시오. 56호가 비크의 명을 받아 슈로크 추기경님을 암살했소이다. 그리고 그 56호가 또다시 비크의 명에 따라 세본 추기경의 아들인 미유 주교를 죽였소이다. 세본 추기경은 평생 비크를 위해서 충성을 바쳤는데, 비크는 그런 세본이 미덥지 않아서 그 아들까지 해쳤단 말이오. 지금 내가 이야기하는 이 충격적인 사실은 56호가 이미 자백한 것이오. 그런데 과연 56호가 비크 교황으로부터 직접 명을 받았을까? 아니면 당신들 원로들이 비크와 56호 사이에서 명을 전달하는 역할을 맡았을까?"

"뭣? 56호가 자백을 해?"

5호가 몸을 휘청거렸다.

6호가 깜짝 놀라서 5호에게 따져 물었다.

"5호. 그게 사실이오? 49호의 말이 진정 사실이냔 말이오?"

6호는 화가 나서 5호의 멱살을 잡으려고 들었다. 6호의 반응으로 보건대 그는 56호가 저지른 짓을 모르고 있었던 모양이었다.

7호도 심각한 표정으로 이탄의 말에 귀를 기울였다.

이탄은 5호를 더욱 거칠게 몰아붙였다.

"흥! 내가 과연 누구의 명을 받고 오늘 이 거사를 일으킨 것 같소? 당신들은 내가 피사노교의 사주를 받아 이런 짓을 저질렀다고 누명을 씌우고 싶겠지. 마치 비크 교황, 그자가 슈로크 추기경에 이어서 자신의 심복이었던 아나톨 주교를 죽이고 그 누명을 내게 뒤집어씌웠던 것처럼."

"어억!"

5호 어르신은 한 번 더 휘청거렸다.

6호의 안색이 하얗게 질렸다.

7호의 표정은 더할 나위 없이 딱딱하게 굳었다.

9호는 어쩔 줄 몰라서 당황했고, 15호는 입술을 꽉 깨물었다.

이탄이 결정타를 날렸다.

"조만간 전체 추기경 회의가 열리겠지. 그 회의에서 56호의 자백을 증거로 삼아 비크 교황에 대한 탄핵을 추진할 것이오. 동시에 전체 추기경 회의에서는 은화 반 닢 기사단의 어르신들이 그동안 비크의 명을 받아 자행했던 모든 악행들에 대한 죄목들을 조사할 거요. 오늘의 거사는 내가 추기경님들의 명을 미리 받아서 당신들의 죄업을 추궁하는 것인즉, 당신들은 즉시 무릎을 꿇고 죗값을 받으시오."

이탄이 무섭게 다그쳤다.

"뭐, 뭣? 전체 추기경 회의에서 우리를 조사하고 추궁해?"

5호의 귀에는 천둥이 울리는 듯했다.

"으어어."

6호 어르신은 손으로 자신의 머리를 짚었다.

이탄은 결정타를 날렸다.

"당신들은 감히 모레툼 님의 이름을 팔아서 요원들에게 퀘스트를 내렸지. 하지만 그 퀘스트들 가운데는 피사노교와 싸우기 위한 용도보다는 비크 교황의 사리사욕을 채우기 위한 것들도 많았소. 그러고도 당신들이 모레툼 님의 가호를 받을 것이라 생각하는 거요? 조금 전 내가 뿜어낸 신성력이 과연 어디에서 왔겠소? 모레툼 님이 왜 내게 그런 신성력을 내려주셔서 당신들에게 신벌을 내리라 명하셨겠소?"

"커헉? 신벌이라고?"

5호 어르신이 온몸을 부르르 떨었다.

"말도 안 돼. 모레툼 님께서 나에게 신벌을 내리신다고? 내 평생을 모레툼 님께 바쳤거늘. 그분의 영광을 위해서 피사노교의 악마들과 평생을 싸웠거늘. 내가 모레툼 님을 욕되게 만들었다고? 크허어어."

6호 어르신은 더 큰 충격을 받은 듯 머리가 백발로 변했다.

"후우우."

7호 어르신이 긴 한숨을 내쉬었다.

7호 어르신은 이탄의 말을 믿었다. 지금 이탄이 발휘하고 있는 강력한 신성력(?)만 보더라도 누구의 말이 옳고 그른지는 빤히 보였다.

게다가 5호의 태도가 문제였다. 5호 어르신은 56호가 모든 죄를 자백했다는 소리에 넋이 나가서 멍한 표정을 지었다.

Chapter 12

5호 어르신의 표정이 의미하는 바는 뻔했다. 비크 교황은 진짜로 참담한 악행을 저질렀으리라. 그리고 그 악행에 5호 어르신도 가담했으리라.

사실 5호는 멍한 표정을 지을 수밖에 없었다.

비크 교황이 권력을 좇으려다 큰 죄를 저지른 것은 엄연한 사실이었다. 비크 교황이 56호를 범죄에 동원한 것 또한 부인하지 못할 사실이었다. 게다가 5호 어르신이 그 죄악에 기꺼이 동참했다.

이 모든 것들은 너무나도 명명백백해서 5호 어르신은 도저히 아니라고 우길 수 없었다.

"허어어어."

5호 어르신은 하늘이 무너진 듯한 표정으로 고개를 떨어뜨렸다.

이렇게 진실과 거짓은 판명이 난 듯했다.

하지만 사실 이탄이 언급한 이야기 가운데는 20퍼센트 정도의 거짓이 포함되었다. 이탄이 추기경 회의의 명을 받아서 오늘의 이 거사를 일으켰다는 점은 거짓말이었다. 이탄이 모레툼의 명을 받아 신벌을 내리겠다는 것도 모두 사기였다. 이탄은 입술에 침도 바르지 않고 거짓말을 술술 했다.

하지만 이 자리에 있는 그 누구도 이탄을 의심하지 못했다. 이탄의 온몸에서 성스러운 빛이 줄줄이 뿜어지는데 어찌 의심을 하겠는가? 누가 보더라도 이탄은 모레툼 님의 선택을 받아 신벌을 내리러 온 신의 사자였다.

7호도, 9호도, 15호도, 심지어 이탄으로부터 꾸짖음을 들은 5호와 6호 어르신도 이탄을 의심할 수는 없었다.

'꼬리가 길면 밟히게 마련이지. 얼른 마무리를 짓자.'

이탄은 이런 생각으로 신성력을 더 강하게 내뿜었다.

후오옹!

눈부신 광채가 이탄을 감쌌다.

이것은 겉보기에는 신성력 같지만 사실은 음차원의 마나였다. 백 진영의 신관들이나 마법사들과는 상극인 음차원의 마나 말이다.

이탄은 그 음험한 마나를 5호와 6호 어르신의 머리 위에 폭포수처럼 쏟아부었다.

강렬한 광채가 두 어르신을 뒤덮었다.

7호나 9호, 15호가 보기에 이것은 신성력으로 세례를 하는 것처럼 느껴졌다.

자고로 모레툼 교단의 성기사라면 신성력의 세례를 받아서 해로울 리 없었다. 오히려 이것은 은혜로운 일이었다. 누구나 바라마지 않는 일이었다.

"오오오! 모레툼 님이시여."

이탄이 신성력의 세례를 베풀자 7호 어르신은 제자리에 무릎을 꿇었다. 7호 어르신은 왼쪽 주먹 위에 오른손을 덮고서 눈시울을 붉혔다.

"아아아, 은혜로우신 모레툼 님이시여. 어서 오소서. 우리에게 오소서."

신앙심이 투철한 15호 어르신도 두 무릎을 꿇고서 펑펑 눈물을 쏟았다.

"모레툼 님이시여."

눈치가 빠른 9호 어르신은 황급히 7호와 15호의 행동을 따라 했다. 그러면서 9호는 이탄을 힐끗힐끗 곁눈질했다.

후오오옹!

이탄이 뿜어낸 가짜 신성력이 5호와 6호의 온몸을 흠뻑 적셨다.

신성력으로 포장된 음차원의 마나가 두 어르신의 몸속 구석구석 파고들어 모든 신성한 기운들을 작살 냈다.

"끄아아아악!"

5호 어르신이 고통스럽게 몸을 뒤틀었다.

6호 어르신은 붕괴하는 자신의 몸뚱어리를 보면서 패닉 상태에 빠졌다.

"말도 안 돼. 진짜로 모레툼 님께서 나를 버리셨단 말인가? 신성력으로 세례를 받는데 왜 내 몸이 붕괴하는 게야? 으아아."

6호 어르신이 백발로 변한 자신의 머리카락 사이에 손가락을 콱 박아넣었다.

이탄이 우렁차게 외쳤다.

"이것이야말로 모레툼 님의 신벌이로다. 모레툼의 은혜를 받은 자, 그분의 신성력 앞에 축복을 받으리라. 모레툼의 은혜를 저버린 배교자, 그분의 신성력 앞에 모든 것을 잃고서 추락할 것이리라."

"아아악. 아니야. 아니야. 우흐흐흐흑, 모레툼 님, 제발 용서하소서. 제가 잘못했나이다. 크흐흐흐흑."

5호 어르신은 자신의 머리카락을 쥐어뜯으면서 용서를 빌었다.

그 와중에도 음차원의 마나는 꾸역꾸역 5호의 몸으로 파고들어 세포 한 올까지도 붕괴시켰다.

6호 어르신도 마찬가지였다.

6호 어르신은 이것을 신벌이라 생각하겠지만 사실은 아니었다. 이것은 이탄이 발산한 음차원의 마나가 6호의 몸을 파괴하고 죽음으로 이끄는 절차에 불과했다.

6호 어르신이 갑자기 광기에 가득 차서 5호에게 달려들었다.

"크아악. 너 때문이야. 네놈 때문에 모레툼 님께서 나를 버리셨어. 나는 평생 그분을 위해서 피사노교의 악마들과 싸웠건만, 네놈과 비크 교황이 나를 망쳤어. 크왕!"

머리가 확 돌아버린 6호 어르신은 5호를 꽉 붙잡고는 그의 목을 물어뜯었다.

"끄악!"

5호의 목덜미에서 피가 콸콸 흘렀다. 이탄의 마나 때문에 5호의 상처 부위가 급격하게 썩어 들어갔다.

6호는 5호의 살을 우적우적 씹으면서 소리쳤다.

"모레툼 님, 제게 신벌을 내리소서. 하지만 저는 이 악마에게 속았을 뿐입니다. 그러니 이자를 먼저 쳐죽이고 저도 죽겠나이다."

순간 6호의 손이 5호의 갈비뼈를 부수고 들어가 심장을 터뜨렸다.

"꺼헉!"

5호 어르신은 급살을 맞은 듯 온몸을 바르르 떨었다.

다음 순간, 5호 어르신이 앞으로 푹 고꾸라졌다. 이탄이 주입한 음차원의 마나 때문에 5호 어르신의 신체는 사망과 동시에 급격하게 썩었다.

6호 어르신도 더는 버티지 못했다. 그는 5호를 죽인 뒤, 제자리에 풀썩 주저앉아 고개를 떨궜다.

여러 사람들과 언데드 한 명이 지켜보는 가운데 5호 어르신과 6호 어르신은 그렇게 나란히 죽음을 맞았다.

"허어어. 어찌 이런 일이……."

7호는 차마 말을 잇지 못했다. 9호와 15호도 고개를 절레절레 내저었다.

다들 침묵하는 가운데 무거운 탄식이 장내에 내리깔렸다.

제5화
레오니 추기경이 칼을 뽑다

Chapter 1

그 날 은화 반 닢 기사단에서 벌어진 변고는 조용히 묻혔다.

사실 이번 변고는 이렇게 조용히 묻힐 만한 일이 아니었다. 이것은 실로 엄청난 사건이었다.

은화 반 닢 기사단의 상위 전투요원들 상당수가 이탄에게 제압을 당했다. 원로 어르신들도 태반이 죽었다.

그런데도 이 엄청난 사건은 교황청에 보고되지 않았다. 철저하게 비밀에 부쳐졌다. 도미니크 추기경이나 레오니 추기경도 이번 변고에 대해서 알지 못했다.

모두가 인지하지 못한 사이, 모레툼 교단의 삼대무력 가운데 하나인 은화 반 닢 기사단은 소리 소문 없이 이탄의 수중에 떨어졌다.

7호와 9호, 15호는 자신들에게도 죄가 있다며 은화 반 닢 기사단에 대한 지휘권을 내놓았다.

이들 세 원로기사들이 지휘권을 반납한 대상은 당연히 이탄이었다.

세 원로기사는 이탄이 모레툼 님께서 이 땅에 내려 보낸 신의 사자라고 믿었다. 또한 원로기사들은 이탄이 전체 추기경 회의의 명을 받고 파견된 감찰사일 것이라고 짐작했다. 원로기사들은 그 때문에 이탄에게 은화 반 닢 기사단의 모든 권력을 넘겨준 것이다.

이탄은 세 원로기사들이 착각을 하도록 유도한 뒤, 단 한 차례의 사양도 없이 권력을 잡았다. 그리곤 은화 반 닢 기사단 전원을 대상으로 긴급령을 발동했다.

—— 긴 급 령 ——

제1조: 지금 수행 중인 모든 퀘스트를 중단한 뒤, 각자 음지에 숨어라.

제2조: 요원들은 기존에 마련해 놓은 은신처들은 모조리 폐기하라. 아무도 모르는 곳에 새롭게 자리를 잡아라.

제3조: 새로 마련한 은신처는 오직 보조요원을 통해서만 상부에 알려라.

제4조: 전투요원들 사이에 그 어떤 연락도 주고받지 마라. 설령 아군이라고 할지라도 정보를 주고받으면 안 된다.

제5조: 다음 명령이 떨어질 때까지 전원 다 은신처에서 대기하라.

제6조: 이것은 은화 반쪽을 걸고 내려지는 최고 단계의 명령으로, 교단에서 내려오는 그 어떤 지시도 본 명령보다 상위에 있을 수 없다.

이탄이 발동한 긴급령 여섯 조항은 암호화된 문서로 작성되어 전체 전투요원들에게 전달되었다.

단, 17호와 18호는 예외였다.

17호는 레오니 추기경 측에서 심어둔 추심 기사단의 인물이었다. 그래서 이탄은 일부러 그녀에게 긴급령을 전달하지 않았다.

18호에게는 연락을 취하고 싶어도 취할 수가 없었다. 18호의 종적은 은화 반 닢 기사단의 어르신들도 알지 못했다.

이탄이 다른 일처리를 하는 동안, 333호를 비롯한 보조요원들은 18호를 가장 위험한 인물로 분류한 뒤 그의 위치를 파악하는 데 집중했다.

어쨌거나 이들 2명은 제외.

이탄에게 이미 제압을 당한 상위 서열의 전투요원들도 제외.

이 밖에 나머지 전투요원들은 단 한 명도 예외 없이 긴급령을 받았다.

보통 이러한 긴급령이 내려지는 경우는 한 가지였다. 은화 반 닢 기사단 소속 전투요원들의 명단과 위치가 피사노교의 손에 들어가서 조직이 전멸을 당할 위기에 놓였을 때, 비로소 이런 긴급령이 발동되게 마련이었다.

"제기랄. 큰일이 터진 모양이군."

"요새 피사노교의 행동이 심상치 않더라니, 기어코 사고가 터지고야 말았어."

"당분간 거북이처럼 머리를 숨기고 지내야겠구먼. 쯧쯧 쯧."

전투요원들은 긴급령을 하달받은 즉시 강한 위기감을 느꼈다. 그래서 그들은 군소리 없이 현재 위치를 이탈하여 새로운 곳에 은신했다. 기존에 미리 마련해 두었던 은신처도 모두 폐기처분했다.

보조요원들은 전투요원들이 지하로 잠적하는 것을 도왔다.

그렇게 은화 반 닢 기사단 전체가 신속하게 음지로 숨어 들었다. 요원들은 모레툼 교황청도 찾을 수 없고, 레오니 추기경과도 연락이 닿지 않는 곳으로 이주해버렸다.

333호가 계획을 짜고, 이탄이 칼을 뽑은 지 불과 이틀 만에 이러한 일들이 전격적으로 진행되었다.

다음 날 아침이었다. 세본 추기경은 모레툼의 교황청에 마련된 자신의 집무실 안에서 고개를 갸웃했다.

"도대체 무슨 일일까? 73호 녀석은 매일 아침마다 꼬박 꼬박 낯간지러운 문안편지를 보냈었잖아. 그런데 오늘은 이것뿐이라고?"

세본의 손에 들린 종이에는 단 두 줄의 문구만이 자리했다.

— 정보유출.
— 당분간 연락 차단.

이상이 종이에 적힌 문구였다.

"쯔읍."

세본은 쓰게 입맛을 다셨다.

세본에게 전달된 이 종이는 73호가 보낸 것이었다. 73호

는 은화 반 닢 기사단의 전투요원으로, 일반적인 요원들과
달리 정치적인 야심이 큰 사내였다.

예전부터 73호는 어떻게든 위로 승진하고 싶어 했다. 그
래서 73호는 동료나 보조요원들 몰래 모레툼 교황청의 높
으신 분들에게 선을 대려고 애썼다.

마침 세본 추기경도 수족처럼 부릴 사냥개가 필요하던
참이었다.

'비크 교황이 56호를 사냥개로 부리는 것처럼, 나도 나
만의 사냥개가 있었으면 좋겠구나.'

이것이 세본의 생각이었다.

세본의 니즈(Needs)와 73호의 성향이 딱 맞아떨어졌다.

우연한 자리에서 서로 안면을 튼 이후로 73호는 매일 아
침 세본 추기경에게 문안편지를 보냈다.

세본도 나름 73호를 살갑게 대해주었다.

두 사람의 밀월 관계는 벌써 몇 년 동안이나 계속되었다.

"평소에 먹이를 잘 주어야 사냥개를 길들일 수 있지."

세본은 비크 교황을 흉내 내어 73호를 길들였다. 과거
비크 교황이 56호에게 해주었던 것처럼 세본은 73호에게
금화를 안겨주고, 신성력을 높일 수 있는 성물을 구해서 하
사하고, 또 여자도 보내주었다.

심지어 세본은 73호가 은퇴할 때를 대비하여 한적한 지

역에 땅도 마련해 주었다.

세본이 잘해 주자 73호는 더더욱 열성적으로 세본에게 문안편지를 보냈다. 73호가 이런 짓을 한다는 사실은 그를 섬기는 보조요원들도 몰랐다.

그런데 오늘 73호는 세본에게 알쏭달쏭한 편지를 보낸 뒤 연락을 끊었다.

Chapter 2

세본은 73호의 편지를 이리저리 살펴본 뒤, 눈을 찌푸렸다.

"정보가 유출되어서 위험하다고? 아니, 뭐가 위험해? 설령 은화 반 닢 기사단의 원로들이 73호와 나의 관계를 눈치 챘다고 치자. 그렇다고 해서 원로들이 뭘 어쩔 게야? 내가 누구야? 내가 바로 은화 반 닢 기사단의 2호라고. 비크 교황을 제외하면 내가 가장 높은 사람인데 뭐가 위험하다는 게야?"

쾅!

세본은 신경질적으로 집무실 책상을 내리쳤다.

"이거 안 되겠구먼. 73호 녀석을 한번 제대로 키워보려고 했는데, 이렇게 겁이 많아서 무슨 큰일에 써먹겠어?"

비크 교황이 부리던 56호는 겁이라고는 모르는 흉기 같은 사내였다.

그에 비해서 73호는 무력도 56호보다 떨어질 뿐 아니라 이제 보니 간담도 작았다. 최소한 세본 추기경이 판단하기에는 그러했다.

"아무래도 73호 말고 다른 사냥개를 키워야겠어. 73호처럼 꼬리를 만 사냥개는 필요 없지. 누가 좋을까?"

고민을 하던 중, 문득 과거의 사건이 세본의 뇌리에 떠올랐다.

"가만 있자. 예전에 비크가 꽤 공을 들여서 길들이려던 자가 있었는데? 머나먼 동남쪽의 변두리 도시에서 신관 노릇이나 하던 녀석이었는데, 비크가 그 녀석을 꽤 탐을 내어 이것저것 작업을 했었지."

세본은 극비서류를 뒤져서 전투요원의 기록을 하나 뽑아 들었다.

<전투요원 49호 ─ 신관 이탄.>

서류 첫 페이지 상단에 또렷하게 박힌 이름이 세본의 눈에 들어왔다.

"그래. 바로 이 이름이었어. 이탄. 신관 이탄."

세본은 이탄이라는 이름을 몇 번이고 혀 위에서 굴렸다.

세본이 한창 이탄을 주목하는 그 시점, 은화 반 닢 기사단의 17호는 당혹스러움에 사고가 정지되었다.

"아니, 이게 대체 어찌 된 일이야? 왜 조직의 모든 연결선들이 다 끊어진 게야? 심지어 나를 돕던 보조요원들도 싹 다 증발해버렸잖아?"

은화 반 닢 기사단의 모든 요원들이 작정을 하고 잠적한 이상 외부에서는 그들과 닿을 수 있는 길이 없었다.

"뭔가 있어. 이건 보통 일이 아니라고."

17호는 섬뜩한 위기감을 느꼈다. 그녀는 곧바로 이 사실을 나바리아에게 보고했다.

17호가 수정구슬을 꺼내서 문지르자 구슬 위로 나바리아의 모습이 드러났다. 나바리아가 현재 머무르는 곳은 대륙 남부에 위치한 수의 사원이지만, 수정구슬이 공간적 제약을 뛰어넘어 두 여인을 연결해주었다.

구슬 위에 맺힌 나바리아의 모습은 시골에 계신 푸근한 외할머니를 연상시켰다. 나바리아의 머리카락은 은발이었으며 몸매는 넉넉한 편이었다.

하지만 푸근해 보이는 외모만 믿고 나바리아를 쉽게 보

면 안 된다. 나바리아는 수의 사원에서도 최고 레벨에 도달한 고위 몽크였다. 동시에 나바리아는 모레툼 교단 추심 기사단의 부단장이자 레오니 추기경이 가장 믿고 의지하는 유모였다.

한 가지 더.

이것은 레오니도 모르는 사실인데, 나바리아는 여신을 섬기는 무녀였다. 태곳적부터 존재해 왔으되 세상에는 알려지지 않은 인과율의 여신 말이다.

그 나바리아가 오래 전부터 은화 반 닢 기사단 내부에 심어 놓은 첩자가 바로 전투요원 17호였다.

17호는 수정구슬 표면에 나바리아의 모습이 나타나자마자 즉각 한쪽 무릎을 꿇었다. 머리도 깊숙이 조아렸다.

"대모님."

17호는 나바리아를 대모라고 불렀다.

17호에게 있어서 대모인 나바리아는 은화 반 닢 기사단의 원로기사들보다도 훨씬 더 어려운 존재였다. 심지어 모레툼 교단의 교황이나 추기경보다도 더 어려웠다.

나바리아가 17호를 다그쳤다.

"17호, 네가 갑자기 어쩐 일이냐? 최근 단장님께서는 큰일을 위해 검을 뽑으셨느니라. 너는 마땅히 단장님을 도와서 바쁘게 뛰어야 할 아이가 아니더냐? 혹시 단장님께 무슨 일이라도 생긴 것은 아니겠지?"

나바리아가 언급한 단장이란 곧 레오니 추기경을 의미했다. 레오니를 걱정하는 나바리아의 모습은 무척 진지했다.

17호가 고개를 가로저어 나바리아를 안심시켰다.

"대모님, 레오니 추기경님께는 아무런 문제가 없습니다."

"후우. 다행이구나."

나바리아가 안도의 한숨을 내쉬었다.

17호가 재빨리 말을 덧붙였다.

"다만 그분께서는 비크 교황에게 복수를 감행하기 전, 교황의 칼이라 불리는 은화 반 닢 기사단부터 정리하고자 하셨습니다. 그런데……."

17호는 뒷말을 쉽게 잇지 못했다.

나바리아가 답답하다는 듯이 언성을 살짝 높였다.

"그런데?"

"그만 은화 반 닢 기사단에 문제가 터졌습니다."

"문제? 무슨 문제?"

나바리아가 눈매를 가늘게 좁혔다.

17호는 잠시 머뭇거리다가 솔직하게 현재 상황을 보고했다.

"대모님, 은화 반 닢 기사단 전체가 잠적해 버렸습니다. 저를 돕던 보조요원들도, 저와 가끔씩 연락을 주고받던 전투요원들도, 그리고 총단의 지휘부도 모두 잠적했습니다."

"뭣? 조직 전체가 잠적했다고?"

순간 나바리아의 얼굴이 딱딱하게 굳었다.

지금 추심 기사단은 레오니 추기경의 명을 받아 은화 반 닢 기사단을 기습 공격할 준비 태세를 완료한 상태였다.

이러한 일촉즉발의 상황에서 공격 목표인 은화 반 닢 기사단이 자취를 감추었다? 이건 보통 일이 아니었다.

나바리아가 발을 쾅 굴렀다.

"이런! 중간에 정보가 새었구나. 한데 너는 은화 반 닢 기사단으로부터 아무런 연락도 못 받았단 말이지?"

"그렇습니다, 대모님. 죄송합니다."

17호가 수정구슬을 향해서 고개를 푹 숙였다.

은화 반 닢 기사단이 지하로 잠적할 때 17호만 빼놓았다는 것은, 다시 말해서 17호가 추심 기사단의 첩자라는 사실이 발각되었다는 걸 의미했다. 17호는 자신의 정체가 들통 난 점이 송구하여 차마 고개를 들 수가 없었다.

Chapter 3

나바리아가 또 다른 질문을 던졌다.

"49호는? 혹시 49호에게도 연락을 취해보았느냐?"

49호는 이탄을 의미했다.

추심 기사단에서 은화 반 닢 기사단에 심어 놓은 첩자는 총 2명으로, 17호와 49호가 바로 그 대상이었다.

만약 49호도 연락이 끊겼다면?

그럼 49호는 추심 기사단을 배신한 것이거나, 아니면 운 나쁘게도 정체가 발각되어 은화 반 닢 기사단의 요원들에게 제거를 당했을 확률이 높았다.

17호는 손바닥으로 자신의 이마를 탁 쳤다.

"앗! 대모님, 죄송합니다. 제가 경황이 없어서 49호를 생각하지 못했습니다. 곧바로 49호와 접촉한 뒤 다시 연락을 드리겠습니다."

나바리아가 머리를 가로저었다.

"그럴 것 없다. 내가 하비에르를 시켜서 49호에게 연락을 취해보마. 너는 잠시 대기하면서 기다리거라."

이 말을 끝으로 나바리아는 17호와 연결을 끊었다. 그런 다음 나바리아는 아들인 하비에르에게 연락을 넣었다.

얼마 후, 애꾸눈 하비에르가 피요르드 시 외곽에 위치한 쿠퍼 본가를 찾아왔다.

하비에르는 드넓은 대지에 펼쳐진 쿠퍼 가문을 조심스럽

게 살펴본 다음, 추심 기사단 특유의 신호를 보냈다.

이탄이 부엉이 울음을 흉내 낸 신호를 듣고는 가문 밖으로 나와서 하비에르를 만났다.

하비에르가 반갑게 손을 흔들었다.

"여어, 별동대장."

하비에르는 여전히 이탄을 별동대장이라고 불렀다. 이것은 하비에르가 이탄을 추심 기사단의 동료라고 굳게 믿는다는 뜻이었다. 하비에르는 지속적으로 이탄에게 자신의 신뢰를 어필했다.

이탄도 싱그러운 웃음으로 하비에르를 반겼다.

"하비에르 조장님. 이거 큰일을 앞두신 분이 바쁘지도 않은가 봅니다? 이렇게 한가하게 저를 또 찾아오다니요?"

하비에르를 대하는 이탄의 태도는 평소와 다를 바 없었다. 하비에르는 그런 이탄을 유심히 살펴보다가 쓴웃음을 지었다.

"햐아아. 별동대장은 전혀 모르고 있었나 보네?"

"뭘 모릅니까?"

이탄이 고개를 갸웃했다.

하비에르는 이탄의 어깨를 툭 쳤다.

"이거, 은화 반 닢 기사단의 핵심 무력이 이렇게 정보에 어두워서야 어떻게 하겠는가? 지금 은화 반 닢 기사단 전체가 지하로 잠적했다며?"

"네에?"

이탄은 놀란 토끼눈이 되었다.

"아니, 하비에르 님, 그게 정말입니까? 말도 안 돼. 은화 반 닢 기사단 전원이 잠적했으면 마땅히 제게도 연락이 왔어야 하는 것 아닙니까? 어떻게 이럴 수가 있습니까?"

"별동대장, 지금 그걸 나에게 따지면 어떻게 하나? 은화 반 닢 기사단의 수뇌부에게 따져야지. 쯧쯧쯧. 사람이 이렇게 맹해서야 원. 쯧쯧쯧쯧."

하비에르는 안타깝다는 듯이 혀를 찼다.

이탄이 곤혹스레 얼굴을 찌푸렸다.

"하비에르 님, 이게 지금 무슨 상황입니까? 추심 기사단이 조만간 은화 반 닢 기사단을 쳐서 정리한다고 하지 않았습니까? 그런데 바로 그 시점에서 은화 반 닢 기사단이 지하로 잠적했다? 이건 추심 기사단의 행동을 그들이 알아차렸다는 뜻 아닙니까?"

"왜 아니겠나? 어디선가 정보가 샌 게지. 쯧쯧쯧."

"거기까지는 좋다 이겁니다. 그런데 은화 반 닢 기사단이 잠적을 할 때 왜 제게는 연락을 하지 않았을까요?"

이탄의 말에 하비에르가 주먹으로 자신의 가슴을 두드렸다.

"어휴. 이런 답답이를 봤나. 그들이 왜 별동대장만 빼놓고 잠적했겠나? 별동대장이 우리 추심 기사단에 한 발 걸쳤다는 정보가 샌 게지. 게다가 은화 반 닢 기사단에서는 자네만 빼놓은 게 아닐세."

"네? 저만이 아니라고요? 또 누가 있습니까?"

이탄은 짐짓 눈을 동그랗게 떴다.

하비에르는 17호를 언급했다.

"자네 지난 퀘스트에서 17호 선배님을 만났었지?"

"만났었죠. 혹시 그분도 저와 같은 상황입니까?"

이탄의 질문에 하비에르가 크게 고개를 주억거렸다.

"그렇다네. 17호 선배님도 은화 반 닢 기사단의 잠적 사실을 전혀 모르고 계셨다네. 이거 정보가 새도 단단히 샌 게야. 대체 놈들이 어떻게 우리의 움직임을 눈치챘을까? 분명히 만전을 기했는데."

하비에르는 갑갑한 듯 오른손 손바닥으로 자신의 얼굴을 쓸어내렸다.

만약 추심 기사단이 소수정예부대였다면 하비에르는 이탄부터 의심했을 것이다.

하지만 추심 기사단은 모레툼 교단의 삼대무력 가운데 가장 구성원이 많은 대규모 집단이었다. 그러다 보니 정보가 유출된 경로를 추적하기가 어려웠다. 의심해볼 만한 자들이 너무 많아서였다.

당장 이번 계획을 알고 있는 자들만 손꼽아도 부대장 10명, 부부대장 20명, 조장 12명, 그리고 별동대장 36명이었다. 이상 78명에 레오니 단장, 나바리아 부단장까지 더하면 용의자가 80명 선이었다.

하비에르는 골치가 아픈 듯 머리를 절레절레 내저었다.

이탄이 긴급히 물었다.

"하면 추기경님의 계획은 무산되는 겁니까? 비크 교황의 죄악을 만천하에 밝히겠다는 계획 말입니다."

지금 이탄에게 가장 중요한 문제는 바로 비크 교황에 대한 처리일 것이다. 최소한 하비에르는 그렇게 생각했다.

하비에르가 무겁게 고개를 가로저었다.

"아니. 거사는 계획대로 치를 것이네."

"위험하지 않겠습니까? 적에게 이미 정보가 샜다면서요."

이탄이 걱정스러운 표정을 지었다.

"그러니까 오히려 계획을 앞당겨야지. 비크 교황이 눈치를 챘다면 여기서 우리가 뒤로 물러서 봤자 무슨 소용이 있겠는가? 도리어 우리만 더 곤궁에 처할 뿐이지. 우리는 이미 달리는 사자의 등에 올라탔다네. 어떤가? 별동대장은 지금이라도 사자의 등에서 내려서 도망치고 싶나?"

하비에르는 하나뿐인 눈에 힘을 줘서 이탄을 응시했다.

Chapter 4

"자네는 사자의 등에서 내릴 셈인가 물었네."

이탄을 바라보는 하비에르의 외눈이 불꽃을 품고서 이글이글 타올랐다.

이탄은 단호하게 고개를 가로저었다.

"절대로 안 내리죠. 저는 죽는 한이 있더라도 사자의 등에 끝까지 매달릴 겁니다. 그리하여 반드시 비크 놈의 머리가 처형대에 내걸리는 꼴을 보고야 말겠습니다."

이탄의 의지는 너무나도 확고해서 그의 표정만 보아도 진실성이 느껴졌다.

하비에르가 이탄의 어깨를 두드렸다.

"좋아. 나는 별동대장을 믿네. 그래서 자네에게 모든 정보를 다 말해주는 것이지. 사실 추심 기사단의 어떤 자가 비크 교황 측에 정보를 발설했는지 모르겠으나, 최소한 별동대장은 아닐 것이라 믿네."

"넵."

이탄은 믿어줘서 고맙다는 듯이 짧게 고개를 숙였다.

하비에르가 마지막으로 이탄에게 당부했다.

"레오니 추기경님께서는 은화 반 닢 기사단부터 처리하기를 원하셨어. 그 이유는 비크의 칼부터 먼저 무력화시켜야 아군의 피해가 최소화된다는 생각 때문이셨지. 비록 그분의 의도는 실패하였으나, 아직 우리의 거사가 실패한 것은 아니라네. 조만간 우리는 교황청을 장악한 뒤 비크의 죄악을 만천하에 밝힐 게야. 그때 더 데이의 별동대장인 자네가 앞장서주기를 기대한다네. 어떤가? 내가 자네를 믿어도 되겠나?"

"믿어달라고 주장하지는 않겠습니다. 하지만 비크의 목을 따러 교황청으로 쳐들어갈 때 그 선봉에는 반드시 제가 서 있을 겁니다."

이탄이 결연하게 답했다.

하비에르는 그 모습을 믿음직하게 바라보았다.

사실 하비에르는 이탄에게 해주지 않은 이야기가 있었다.

이번에 레오니 추기경이 거사를 일으켜서 교황청을 장악한다고 하더라도 비크 교황의 목을 잘라 머리통을 교황청 성벽에 내거는 것은 불가능했다. 지금 비크는 어디론가 잠적한 상태이기 때문이다.

역사적으로 쿠테타를 성공하려면 반드시 황제를 생포해

야만 했다. 설령 황궁을 점령하더라도 황제가 도망쳐 버리면 그 쿠테타는 실패로 돌아가게 마련이었다.

따라서 비크 교황이 자리를 비운 지금이 쿠테타를 일으키기에 안성맞춤인 시점은 꼭 아니었다.

그럼에도 불구하고 레오니와 나바리아는 지금 거사를 일으키기로 계획했다. 두 사람이 의논한 일련의 계획은 다음과 같았다.

첫째, 비크가 자리를 비운 사이, 교황청을 장악한다.

둘째, 추기경 회의를 열어서 비크 교황에 대한 탄핵을 시작한다.

셋째, 56호를 증인으로 내세워서 비크 교황의 악행을 공개한다.

이상의 절차만 무사히 밟으면 비크 교황은 탄핵될 것이고, 그 다음은 레오니 추기경이 새 교황이 될 가능성이 다분했다.

다만, 이 경우 어디론가 홀연히 잠적한 비크 교황은 영원히 장막 속으로 숨어버릴 가능성도 컸다.

'일이 그렇게 풀리면 이탄 신관의 목표는 무산될 수도 있겠지. 이탄 신관은 비크 교황의 목을 원하니까. 쩌업.'

하비에르는 씁쓸하게 입맛을 다셨다.

솔직히 하비에르는 진심으로 이탄이 마음에 들었다. 그

는 이 순진한(?) 시골 신관을 속이고 싶은 마음이 눈곱만큼도 없었다.

'후우우. 지금이라도 이탄 신관에게 진실을 말해줘야 하지 않을까? 이번 거사를 통해서 비크를 교황의 성좌에서 쫓아낼 수 있을지언정 그의 목을 교수대에 매달기는 힘들 거라고, 이탄 신관에게 똑바로 알려줘야 하지 않을까?'

하비에르는 몇 번이고 이런 생각을 품었다.

하지만 끝내 진실한 말은 하비에르의 입 밖으로 기어 나오지 못했다. 레오니 추기경과 나바리아 부단장의 얼굴이 하비에르의 눈에 밟혔기 때문이다. 하비에르는 차마 이들 두 여인의 계획을 어그러뜨릴 수 없었다.

'후우우우, 이탄 신관. 미안하네.'

결국 하비에르는 마음속으로만 이탄에게 용서를 빌어야 했다.

하비에르가 이탄에게 일말의 죄책감을 느끼는 동안, 이탄은 하비에르의 어두운 얼굴을 묘한 눈빛으로 쳐다보았다.

'훗.'

이탄이 속으로 코웃음을 쳤다.

이탄은 하비에르의 머리 꼭대기 위에 앉아 있었다. 이탄은 지금 하비에르가 어떤 번민을 하는지 꿰뚫어 보았다.

'저렇게 번민을 한다는 것만으로도 하비에르는 나쁜 사람은 아니야.'

하비에르가 이탄을 좋게 본 만큼 이탄도 상대를 우호적으로 보았다.

다만 하비에르가 어쩔 수 없는 사정에 의해서 이탄을 이용하는 만큼 이탄도 하비에르를 이용해줄 따름이었다.

다른 한편으로 이탄은 하비에르뿐 아니라 레오니 추기경의 머리 꼭대기 위에도 앉아 있었다. 이탄은 최근 레오니를 직접 만나본 적이 없었다. 그럼에도 불구하고 이탄은 레오니의 속셈을 훤히 다 읽었다.

이탄이 보기에 레오니 추기경은 할아버지에 대한 복수보다는 자신이 모레툼 교단의 차기 교황의 자리에 앉는 것을 더 중요하게 생각하는 것 같았다.

'레오니가 슈로크 추기경의 복수를 우선시한다? 그럼 그녀는 비크의 목을 따기 위해서 어떻게든 비크의 소재부터 파악하여 애쓸 거야. 그런데 지금 이 시점에서 레오니가 거병을 하여 교황청부터 노린다고? 이건 과장법을 조금 보태서 말하면, 레오니가 비크에게 도망칠 기회를 준 것이나 다름없어. 그 대신 비크가 교황청을 비운 지금이야말로 레오니에게는 절호의 찬스지. 옛 권력을 몰아내고 자신이 차기 교황 자리에 앉을 찬스 말이야.'

이탄은 레오니 추기경의 속을 빤히 읽었다.

그렇다고 하여 이탄이 레오니를 비난하려는 생각은 없었다. 솔직히 말해서 이탄의 속도 레오니 만큼이나 컴컴했다.

이탄은 오래 전부터 비크 교황의 목을 따는 것보다는 실리를 선택한 상태였다.

다만 이탄은 레오니에게 이러한 속마음을 숨기고는 오로지 복수에 눈이 먼 우직한 무사인 척 연기를 해왔을 뿐이었다.

이탄은 남쪽으로 멀어지는 하비에르를 응시하면서 나직하게 중얼거렸다.

"나야 뭐 비크와 레오니가 싸우는 와중에 트루게이스 지부와 은화 반 닢 기사단, 그리고 추심 기사단의 일부만 챙기면 만족이지."

이탄은 자신이 원하는바 세 가지를 내리 읊조린 다음, 고개를 갸우뚱거리며 그 위에 한 가지를 추가했다.

"거기에서 욕심을 약간 더 부려본다면? 그럼 모레툼 교황청에도 침을 조금 발라놓고 싶기는 하네. 후후훗~."

하비에르의 뒷모습을 바라보는 이탄이 두 눈을 반달 모양으로 둥글게 휘었다. 묘한 눈웃음이 이탄의 눈가에서 흘러나왔다.

Chapter 5

9월 9일.

레오니 추기경이 드디어 칼을 뽑았다. 레오니를 따르는 추심 기사단이 대륙 전역에서 들불처럼 일어나 모레툼 교황청으로 향했다.

10개 부대, 12개 조, 36개 별동대.

실로 어마어마한 병력이 일제히 들고 일어나 무서운 위용을 뽐냈다.

추심 기사단이 본격적으로 출전하기 전, 레오니는 이미 교황청의 코앞에 닿아 있었다. 레오니는 그곳에서 진을 치고 전열을 가다듬는 한편, 모레툼 교황청에 전체 추기경 회의를 소집할 것을 요구했다.

레오니의 주장과 발을 맞춰 추심 기사단은 교황청을 압박이라도 하듯이 거병했다.

쾅!

세본이 두 주먹으로 집무실 책상을 내리쳤다.

"추심 기사단이 일제히 거병했다니? 그것도 이곳 교황청을 향해서 진군 중이라니? 이게 대체 무슨 소리야? 그것들이 왜 갑자기 거병을 해? 감히 교황 성하의 윤허도 받지 않고서! 이건 반역이야, 반역."

교황의 명령 없이 군대를 동원하여 교황청으로 진격하는 것은 분명히 반역이었다.

한데 지금 교황청에는 이를 준엄하게 꾸짖을 교황이 없었다. 세본은 비크 교황을 증오하였으나, 이 순간만큼은 교황의 부재가 너무나도 아쉬웠다.

"이런 빌어먹을. 레오니 년이 권력에 눈이 멀어 드디어 미쳤구나. 도미니크 추기경. 도미니크 추기경을 어서 만나야 해. 도미니크 추기경이 수호 기사단을 움직이고 내가 은화 반 닢 기사단을 동원해야 레오니 년의 미친 도발을 막아낼 수 있어."

세본은 뛰듯이 집무실 밖으로 나가 도미니크를 찾았다.

그와 동시에 세본은 통신아이템을 이용하여 지속적으로 은화 반 닢 기사단의 총단으로 연락을 넣었다.

한데 신호만 갈 뿐 은화 반 닢 기사단에서는 답이 없었다.

"우아악. 이거 왜 이래? 원로기사 놈들이 근무태만이야 뭐야? 왜 부단장인 내가 연락을 하는데 아무도 받지 않는 게야?"

세본은 숨이 턱 막혔다. 불안한 예감이 세본의 가슴 저 밑바닥으로부터 스멀스멀 피어올랐다.

쾅!

세본은 도미니크 추기경의 집무실 문을 부숴버릴 듯이 열고서 안으로 들어왔다.

"추기경님, 안 됩니다. 이렇게 막무가내로 들어가시면 곤란합니다."

"세본 추기경님, 밖에서 조금만 기다려주십시오."

도미니크를 섬기는 성직자들은 어떻게든 세본을 막아보려 애썼다.

소용없는 일이었다. 성직자들뿐만이 아니라 도미니크의 집무실 입구를 지키고 있던 수호 기사단 소속 성기사들도 세본 추기경의 발걸음을 차마 막지 못했다. 세본은 막무가내로 밀고 들어와 도미니크의 책상에 두 손을 척 얹었다.

도미니크가 찌푸린 얼굴로 세본을 올려다보았다.

"세본 추기경, 이게 무슨 무례한 짓이오?"

"도미니크 추기경님, 지금 한가하게 제 무례함이나 탓하고 있을 때가 아닙니다."

"응?"

"레오니가 거병을 했습니다. 그 돌아이 년이 미친 짓을 저질렀단 말입니다. 이 사실을 알고는 계십니까?"

"뭣이라고? 누가 거병을 해?"

도미니크가 벌떡 일어났다.

도미니크는 바보가 아니었다. 그는 추심 기사단이 얼마

나 위협적인 군단인지 잘 알았다.

"은화 반 닢 기사단은? 레오니가 반역의 조짐을 보였으면 은화 반 닢 기사단에서 먼저 눈치를 채고 보고해야 하는 것 아니오?"

도미니크가 세본에게 따지듯이 소리쳤다.

세본도 마주 언성을 높였다.

"추기경님, 은화 반 닢 기사단과 연락이 두절되었습니다. 저도 오늘 아침에나 연락 두절 사실을 알았단 말입니다. 아무래도 레오니 쪽에서 은화 반 닢 기사단을 먼저 작업해버린 것 같아요."

"뭣이? 커헉!"

도미니크가 뒷목을 움켜잡았다.

은화 반 닢 기사단이 무서운 이유가 무엇이던가?

그들이 음지에 있기 때문에 두려운 것이다.

숨겨진 칼이 드러난 칼보다 더 위험한 것은 당연한 일. 오래 전 슈로크 추기경이 교단의 가장 막강한 무력인 추심 기사단을 손에 쥐고도 결국 비크에게 패한 원인은 은화 반 닢 기사단에 있었다.

그때부터 은화 반 닢 기사단은 추심 기사단을 제어하는 억제장치 역할을 해왔다.

'그런데 거꾸로 추심 기사단이 은화 반 닢 기사단을 정

리해버렸다고?'

도미니크는 가슴이 철렁 내려앉았다.

이 소식이 의미하는 바는 레오니 추기경의 손에 은화 반 닢 기사단의 정보가 넘어갔다는 것이리라. 음지에 숨어 있던 칼(은화 반 닢 기사단)이 양지로 드러나면서 추심 기사단에게 도리어 정리를 당한 것이리라.

그렇다면 교황청에 남은 무력은 수호 기사단뿐이다.

물론 수호 기사단은 충분히 강했다. 수호 기사단의 성기사 개개인은 추심 기사단의 상위 서열들에게 결코 밀리지 않았다.

문제는 숫자였다.

추심 기사단에 비해서 수호 기사단은 확실히 규모가 작았다.

"은화 반 닢 기사단이 레오니 추기경에게 평정을 당했다면 수호 기사단만으로는 추심 기사단의 진격을 막을 수가 없어. 교황령! 교황령을 동원하는 수밖에 없다고. 세본 추기경, 여기서 뭐하는 게요. 어서 교황령을 발동하여 추심 기사단에 해체 명령을 내리시오."

도미니크가 다급히 소리쳤다.

세본은 울상을 지었다.

"도미니크 추기경님, 그건 불가능합니다. 교황령은 비크 교황의 손에 있어요. 도미니크 추기경님도 그 사실을 알고 있지 않습니까."

"누가 그걸 몰라? 상황이 급하니 이러지. 세본 추기경, 그대가 가짜로라도 교황령을 발동하시오. 교황이 지금 이 자리에 버티고 있는 것처럼 발동하면 될 것 아뇨. 일단 급한 불부터 끕시다."

도미니크는 급한 마음에 억지를 썼다.

세본이 울상을 지었다.

"하아아. 저도 그럴 수만 있다면 교황령을 위조했겠지요. 솔직히 저도 그러고 싶은 마음이 굴뚝같습니다."

"굴뚝같으면 하면 되지 않소."

"도미니크 추기경님, 그걸 지금 말이라고 하십니까? 오로지 교황령을 통해서만 발휘되는 고유한 신성 오로라를 어떻게 위장한답니까? 당장 수호 기사들이 신성 오로라의 진위를 알아볼 텐데요? 또한 레오니 추기경은 까막눈이랍니까? 그 돌아이 년도 교황령이 뿜어내는 신성 오로라가 가짜인지 진짜인지 알아볼 겁니다."

"크아아악, 이것도 안 되고 저것도 안 되면 어쩌란 게야? 어엉?"

도미니크가 시뻘게진 눈으로 악을 썼다.

Chapter 6

세본은 도미니크가 감정 과잉이 되는 모습을 보고는 크게 실망했다.

'허어, 내가 이런 자를 믿고서 손을 잡았다니. 도미니크, 이자는 비크 교황만도 못한 놈이로구나.'

세본은 다리에 힘이 쫙 풀렸다. 그래서 뒤도 돌아보지 않고 도미니크의 집무실을 비틀비틀 빠져나왔다.

뒤에서 도미니크가 악을 쓰는 소리가 들렸다.

"뭣들 하느냐? 당장 수호 기사단을 소집하라. 추심 기사단 놈들이 교황청을 포위하기 전에 이곳을 탈출해야겠다. 서남쪽! 그래 서남쪽의 솔노크 시로 가자. 그곳 지부를 요새화하고 강물을 방어선으로 삼아 레오니와 장기전을 펼쳐야겠어."

'뭣? 솔노크 시?'

세본은 도미니크의 말에 멈칫했다. 솔노크 시라는 단어를 듣자마자 세본의 뇌리에는 죽은 아들이 떠올랐다.

얼마 전 솔노크 시에서 세본의 아들인 미유 주교가 의문의 피살을 당했다.

그때부터였다. 세본이 비크 교황을 버리고 도미니크 추기경에게 노선을 갈아탄 것은.

그때부터였다. 세본이 추심 기사단의 움직임을 소홀히 하기 시작한 것은.

원래 세본은 은화 반 닢 기사단을 동원하여 추심 기사단의 동향을 늘 감시해왔다. 그런데 아들이 죽으면서부터 감시의 끈이 느슨하게 풀렸다.

'아뿔싸!'

서늘한 예감이 세본을 사로잡았다.

세본은 애써 머리를 털었다.

"아니겠지. 내 실수가 이 모든 사태의 원인은 아닐 게야. 내가 레오니 년의 수작에 놀아난 것은 아닐 거라고. 으으읏. 아니어야만 해."

머리가 띵한 느낌에 세본이 옆으로 휘청거렸다.

세본은 손으로 벽을 짚으면서 교황청 복도를 따라 힘겹게 걸었다. 햇살을 받아 길게 늘어진 세본의 그림자가 교황청의 대리석 바닥 위에서 위태롭게 흔들렸다.

일주일 뒤인 9월 16일.

레오니의 깃발 아래로 구름처럼 많은 병력이 집결했다.

이게 전부가 아니었다. 지금 이 시작에도 대륙 곳곳에서 추심 기사단이 벌떼처럼 일어나 레오니의 깃발을 향해 달려오는 중이었다.

레오니는 은색과 보라색이 교대로 줄무늬를 이룬 갑옷을 입고서 눈처럼 새하얀 백마 위에 올라탔다. 화려한 꽃술이 달린 투구는 옆구리에 끼었다. 레오니의 앞에는 추심 기사단이 질서정연하게 도열했다.

레오니는 삼엄한 눈빛으로 부하들의 면면을 훑었다.

"자랑스러운 추심 기사단이여, 한때 그대들은 나의 할아버지인 슈로크 추기경님을 따랐었다."

레오니의 입에서 죽은 슈로크의 이름이 언급되자 늙은 노기사들은 가슴이 울컥했다.

레오니의 말처럼 한때 슈로크는 이 자리에 모인 노기사들의 우상이었다. 노기사들의 마음속 태양이었다.

태양이 저문 이후로 노기사들은 가슴은 차갑게 식었다. 그런데 오늘 레오니가 노병들의 가슴에 다시금 불을 지폈다.

지금 레오니 추기경의 양옆에는 영상기록이 가능한 마법구슬이 설치되었다. 이 마법구슬은 레오니와 추심 기사단의 모습을 생생하게 녹화 중이었다. 레오니는 마법구슬로 녹화한 영상을 모레툼 교황청에 뿌렸다. 그녀의 영상은 모레툼 교황청의 추기경과 성직자들에게 실시간으로 공개되었다.

레오니는 먼 교황청에서 그녀의 모습을 지켜보고 있을

성직자들과 동료 추기경들을 의식한 채 목청을 높였다.

"내가 오늘 추심 기사단을 이 자리에 불러 모은 이유는, 바로 슈로크 추기경님의 죽음에 대해서 밝힐 진실이 있기 때문이다."

"헉? 슈로크 추기경님의 죽음이라고?"

충격적인 레오니의 발언에 추심 기사단이 술렁거렸다.

"자, 나와라."

레오니는 한편의 연극을 보여주듯 장엄하게 손을 들었다.

그러자 레오니의 심복들이 머리 위로 넓적한 금속판을 들었다. 그 금속판들은 태양광을 모아 레오니 추기경의 손끝이 가리킨 곳을 비춰주었다.

밝은 조명 속에서 하비에르가 등장했다. 하비에르의 양옆에는 험악한 인상의 쌍둥이 형제가 자리했다.

이들이 바로 악명 높은 에더, 베르거 형제였다. 에더는 왼쪽 눈가에 흉터가 깊게 패었고, 귀 위에 양쪽으로 꽁지머리를 묶은 모습이었다. 한편 베르거는 정수리 위로 머리카락을 모아서 야자수처럼 꽁지머리를 만든 차림이었다.

에더 형제는 사내 한 명을 질질 끌고 왔다.

이 사내는 어육 신세나 다름없었다. 사내는 코가 잘려서 없었다. 사내의 한쪽 눈알도 뽑힌 상태였다. 팔다리 근육도 모두 잘려서 사내는 걷지도 못하고 물건을 잡을 수도 없었다. 복부와 가슴은 몇 번이고 흉기에 베인 듯 엉망진창으로 꿰맨 상처가 가득했다.

이 피투성이 사내의 정체는 56호.

비크 교황의 사주를 받아 슈로크를 암살했던 그 56호가 하비에르의 부하들에 의해서 질질 끌려나왔다.

"윽. 엄청나잖아."

"대체 얼마나 고문을 받았으면 사람이 저 몰골이 되지?"

추심 기사단원들은 56호의 처참한 몰골에 놀라서 침을 꼴깍 삼켰다.

레오니는 손가락으로 56호를 지목했다.

"자랑스러운 추심 기사단이여, 저자가 무슨 말을 하는지 들어보자."

레오니의 말이 떨어지기 무섭게 에더, 베르거 형제가 56호의 뒷목을 틀어쥐고는 목에 주사를 놓았다.

"으으윽."

부들부들 몸을 떨던 56호는 약기운이 돌자 눈이 몽롱하게 풀렸다.

이윽고 56호의 입에서 그 날의 진실이 흘러나왔다.

비크 교황의 사주.

슈로크 추기경의 죽음.

이어지는 아나톨 주교의 타살.

그리고 아나톨 주교의 죽음을 트루게이스라는 조그만 도시의 신관에게 뒤집어씌운 점에 이르기까지.

지난날 비크 교황이 저질러왔던 악행들이 56호의 입에서 하나도 숨김없이 폭로되었다.

"크으윽. 슈로크 추기경님께서 그렇게 돌아가셨다니!"

"끄읍. 내 이럴 줄 알았어. 내 이럴 줄 알았다고."

추심 기사단원들의 두 눈이 경악과 분노로 번들거렸다. 일부 기사들은 눈물을 주르륵 흘렸다.

제6화

신성력의 발현

Chapter 1

레오니 추기경이 미리 심어 놓은 선동가들이 주변의 기사들을 부추겼다.

"이런 빌어먹을. 그럼 지금까지 우리가 죄악으로 점철된 자를 교황으로 떠받들었다는 거야? 이게 말이 되나?"

"저자의 말이 사실이라면 비크를 교황 자리에 내버려둘 수 없어. 그런 죄인이 교황 자리에 그냥 두면 이것은 자비로우신 모레툼 님을 욕되게 하는 짓이라고."

"비크를 끌어내리자. 그자를 영광된 성좌에서 끌어내려야 해."

"와아아아, 여러분, 교황청으로 몰려갑시다. 가서 비크와 그를 추정하는 간악한 무리들을 끌어내립시다.”

선동가들의 주장이 먹혔다.

“우와아아아아—.”

이제 추심 기사단 전체가 용광로 속 쇳물처럼 펄펄 끓어올랐다. 한번 분위기가 타오르자 그 열기는 걷잡을 수 없이 확산되었다.

레오니 추기경은 능숙하게도 그 열기를 교황청으로 돌렸다.

“가자! 내가 길을 열 것이다. 내 할아버지의 원수! 우리 모레툼 교단을 망치는 자! 자비로우신 모레툼 님을 욕되게 하는 자! 내가 교황청으로 직접 가서 죄인 비크를 교황의 자리에서 끌어내릴 것이다. 여러분 가운데 누가 나를 따를 것인가?”

“저요! 저요!”

“제가 레오니 추기경님을 돕겠습니다.”

“제발 저희가 돕게 해주십시오.”

추심 기사단원들은 무기를 번쩍 들고 소리쳤다. 기사단이 집결한 넓은 평원이 우렁찬 함성으로 쩌렁쩌렁 떨어 울렸다.

“자, 출전이다.”

레오니가 백마에 박차를 가했다.

우두두두두—.

잡티 하나 없는 하얀 말이 대지를 박찼다.

"우와아아아."

"교황청으로 진격하라아아."

추심 기사단은 용기백배하여 레오니의 뒤를 좇았다. 헤아릴 수 없이 많은 군마가 내달리자 뿌연 먼지가 하늘 꼭대기까지 솟구쳤다.

그 대오의 한쪽 날개에는 이탄도 참여했다.

이탄은 하비에르 조장과의 약속을 지키기 위해서 오늘 이 자리에 나왔다. 그리곤 선봉에서 말을 달려 모레툼 교황청으로 진격했다.

레오니가 백마 위에서 허리를 꼿꼿이 펴고 기사들을 둘러보았다. 그러다 레오니의 눈길이 이탄에게 멎었다.

'이탄 신관……'

레오니는 예전에 이탄이 그녀를 데리러 대륙 남쪽 수의 사원까지 찾아왔었던 일을 머릿속에 떠올렸다.

하비에르가 이탄에게 일말의 죄책감을 느끼는 것처럼, 레오니도 순진무구한(?) 이탄을 속이는 것을 무척 미안하게 생각했다.

'이탄 신관, 그대가 아무리 열심히 말을 달려 교황청으로 쳐들어가도 그곳엔 비크 교황이 없을 거예요. 아마도 그대는 크게 실망을 하겠죠. 미안해요. 대신 내가 다른 방식으로 그대에게 보상을 해줄게요. 그러니 부디 나를 용서해요. 그리고 앞으로도 나를 도와서 모레툼 교단을 잘 떠받쳐 줘요.'

레오니는 이탄에게 직접 말하듯이 속으로 속삭였다.

레오니 추기경이 마음속으로 사죄하는 사이, 추심 기사단과 모레툼 교황청 사이의 거리는 점점 가까워졌다.

추심 기사단의 대군이 몰려오자 모레툼 교황청은 발칵 뒤집혔다.

"으아악. 추심 기사단이 쳐들어온다."

"레오니 추기경님이 칼을 뽑았어."

교황청 소속 성직자들은 당황하여 난리법석을 피웠다.

조금 전 교황청 내의 모든 크리스털 판에서는 강제로 영상이 흘러나왔다. 몇몇 성직자들이 영상을 차단하려고 했으나 어찌 된 일인지 영상이 꺼지지 않았다. 덕분에 교황청의 모든 성직자들이 반강제로 레오니의 선동 장면을 보게 되었다.

영상 속에서는 번쩍거리는 갑옷을 입은 레오니가 등장했다. 레오니는 충격적이게도 슈로크 추기경의 죽음에 대한 화두를 던졌다. 그런 레오니의 앞에는 헤아릴 수 없이 많은 병력들이 진을 치고 있었다.

"레오니 추기경님을 따르는 병력이 저렇게나 많다고?"

"헙! 진짜?"

교황청의 성직자들은 크리스털 화면을 가득 채운 기사들을 보는 것만으로도 숨이 턱 막히는 기분이었다.

성직자들이 잔뜩 긴장한 가운데 영상이 계속되었다. 레오니는 슈로크의 죽음에 대한 증인으로 피투성이 사내를 내세웠다.

사내는 스스로를 은화 반 닢 기사단의 전투요원 56호라고 밝혔다. 그는 자신이 비크 교황의 사주를 받아 슈로크 추기경을 암살했다고 고백했다. 더불어서 그는 비크의 오른팔이라 불리던 아나톨 주교를 살해하게 된 경위도 고백했다.

당시 슈로크의 죽음의 배후로 비크가 의심을 받던 상황이었다. 비크는 비정하게도 그 국면을 타계하기 위해서 자신의 심복인 아나톨마저 죽여버렸다. 당시 비크의 냉정한 결단 덕분에 슈로크와 아나톨의 죽음은 흑 세력의 짓으로 결론이 났다.

이 끔찍한 비리에 교황청의 성직자들은 아연실색했다.

더 끔찍한 일은, 레오니가 추심 기사단 전원에게 교황청으로 진격하라고 명령한 것이다. 용기백배한 추심 기사단이 교황청을 향해서 무섭게 말을 달렸다. 영상 속에선 헤아릴 수 없이 많은 군마다 지축을 울리며 내달리는 장면이 흘러나왔다.

"이 사태를 어쩌면 좋습니까?"

교황청의 성직자들은 허둥댔다.

"누가 나서서 저 반역도들을 막아야 하는 것 아닙니까?"

일부 성직자들은 레오니와 그녀의 추종자들을 반역도라 칭했다.

그 즉시 다른 성직자의 반박을 받았다.

"반역도라니요? 말조심하세요. 레오니 님은 엄연히 우리 교단의 추기경님이십니다."

"누가 그걸 모릅니까? 그래도 저렇게 교황청으로 병력을 몰아서 쳐들어오면 안 되지요. 이곳은 교황님과 다른 추기 경님들께서 계신 곳입니다."

"그럼 어쩌자고요? 만약 레오니 추기경님의 말이 사실이 라면 비크 교황님은 탄핵될 수밖에 없는 것 아닙니까? 혹 시 주교님께서는 비크 교황님이 탄핵될 때 같이 순장되어 무덤에 함께 묻히실 겁니까?"

"아니, 이거 큰일 날 사람일세. 순장은 무슨 순장? 내가 왜 비크 교황과 함께 무덤에 묻힙니까?"

교황청의 성직자들은 서로 삿대질을 하면서 싸웠다.

Chapter 2

성직자 열 사람이 모이면 10개의 서로 다른 의견이 터져나왔다. 그들이 아무리 떠들어 봤자 뾰족한 해결책은 제시되지 않았다.

결국 성직자들은 교황청의 핵심 수뇌부인 도미니크 추기경과 세본 추기경에게 기대고자 했다.

한데 웬걸?

도미니크 추기경은 이미 교황청을 빠져나간 뒤였다. 도미니크를 섬기는 수호 기사단도 함께 사라졌다.

"도미니크 님은 대체 언제 도망친 거야?"

"야아아, 세상에 믿을 사람 하나 없구나."

성직자들은 도미니크에게 큰 배신감을 느꼈다.

"이럴 때가 아니오. 도미니크 추기경님이 안 계시다면 세본 추기경님이라도 찾아가야지."

"그 말이 맞소."

당황한 성직사들은 텅 빈 도미니크의 집무실을 떠나서 세본 추기경의 집무실을 방문했다.

마침 세본 추기경도 이것저것 바리바리 싸들고 교황청에서 도망칠 궁리를 하던 중이었다. 그러다 세본은 성직자들에게 딱 걸렸다.

"안 됩니다, 추기경님. 대체 어딜 가시려 하십니까?"

"여기서 못 나가십니다."

성직자들은 세본이 도망치지 못하도록 집무실 문 앞을 꽉 틀어막았다.

성직자들 입장에서는 이렇게 할 수밖에 없었다. 이제 조금만 있으면 레오니 추기경이 대군을 이끌고 와서 교황청을 장악할 판국이었다. 그때 세본마저 사라지고 없으면 남은 성직자들이 무슨 봉변을 당할지 몰랐다. 그래서 성직자들은 목숨을 걸고 세본의 바짓가랑이를 붙잡고 늘어졌다.

"놔라. 이거 놔 크허어엉."

세본은 거의 울음이 터질 지경이었다.

콰앙!

교황청의 최외곽 성문이 거칠게 박살 났다. 파괴된 문 안으로 추심 기사단이 밀물처럼 밀려들었다.

선봉은 하비에르를 비롯한 추심 기사단의 대장과 조장, 그리고 별동대장들이 맡았다. 더 데이 별동대의 지휘관인 이탄도 당연히 선봉 명단에 이름을 올렸다.

아니, 그 정도를 넘어서 이탄은 다른 대장들을 젖히고 맨 선두에 나섰다. 어느 순간 이탄은 말을 버리고 직접 달렸다. 이탄의 속도가 어찌나 빨랐던지 다른 기사들은 감히 쫓아오기 불가능했다.

선두에서 치달릴 때 이탄은 일부러 '은신의 가호'를 사용하지 않았다.

'몸을 투명화하면 추심 기사들에게 인상적인 활약을 보여줄 수 없잖아.'

이게 이탄의 생각이었다.

이탄은 전장에서 역동적인 카리스마를 연출할 줄 아는 지휘관이었다. 이탄은 기사들의 마음을 사로잡는 방법도 꿰뚫고 있었다.

이탄은 적과 싸울 때 무시무시한 과격함을 보여주곤 했다.

그러면서도 이탄은 다른 한편으로 아군을 대할 때는 과격함과는 거리가 먼 따뜻한 격려 한 마디를 던질 줄 아는 남자였다.

무심하게 툭 던지는 이탄의 한 마디가 은화 반 닢 기사단의 보조요원들의 마음을 매료시켰다.

이탄은 이제 그 특유의 카리스마와 매력을 추심 기사들에게 발휘할 요량이었다.

이탄이 비록 '이 자리에 모인 추심 기사들에게 강력한 인상을 심어주어 내 추종자들로 만들어야지.'라고 미리 계획한 것은 아니지만, 이탄은 본능적으로 전쟁터에서 매력을 어필하는 방법을 알았다.

이탄은 그래서 은신의 가호도 사용하지 않고 곧장 점프했다.

부왕—.

이탄은 그 어떤 추심 기사보다도 더 높이 도약했다.

그렇게 하늘 높이 떠올랐던 이탄의 몸뚱어리가 교황청 내성벽을 향해서 벼락처럼 떨어져 내렸다.

모레툼 교황청은 내성문을 좁게 설계해놓았다. 한 번에 다수의 병력이 진입할 수 없도록 고안한 것이다.

'이 문제를 해결하려면 저 높고 탄탄한 성벽을 부숴버리는 수밖에 없지.'

이탄은 이렇게 판단했다.

이탄의 몸뚱어리가 성벽에 작열할 때, 그의 온몸에서는 가늠조차 할 수 없는 엄청난 양의 신성력이 폭발했다.

푸화화학!

신성력의 광채가 어찌나 강렬했던지 교황청 건물 안에서도, 교황청 밖에서도, 그리고 저 멀리 후미에서 달려오는 추심 기사들의 눈에도 이탄이 뿜어내는 빛이 똑똑히 보였다.

이 어마어마한 신성력은 사실 사기였다. 이것은 진짜 신성력이 아니라 이탄이 보유한 막대한 음차원의 마나가 화이트니스를 통해서 한 겹 포장된 눈속임에 불과했다.

그렇게 사기로 만들어낸 신성력 안에는 이탄이 최근에 깨우친 '발아의 가호'가 조금이나마 녹아 있었다.

발아의 가호는 교황급의 가호였다.

아니, 교황급을 넘어선 그 무언가였다. 역대 그 어떤 교황도 가호편람 3,997번에 적힌 발아의 가호를 하사받지는 못하였다.

가짜 신성력 위에 발아의 가호가 더해지자 이탄이 뿜어내는 광휘는 더더욱 진짜 신성력처럼 느껴졌다.

사기면 또 어떠랴.

눈속임이면 또 어떠하랴.

거의 모레툼이 재림한 듯한 광경에 모든 추심 기사단원들은 자지러졌다.

"저, 저것 좀 봐!"

"허걱? 모레툼 님의 현신이시다."

수많은 기사들이 무의식중에 모레툼의 현신을 떠올렸다. 그들은 이탄의 정체를 몰랐다. 얼마 전 레오니가 은화 반 닢 기사단의 성기사 한 명을 추심 기사단의 별동대장으로 영입했다는 사실도 몰랐다.

추심 기사들은 그저 동료들 가운데 한 명이 선두로 치고 나갔는데, 그 기사가 신의 선택을 받아 육신에 신의 힘을 잠시 받아들인 게 아닌가 생각했을 뿐이었다.

Chapter 3

추심 기사단만 이렇게 착각한 것이 아니었다.

"어헉? 설마 신께서 현신하셨단 말인가?"

레오니도 이탄이 뿜어낸 신성력에 놀라 말에서 굴러 떨어질 뻔했다.

하비에르와 에더, 베르거도 멍하게 이탄만 올려다보았다.

그러는 가운데 이탄은 자신이 끌어올린 어마어마한 신성력(?)을 몽땅 끌어 모아 '지둔의 가호'에 때려 부었다.

부와아악―.

이탄의 손끝에서 빚어진 땅의 방패는 단숨에 수백 미터를 넘어서 수 킬로미터 크기로 부풀었다.

과도하게 몰려든 에너지는 지둔의 가호가 감당할 수 있는 한계를 넘어섰다. 그러자 땅의 방패가 반강제로 진화하여 천둔의 가호로 재탄생했다.

천둔의 가호는 가호편람 3,092번에 수록된 최상위 가호 가운데 하나였다.

이제 이탄이 만들어낸 방패는 수 킬로미터를 넘어서 교황청이 위치한 도시 전체를 짓누를 듯이 커졌다.

이탄은 신성력이 잔뜩 응집하여 천둔의 가호를 형성한 다음, 그 방패로 교황청 내성벽을 후려쳤다.

충돌의 순간, 소리는 들리지 않았다. 대신 빛이 폭발했다. 상상을 초월하는 에너지가 온 사방으로 휘몰아쳐 나왔다.

히이이이힝!

말들이 놀라서 뒤로 나자빠졌다.

"우아아악. 살려줘."

추심 기사들이 기겁을 하며 방패로 자신들의 몸을 가렸다.

이탄이 내지른 대규모 신성 공격 한 방 때문에 교황청의 내성벽 전면부가 통째로 허물어져 내렸다.

이탄은 붕괴한 교황청 성벽을 무표정하게 둘러본 다음, 뻥 뚫린 내성벽 안으로 천천히 날아들었다.

이탄의 온몸에서는 여전히 성스러운 광휘가 흘러넘쳤다. 이탄의 머리 위 상공에는 거대한 바람의 방패, 즉 천둔의 가호가 유지된 채 온 하늘을 뒤덮었다. 이탄은 그 상태에서 허공 수 미터 높이로 떠오른 채 목청을 돋웠다.

"비크. 나와라."

이탄이 내지른 우렁찬 포효가 교황청을 뒤흔들었다.

"으으으."

교황청의 성직자들은 감히 그 포효에 응답하지 못했다. 다들 무너진 벽 뒤에 숨어서 와들와들 떨 뿐이었다.

이탄이 한 번 더 소리쳤다.

"비크. 나와라."

이번 소리는 더 컸다. 교황청뿐 아니라 도시 전체가 우르르 진동했다.

이탄은 단지 목소리만 큰 것이 아니었다. 그가 내뱉은 언어에 항거할 수 없는 위엄이 어려 있어서 더욱 무서웠다.

레오니와 하비에르를 포함한 추심 기사들은 성스러운 광휘에 휩싸인 채 허공에 둥실 떠서 교황청을 질타하는 이탄의 뒷모습을 보면서 자신도 모르게 모레툼의 현신을 떠올릴 수밖에 없었다.

"아아아. 말도 안 돼."

레오니가 현실을 부정했다. 그러면서도 레오니는 가늘게 전율했다.

"모레툼 님께서 이탄 신관을 선택하여 현신하시다니!"

하비에르의 외눈은 격랑을 만난 듯 흔들렸다.

"와아! 개멋지다."

에더는 무의식중에 이탄에 대한 팬심(Fan心)을 드러내었다. 다른 추심 기사들은 몰라도 에더는 이탄의 정체를 알아보았다.

"형의 말이 맞아. 우리 별동대장님은 진짜로 개멋져."

에더의 쌍둥이 동생인 베르거도 입가에 침을 흘리면서 이탄만 바라보았다. 베르거의 두 눈이 몽롱하게 풀렸다.

에더와 베르거 형제는 하비에르의 충견이기도 하지만, 동시에 이탄이 창설한 더 데이 별동대의 대원이기도 했다.

추심 기사들이 황홀해하는 가운데 이탄은 오른팔을 하늘로 치켜들었다. 이탄의 팔뚝에 힘줄이 우두둑 돋았다. 이탄의 손바닥이 가리키는 저 하늘 꼭대기에선 모레툼의 가호로 인해서 만들어진 천둔, 즉 하늘의 방패가 무지막지한 에너지를 머금으며 점점 더 거대하게 부풀어 오르는 중이었다.

과거 피사노 싯다가 과이올라 시의 상공에 홀로 둥실 떠서 검보랏빛 원반, 즉 앺니어 디스커스(Apnea Discus: 무호흡 원반)를 소환했을 때 느껴지던 그 위엄! 혼자서 도시 하나를 파괴해버릴 듯한 그 절대자의 위엄이 지금 이탄에게도 흘러넘쳤다.

아니, 이탄은 싯다를 넘어섰다.

슈와아아아앙—.

이탄이 오른손에 힘을 꽉 주자 하늘 꼭대기에 형성된 천둔은 극단적으로 부풀면서 주변의 모든 바람을 빼앗아갔다. 바람이 하늘 꼭대기로 몰려들면서 지상의 공기가 희박해졌다.

"컥. 숨! 숨이 안 쉬어져."

"으헙. 허어업."

지상의 사람들은 호흡이 가빠지다 못해 스스로 입을 틀어막고 주저앉았다.

과이올라 시에서 피사노 싯다가 앨니어 디스커스를 지상에 때려 박았을 때보다 지금 이탄이 펼친 천둔의 가호가 훨씬 더 무서웠다.

"비크! 나와라. 네가 나오지 않는다면 모레툼 님의 신벌이 교황청에 떨어질 것이다."

이탄이 마지막으로 경고를 던졌다. 이탄은 모레툼의 신벌을 입에 담았다.

"헉? 신벌이라고?"

"우리의 신이신 모레툼 님께서 이곳 교황청에 신벌을 내리신다고?"

신이 자신의 추종자들에게 신벌을 내린다는 것은 선뜻 받아들이기 힘든 개념이었다.

하지만 지금 이탄이 내뱉은 말은 도저히 거짓 같지 않았다.

이탄의 온몸에서 뿜어지는 엄청난 신성력을 보라!

이탄의 등 뒤에서 난초 잎사귀처럼 피어오르는 저 광휘를 보라!

그리고 온 하늘을 뒤덮은 하늘의 방패를 보라!

누가 봐도 이탄은 모레툼의 현신 같았다. 모레툼이 이탄이라는 인간(?)을 선택하여 잠시 그의 육신에 들어온 듯한 장면이 펼쳐졌다.

그런 이탄의 입에서 신벌이라는 섬뜩한 단어가 튀어나왔다.

"커억! 신벌이라니."

모레툼을 섬기던 성직자들은 기겁을 하면서 벌벌 떨 수밖에 없었다.

"으아아아."

모레툼으로부터 가호를 하사 받은 추심 기사단의 성기사들도 펄쩍 뛰는 게 당연했다. 다들 까무러칠 지경이 되었다.

Chapter 4

오러를 연마하는 검수들은 자신이 평생을 연마한 오러가 갑자기 이유도 없이 사라지는 현상을 겪을 리 없었다.

심장에 마나를 축적하는 마법사들도 자신이 평생을 모은 마나가 어느 순간 갑자기 자취를 감추지나 않을까 걱정하지는 않았다.

물론 피사노교에는 상대의 마나를 갈취하여 없애버리는 금단의 비술이 있다고 전해진다. 하지만 백 진영의 마법사들 가운데 그런 비현실적인 이야기를 믿는 마법사는 드물었다.

이것은 법력에 기반한 술법사들도 마찬가지였다. 술법사가 평생을 연마한 법력이 갑자기 사라지는 경우는 없었다.

이들 세 부류에 비해서 성직자와 성기사들은 달랐다.

성직자와 성기사는 신앙의 힘, 즉 신성력을 바탕으로 실력을 키운 자들이었다. 따라서 그들이 신으로부터 버림을 받는 그 순간, 신성력은 사라질 것이며 무력도 0으로 떨어지게 마련이었다.

그리하여 언노운 월드의 모든 성직자와 성기사들은 신으로부터 버림받는 일을 가장 두려워했다.

한데 이탄은 영악하게도 그 약점을 건드렸다.

당연히 성직자들은 공포에 질려 자지러졌다. 추심 기사단의 성기사들도 벌벌 떨 수밖에 없었다.

이탄은 모두를 공포로 몰아넣은 가운데 연달아 세 번이나 비크를 불렀다.

그래도 비크는 나타나지 않았다.

이탄이 더 강한 광휘를 발산했다.

"좋다. 너희가 신의 자비가 대신 분노를 선택하겠단 말이지? 그렇다면 신의 분노가 어떤 것인지 똑똑히 보여주마."

이탄은 하늘을 향해 치켜들었던 오른팔에 힘을 꽉 주었다.

후왕!

이탄의 가슴 속에서 음차원의 마나가 폭발적으로 풀려나왔다.

[꺄아아아앗!]

화이트니스는 한계를 넘어선 마나에 비명을 지르면서도 끝끝내 이탄의 마나를 신성력을 포장하여 세상에 드러내었다.

이제 하늘 꼭대기부터 시작하여 교황청 지붕까지 일직선으로 신성력의 기둥이 형성되었다. 그 모습이 마치 모레툼이 이 땅에 직접 내려오기 위해서 하늘의 기둥을 지상에 내리꽂은 듯했다.

"오오오오, 신이시여! 진정 이 땅에 강림하시나이까?"

"우오오오오!"

넘쳐흐르는 신성력의 폭풍에 모든 성직자들과 성기사들

이 눈물을 흘렸다.

레오니도 예외는 아니었다. 그녀는 황급히 백마에서 내려서 무릎을 꿇었다.

이탄은 교황청 한복판에 굵직한 신성력의 기둥을 내리꽂은 뒤, 한 발을 더 나갔다.

'이왕 사기를 치는 거, 천주부동까지 섞어 봐?'

천주부동(天柱不動)은 동차원이 처음 생겼을 때부터 존재했다는 신비로운 술법이었다. 이탄은 그동안 천주부동을 깨우치기 위하여 각고의 노력을 기울였다. 그 결과 최근 이탄은 천주부동에 대해서 불완전하나마 개념을 잡았다.

천주부동.

글자 그대로 하늘의 기둥을 내리찍어 그 일대를 시간도 흐르지 못하고 꼼짝도 하지 못하는 부동의 공간으로 만들어 버리는 것이 천주부동의 본 개념이리라.

이탄은 가짜 신성력으로 만들어낸 기둥 위에 천주부동의 권능을 한 겹 덮어씌웠다.

"컥!"

그 즉시 엄청난 위압감이 도시 전체를 짓눌렀다.

도시의 모든 백성들이 신의 힘에 의해 짓눌린 듯 바닥에 납죽 엎드렸다. 도시의 모든 생명체들의 생체 시계가 아주 느릿하게 흘러갔다. 시간의 유속은 점점 더 느려졌다.

시간이 뒤틀리면서 공간도 왜곡되었다. 하늘에서 시작하여 지상까지 내리꽂힌 신성력의 기둥만 일직선으로 유지될 뿐, 그 밖의 모든 공간이 와락 일그러졌다.

그렇게 일그러진 공간 속에서 신비로운 빛의 입자들이 생겨났다. 빛의 알갱이들은 흐르는 모래처럼 흘러넘쳐 주변 모든 것을 휩쓸었다.

빛의 입자가 스쳐지나간 모든 곳의 시간이 멈췄다.

빛의 입자가 스쳐지나간 주변의 모든 생명체가 행동을 정지했다.

여기까지만 보면 천주부동 술법은 무한시의 권능과 비슷해 보였다. 시간을 정지시킨다는 점에서는 분명 천주부동과 무한시는 유사할 수밖에 없었다.

하지만 가장 큰 차이는 의식의 유무였다.

이탄이 무한시의 언령을 발동하면 그 즉시 시간은 0으로 수렴했다. 세상의 모든 생명체들은 시간 속에 속한 존재들이기에 시간이 멈춰버렸다는 사실도 모른 채 신체와 정신이 동시에 정지하게 마련이었다.

그러다 이탄이 무한시의 언령을 거둬들여서 시간이 다시 정상적으로 흐르고 나면, 생명체들은 비로소 다시 움직일 수 있었다. 그러나 그들은 조금 전에 시간이 멈췄다는 점을 전혀 알 수가 없는 것이다.

천주부동은 이와 달랐다.

일단 천주부동의 범위 안에 들어오면 모든 움직임이 정지했다. 큼직큼직한 활동들이 멈추는 것은 물론일뿐더러, 세포의 활동이나 원자의 진동과 같이 눈에 보이지 않는 미세한 거동도 모조리 멈춰 섰다.

여기까지는 무한시와 천주부동이 비슷했다.

한데 천주부동에 붙잡힌 자들은 신체만 정지될 뿐 의식이나 정신은 멀쩡했다.

오히려 이게 더 무서웠다.

의식은 분명히 있는데 세상이 우뚝 정지한 그 느낌이라니!

내 몸 하나 제대로 통제할 수 없어서 손가락 하나, 눈꺼풀 한 번 까딱거릴 수 없는 그 공포라니!

심지어 심장마저 우뚝 멈춰 버린다.

숨도 쉬어지지 않는다.

그대로 죽어버릴 것만 같다.

이 순간 도시 전체의 모든 생명체가 미쳐버릴 것만 같은 패닉 상태에 휘말렸다.

천주부동의 영향력은 비단 생명체에게만 영향을 미치지 않았다. 이탄이 재창조해낸 이 신비로운 술법은 주변의 공기나 풀잎, 심지어 빛조차도 정지시켰다.

빛이 없으니 사람들의 시야는 온통 시커멓게 변했다. 캄캄한 암흑 속에서 유일하게 사람들의 시각에 잡히는 것은 무수히 많은 빛의 입자, 즉 광자들뿐이었다.

광자(光子).

어디선가 홀연히 나타난 찬란한 빛의 알갱이들은 모래 파도처럼 와르르 밀려와 신성력의 기둥 주변을 한바탕 휩쓸어버렸다.

천주부동의 영향을 받는 모든 생명체들은 그 광자의 폭풍에 휩쓸린 순간, 자신이 얼마나 하찮은 존재인지를 절감하게 되었다. 이건 흡사 정신과 육체가 온통 발가벗겨진 채 신 앞에 강제로 끌려온 느낌 같았다.

이것은 죽음보다 더 두려운 공포였다. 천주부동에 노출당한 생명체는 절대로 이 공포로부터 벗어날 수 없었다.

제7화
뒷마무리

Chapter 1

이것이 바로 천주부동의 무서운 점이었다.

이탄이 재해석을 통해 만들어낸 천주부동은 따지고 보면 몸을 속박하는 술법, 즉 일종의 물리적인 공격이었다. 천주부동의 밑바탕은 시간과 관련이 있지만, 따지고 보면 시간의 정지 또한 상대를 구속하기 위한 물리적인 공격이라고 볼 수 있었다.

비록 천주부동이 물리적인 공격이기는 하지만, 이 특이한 술법은 적에게 육체인 타격을 주는 것보다 정신적인 충격을 안겨주는 효과가 더 컸다. 상대를 극한의 패닉 상태에 몰아넣어 스스로 굴복하게 만드는 술법이 바로 이탄이 창안해낸 천주부동의 효과였다.

지금 이탄은 그 놀라운 술법의 힘을 신성력의 기둥 위에 가미했다.

그렇지 않아도 성직자와 성기사들은 이탄이 보여준 신성력에 놀라서 심장이 벌렁거리는 중이었다.

그 와중에 성직자와 성기사의 몸이 돌처럼 딱딱하게 굳었다. 그들은 손가락 하나 까딱하지 못했다. 눈꺼풀 한 번 깜빡일 수 없었다.

급기야 성직자들의 폐가 정지하여 호흡이 끊겼다. 설령 그들의 폐가 멀쩡하다 하더라도 공기의 유동이 멈췄으니 호흡을 하기란 불가능했다.

이것은 추심 기사단 소속 기사들도 마찬가지였다.

폐 기능에 이어서 성기사와 성직자들의 심장도 우뚝 멈췄다.

이런 와중에도 성직자와 성기사들의 의식만큼은 멀쩡했다.

'뭐야?'

'무서워. 대체 나에게 무슨 일이 벌어지는 거지?'

'제발 여기서 벗어나게 해주세요.'

평소 잘난 체하던 성직자들이 공포에 질렸다.

빚쟁이들에게 그렇게 가혹하게 굴던 추심 기사들이 두려

움에 질려 미칠 지경이 되었다.

그러는 가운데 세상에서 빛이 사라져버렸다. 대신 어디에선가 빛의 알갱이들이 무수히 나타나 세상을 그대로 휩쓸어버렸다.

주변 풍경이 와르르 허물어지는 가운데, 천주부동에 휘말린 모든 성직자와 성기사, 그리고 일반 백성들은 자신이 캄캄한 우주 한복판으로 내동댕이쳐져서 신 앞에 불려온 듯한 느낌을 받았다.

몸은 전혀 움직이지 않는데 성직자와 성기사들의 의식 속에서는 평소에 그들이 상상하지도 못했던 장면들이 스쳐지나갔다.

성직자들이 비명을 지르며 모레툼에게 자비를 구하려 했다.

백성들이 살려달라며 울부짖었다.

그러나 그들의 성대에서는 목소리가 새어나오지 않았다.

추심 기사단의 성기사들은 가슴을 쥐어뜯으며 모레툼에게 죄를 고백하려 들었다. 그런데 그들의 손이 움직이지 않았다.

레오니도 울부짖는 군상 속에 섞여서 온몸을 뒤틀었다. 그녀가 아무리 애를 써도 이탄이 펼친 천주부동을 벗어나는 못했다.

극한의 공포가 모든 것을 짓눌렀다. 극한의 공포가 모든 것을 잠식했다.

그러는 가운데 이 일대에 위치한 모든 사람들의 귓가에 우렁찬 굉음이 쩌렁쩌렁 울렸다.

"비크는 어디에 있느냐? 어서 나와라."

이건 이탄의 목소리였다.

아니다. 착각이었다. 이것은 이탄의 목소리가 아니라 신의 음성이었다. 사람들은 모레툼이 이탄의 몸을 빌려서 비크 교황을 찾고 있다고 여겼다.

"비! 크!"

이탄이 다시 한번 비크의 이름을 불렀다. 이번에는 조금 전보다 더 무섭게 딱딱 끊어서 비크를 찾았다.

그러면서 이탄은 천주부동의 술법을 은근슬쩍 해제했다. 하늘로부터 땅까지 일직선으로 내리꽂혔던 신성력의 기둥도 거둬들였다.

만약 이탄이 조금만 더 시간을 끌었다면 이 일대의 모든 생명체가 공포에 질려서 백치로 변할 뻔했다.

"허억, 허억, 허억, 허어억."

레오니 추기경은 겨우 술법에서 풀려난 뒤, 두 손으로 땅바닥을 지탱한 채 침을 줄줄 흘렸다.

천주부동의 권능이 더해진 신성력의 기둥은 압도적인 위

력을 발휘했기에 레오니 추기경처럼 높으신 분들도 그 앞에서는 개미 새끼 한 마리만 못했다.

하비에르와 에더, 베르거도 바닥에 엎어져 벌레처럼 비비적거렸다.

일반 성기사들도 다를 바 없었다.

"크헉, 크허허헉."

"우웨에웩."

추심 기사단의 모든 성기사들은 패닉 상태에서 벗어나지 못한 채 마구 구역질을 했다. 다들 눈물 콧물 할 것 없이 체액을 잔뜩 쏟아내었다.

교황청 내부라고 해서 다를 것은 없었다. 모레툼 교황청의 모든 성직자들은 와들와들 떨면서 구석에 몸을 웅크렸다. 성직자들의 눈, 코, 입에서는 눈물과 콧물, 그리고 침이 뚝뚝 떨어졌다.

이 도시의 백성들도 영향에서 벗어나지 못했다. 백성들은 식탁 아래나 침대 밑에 숨어 있다가 천주부동의 영향을 받아 거의 기절하다시피 했다.

동물들도 예외는 아니었다. 개들이 입에 거품을 물었다. 고양이들은 눈을 까뒤집었다. 추심 기사들이 타고 있던 말들도 일제히 나자빠졌다. 괄약근이 풀리면서 동물들의 항문에서 더러운 변이 질질 흘렀다.

이탄이 또 소리쳤다.

"비! 크!"

사람들의 귀에는 그 소리가 신이 내리치는 천둥처럼 들렸다. 교황청의 성직자들은 더 이상 이탄의 부름을 거부할 엄두를 내지 못했다.

"신이시여, 나갑니다. 저희가 나가겠습니다."

성직자들 스스로 교황청의 문을 열고 밖으로 기어 나왔다.

당연한 말이지만, 성직자들은 신의 분노를 뒤집어쓸 마음이 눈곱만큼도 없었다. 하여 그들은 자신들의 상관인 세본 추기경을 강제로 끌고 이탄 앞에 나왔다.

성직자들은 이탄을 향해 무릎부터 꿇었다.

"자비의 신이시여, 비크 교황은 이곳을 뜬지 오래입니다. 그 대신 교황의 대리 역할이었던 세본 추기경을 여기에 데려왔나이다."

"자비의 신 모레툼이시여, 부디 이자를 벌하시고 저희는 용서하소서."

모레툼 교단의 성직자들은 허공에서 일렁거리는 빛의 응집체를 향해서 연신 머리를 조아렸다.

그러는 동안 희생양으로 바쳐진 세본은 망연자실하여 이탄만 올려다보았다.

"으으으, 진짜 모레툼 님이 현신하셨단 말인가? 진짜
로?"

세본이 턱을 덜덜 떨었다.

어떻게든 교황청 밖으로 끌려나오지 않으려고 발버둥 친
탓일까? 세본의 얼굴과 몸 이곳저곳에는 할퀴고 긁힌 자국
이 역력했다.

이탄은 휘황찬란한 광휘 속에 파묻힌 채 허공에서 세본
을 굽어보았다. 이탄의 등 뒤에선 신성력으로 이루어진 광
휘가 한 쌍의 날개처럼 펄럭거렸다.

Chapter 2

교황청의 내실.

이 엄숙한 장소는 지금 벽에 거미줄처럼 금이 쩍쩍 갔다.
천장의 일각도 허물어져 파란 하늘이 엿보였다.

조금 전 이탄이 후려친 천둔의 가호가 교황청의 모든 건
물에 균열을 일으킨 것이다.

그 내실 안에서 이탄이 레오니 추기경과 마주 앉았다. 레
오니의 뒤에는 하비에르가 걱정스러운 표정으로 서 있었다.

레오니가 조심스레 물었다.

"이탄 신관님, 진짜로 아무런 기억이 나지 않나요?"

레오니는 이탄을 별동대장이라 부르지 않았다.

상대가 추심 기사단의 별동대장 신분이라면 기사단장인 레오니 추기경 앞에 무릎을 꿇어야 하기 때문이다. 레오니는 혹시라도 신의 화신일지도 모르는 이탄을 자신의 앞에 무릎 꿇릴 수 없었다.

'그러다 모레툼 님의 분노라도 사면 큰일이지.'

레오니가 가지고 있는 가호들, 예를 들어서 '간파의 가호'는 모레툼이 그녀에게 하사한 선물이었다.

한데 만약 신이 노여워하여 그 가호를 거둬들이기라도 하면 어떻게 한단 말인가. 그래서 이탄을 대하는 레오니의 태도는 무척 조심스러웠다.

이탄은 영문을 모르겠다는 듯이 눈을 끔뻑거렸다.

"추기경님, 지금 무슨 말씀을 하시는지 모르겠습니다. 제가 뭘 했다고요?"

이탄은 시치미를 뚝 떼었다.

이탄이 원하는 바는 트루게이스의 지부를 온전히 돌려받는 것과 은화 반 닢 기사단에 대한 소유권, 그리고 교황청에서 꿀을 빨 수 있는 자리 정도였다.

'골치 아프게 모레툼의 화신 노릇을 할 생각은 없어. 게다가 모레툼 님과 관련해서 아직 풀리지 않은 수수께끼들이 있단 말이야. 자칫하다가는 여섯 눈과 같은 신격 존재들의 주목을 받을 수도 있다고. 혹시라도 나중에 다른 신들을 모두 제거한 이후라면 또 모르겠지만 말이야.'

이탄은 영악하게도 선을 딱 그었다.

이탄의 연기력이 어찌나 뛰어났던지 레오니는 이탄의 말을 믿을 수밖에 없었다. 레오니가 간파의 가호를 사용했지만, 이탄은 그 가호마저 거뜬히 속여 넘겼다.

'지금 이탄 신관은 거짓말을 하고 있지 않아. 간파의 가호로 살펴보아도 그는 진실만을 말하고 있다고. 그렇다면 역시 모레툼 님께서 잠시 이탄 신관의 육체를 빌려서 비크에 대한 처벌 의지를 드러내셨을 뿐인가? 그 다음 모레툼 님께서 의지를 거둬들이시고 나니까 이탄 신관이 다시 원래 모습으로 돌아왔고?'

레오니가 아무리 머리를 굴려보아도 이것 말고는 답이 없었다.

"흐으음. 그렇군요. 이탄 신관은 아무것도 기억하지 못하는군요."

"제가 기억을 못 하다니요? 대체 무슨 일이 있었던 겁니까?"

이탄은 답답해 죽겠다는 시늉을 했다. 그 연기력이 또 얼마나 사실적이었는지, 레오니가 다 미안해질 정도였다.

"이탄 신관님, 진정하세요. 일단 신관님께 나쁜 일이 벌어진 것은 아니에요. 호호호. 오히려 이것은 좋은 일이라고 할 수 있죠."

"네에? 좋은 일이라고요?"

이탄이 눈을 동그랗게 떴다.

레오니가 부드럽게 미소를 지었다.

"호호호. 그래요. 이탄 신관님은 잠시나마 모레툼 님의 선택을 받아 신의 의지를 육신에 받아들였던 거예요. 그 경험이 앞으로 이탄 신관님께 얼마나 큰 밑거름이 되겠어요? 비록 일순간이라 할지라도 이탄 신관님은 무려 가호편람 3,092번에 기술된 천둔의 가호를 발휘했거든요. 교황급의 가호인 천둔의 가호 말이에요."

레오니는 이탄이 교황급 가호를 펼친 것을 진심으로 기뻐했다.

물론 레오니는 이탄에게 교황의 자리를 양보할 마음은 없었다. 만약 이탄이 모레툼으로부터 교황급의 가호를 하사받았다고 하면 레오니의 생각도 조금은 달라졌을지 모른다. 아마도 레오니는 이탄을 라이벌로 여기고 경계했을 수도 있겠다.

설령 레오니가 이탄에게 경계심을 품지 않는다고 하더라도, 최소한 하비에르는 이탄을 경계했을 것이다.

그런데 레오니와 하비에르 모두 이탄에게 경계심을 품지 않았다.

'이탄 신관님의 몸에 잠시 동안 모레툼 님의 의지가 깃들었고, 그 짧은 순간 동안만 천둔의 가호를 사용할 수 있었던 거야.'

두 사람은 제멋대로 생각해 버렸다.

"모레툼 님의 선택을 받은 분이 이탄 신관님이라니요. 신의 의지를 직접 육신으로 받아본 경험은 얼마나 놀랍고도 멋진 일일까요? 저는 상상만 해도 아찔하네요. 호호호."

레오니가 이탄의 손을 덥석 잡았다.

"응?"

의외의 신체접촉에 이탄이 흠칫했다.

레오니는 아무렇지도 않게 이탄의 손을 잡고 흔들었다. 잠시나마 신의 의지가 깃들었던 몸이라고 생각하자 레오니는 이탄에게 더할 나위 없는 친근감을 느꼈다.

사흘 뒤.

도미니크 등 극소수를 제외한 모든 추기경들이 모레툼 교황청에 모였다. 전체 추기경 회의를 소집한 장본인인 레오니도 당연히 회의에 참석했다.

그 자리에서 레오니는 대화를 주도했다.

원래 전체 추기경 회의는 그리 호락호락한 곳이 아니었다. 제아무리 레오니가 슈로크의 후계자이고 추심 기사단을 등에 업고 있는 권력자라 할지라도, 그녀가 추기경 회의를 좌지우지하기란 쉽지 않았다. 전체 추기경 회의에서 차기 교황을 선출하므로 레오니도 다른 추기경들의 눈치를 볼 수밖에 없었다.

그런데 상황이 돌변했다.

"모레툼 님께서 현신하셨다."

"모레툼 님께서 비크 교황의 악행에 분노하여 어느 추심 기사의 몸을 빌려서 직접 의지를 드러내셨다."

추기경들 사이에는 이러한 소문이 쫙 퍼졌다.

레오니가 미리 퍼트린 소문이었다.

모든 종교가 다 그렇겠지만, 모레툼 교단에서 모레툼의 위치는 절대적이었다. 아무리 고지식하고 완고한 추기경들일지라도 감히 신의 뜻에 반대되는 의견은 낼 수가 없었다.

'모레툼 님께서 하필 추심 기사단을 통해 뜻을 전하셨단 말이지? 그렇다면 그분께서 은근히 추심 기사단을 지지한다고 의지를 표명하신 것 아닐까?'

'아무래도 레오니 추기경이 신의 총애를 받고 있나 봐. 수천 년, 아니 수만 년 동안 한 번도 현신한 적이 없으셨던 모레툼 님께서 직접 의지를 드러내시다니 말이야.'

추기경들은 이렇게 확대해석했다.

Chapter 3

추기경의 권력이 아무리 높다고 한들 신에게 거부를 당하면 끝장이었다. 추기경들은 혹시라도 레오니의 눈 밖에 날까 봐 전전긍긍했다. 혹은 어떻게라도 레오니의 눈에 들기 위해 아부를 했다.

그러니 모든 일처리가 레오니의 뜻대로 흘러갈 수밖에.

'호호호. 이탄 님에 대한 소문을 미리 퍼트리기 잘했지.'

레오니는 속으로 웃음을 삼켰다.

사실 레오니와 하비에르는 이탄에 대한 소문을 절반만 퍼트렸다. 추심 기사들 중 한 명의 몸에 모레툼 님이 현신하셨다는 점은 소문에 포함되었지만, 그 기사의 정체에 대해서는 꽁꽁 감추었다.

덕분에 이탄의 이름은 널리 소문나지 않았다.

이것은 이탄이 레오니에게 강력하게 요구했던 바였다. 이탄은 '혹시라도 이 소문이 피사노교의 귀에 들어가면 골치 아파질 거야.' 라고 생각했다. 사실은 그것보다 이탄은 다른 신들을 자극할까 봐 소문의 확산을 막았다.

레오니는 기꺼이 이탄의 요구를 받아들였다. 사실 이탄의 요구는 그녀가 오히려 더 원했던 바였다.

'이탄 님이 베일에 싸여 있어야 내가 추기경들을 구워삶기 편하지.'

레오니는 순수하지만은 않은 여자였다. 그녀는 충분히 영악하고 계산적이었다.

하긴, 레오니가 순수하기만 했다면 그녀는 모레툼 교단처럼 큰 단체의 추기경이 되지 못했을 것이다.

어쨌거나 전체 추기경 회의는 다음과 같이 네 가지 안건을 의결했다.

1. 크나큰 죄악을 저질러 신의 분노를 산 비크를 교황 자리에서 즉각 탄핵한다.

2. 교황의 빈 공백을 하루빨리 메꾸기 위해 20명 이상의 추기경들로 차기 교황 선출위원회를 구성한다.

3. 차기 교황의 직위에 응모할 후보자들은 교황 선출위원회에 들어갈 수 없다.

4. 죄인 비크 및 그 일당들에 대한 징벌 수위 결정 및 집행은 차기 교황이 정하도록 한다.

위 안건은 문서로 작성되어 교단 전체에 배포되었다.

곧 이 소식이 대륙 전체로 퍼져나갔다.

모레툼 교단은 백 진영 내에서 몇 손가락 안에 꼽히는 강대한 세력이었다. 대륙 전체를 통틀어서도 모레툼 교단은 최상위권이었다.

그러한 곳의 교황이 바뀌는 일이었다. 모레툼 교단과 우호적인 세력은 그 세력대로, 적대적 단체는 또 그들대로 모든 촉각을 모레툼 교단에 집중했다.

시시퍼 마탑은 물론이고, 세상사에 별 관심이 없는 아울 검탑이나 구름 속에 숨어 있는 마르쿠제 술탑도 비크 교황의 탄핵에 관심을 보였다.

좀 더 정확히 말하자면, 다른 세력들은 비크의 탄핵보다는 차기 교황이 누가 될 것인지에 더 의미를 두었다.

"비정한 권력의 세계에서 흘러가 버린 옛 교황이 무슨 의미가 있겠는가. 오로지 새 권력자가 누가 될 것인지가 중요하지."

시시퍼 마탑의 부탑주인 라웅고는 이런 말로 현재 정세를 해석했다.

백 진영이 호기심에 가득 차서 모레툼 교단의 다음 행보를 주목하는 동안, 피사노교도 모레툼 교단에 대한 정보 수집에 나섰다.

당연히 싸마니야는 이탄에게 이번 임무를 하달했다.

⊛ [피사노 싸마니야] 검은 드래곤의 아들아.

불현듯 싸마니야가 이탄의 뇌에 말을 걸었다.

이탄은 싸마니야로부터 연락이 올 것이라 짐작하던 중이라 곧바로 응답했다.

⊛ [쿠퍼] 검은 드래곤의 아들이 싸마니야 님을 뵙습니다.

⊛ [피사노 싸마니야] 모레툼 교단에 변고가 생겼다 들었다.

싸마니야는 곧바로 본론에 들어갔다.

이탄은 마음속으로 '성질도 참 급하시네.' 라고 중얼거렸다.

물론 이탄은 자신의 생각이 대화창에 찍히지 않도록 미리 마음을 나눠놓았다. 그리곤 이탄이 선수를 쳤다.

⊛ [쿠퍼] 그와 관련하여 상세한 정황 보고서를 작성 중이었습니다. 늦어도 오늘 저녁까지는 보고

서를 싸마니야 님께 보내드리겠습니다.

'상세한 정황 보고서'라는 표현이 마음에 들었는지, 아니면 이탄의 빠릿빠릿한 일처리가 흡족했는지 싸마니야는 웃음을 보였다.

⊗ [피사노 싸마니야] 껄껄껄껄. 그러하냐? 나는 멀리서도 너의 부지런함을 칭찬하는도다. 한데 상세보고서는 나중에 보기로 하고, 너의 의견을 듣고 싶구나.

⊗ [쿠퍼] 어떤 의견을 듣고자 하십니까?

⊗ [피사노 싸마니야] 비크가 쫓겨나면, 모레툼의 차기 교황은 누가 되겠느냐?

⊗ [쿠퍼] 보고서에도 자세히 써놓았습니다만, 제가 속한 은화 반 닢 기사단의 수뇌부들은 이미 레오니 추기경이라는 여자에게 줄을 섰습니다. 그녀는 모레툼 교단의 삼대무력 가운데 하나인 추심 기사단도 손에 쥐고 있습니다. 그러니 레오니 추기경이 가장 유력할 것 같습니다.

⊗ [피사노 싸마니야] 허어, 그러하더냐?

싸마니야는 잠시 침묵했다.

그리곤 질문의 방향을 바꾸었다.

⦿ [피사노 싸마니야] 네가 그렇다면 그런 것이겠지. 나는 너의 분석을 믿는다.

⦿ [쿠퍼] 헉! 싸마니야 님, 소자에게 그렇게 신뢰를 보여주시니 제가 몸 둘 바를 모르겠나이다.

⦿ [피사노 싸마니야] 껄껄껄. 너는 내 혈육이자 검은 드래곤의 혈통을 이어받은 후손이 아니더냐. 당연히 믿고말고. 껄껄껄. 그나저나 다른 소문은 혹시 듣지 못하였느냐?

⦿ [쿠퍼] 다른 소문이라 하시면......?

이탄은 모르는 척 말꼬리를 흐렸다.

Chapter 4

싸마니야가 은근히 물었다.

⦿ [피사노 싸마니야] 추심 기사단이 교황청으로

직접 진군하여 현재 교황을 끌어내렸다 들었느니
라. 혹시 그때 무슨 이적 같은 것이 벌어지지 않았
더냐?

싸마니야는 모레툼의 현신에 대해서 묻고 있었다.

이탄이 가짜 신성력을 발휘하는 장면을 목격한 사람은
무지하게 많았다. 교황청이 위치한 도시 전체에서 신성력
의 기둥이 다 보였으니 말 다 했다.

'쳇. 그러니 밖으로도 소문이 퍼져나갈 수밖에.'

이탄은 속으로 혀를 찬 다음, 미리 준비해두었던 답을 했
다.

　　◉ [쿠퍼] 싸마니야 님, 그 일이라면 소자가 잘 알
　　고 있습니다. 이미 그 내용도 상세한 정황 보고서
　　에 기술해 두었습니다만, 짧게 설명 올리자면 그것
　　은 사기입니다.
　　◉ [피사노 싸마니야] 뭣? 사기?

이탄의 단호한 대답에 싸마니야가 눈을 동그랗게 떴다.
이탄이 설명을 덧붙였다.

∞ [쿠퍼] 싸마니야 님도 알다시피 저는 위대한 검은 드래곤의 피를 타고 태어났으되 싸마니야 님의 안배에 의해 냄새 나는 양떼 사이에서 자라지 않았습니까?

∞ [피사노 싸마니야] 험험. 어허험. 그렇지.

싸마니야가 움찔했다.

솔직히 싸마니야는 이탄에게 일말의 미안함을 느끼고 있었다.

과거 이탄이 별 볼 일 없었을 때는 싸마니야도 이탄에게 죄책감 같은 것을 느끼지 않았다. 하지만 지금 이탄은 싸마니야의 혈육들 가운데 단연 돋보이는 후계자였다. 심지어 싸마니야는 이탄을 잘 키워서 피사노교의 새로운 신인으로 육성하려 마음먹은 상태였다.

'그 중요한 동량을 냄새 나는 양떼 우리에 던져두고 제대로 챙기지도 않았다니, 나도 참 무심한 아비로구나.'

싸마니야는 스스로를 자책했다.

이탄은 싸마니야의 속을 아는지 모르는지 제 할 말을 계속했다.

∞ [쿠퍼] 싸마니야 님의 원대한 안배를 받들어서

더러운 백 진영 놈들의 정보를 캐내는 것이 소자의 임무일진대, 소자가 그 일을 제대로 해내려면 모레툼 교단의 수뇌부에게 접근해야 할 것 아니겠습니까?

∞ [피사노 싸마니야] 그렇지. 네 말이 옳다.

∞ [쿠퍼] 하여 소자는 모레툼 교단의 권력에 지각변동이 일어날 조짐을 보이자마자 은근히 레오니 추기경이라는 여자에게 선을 대었습니다.

∞ [피사노 싸마니야] 허! 벌써?

∞ [쿠퍼] 네. 그렇습니다. 다행히 검은 드래곤께서 보우하사 제 계획이 결실을 맺어 마침내 저는 레오니 추기경의 눈에도 들게 되었습니다.

∞ [피사노 싸마니야] 허어!

∞ [쿠퍼] 그 결과 이번에 레오니가 군대를 일으켜 교황청을 점령할 때도 제가 앞장섰사온데, 거사 전날 레오니가 소자를 불러서 한 가지 지시를 내리지 뭡니까.

∞ [피사노 싸마니야] 지시? 무슨 지시?

싸마니야는 연신 감탄사를 내뱉으며 이탄의 이야기에 빨려들었다. 그러다가 이탄이 레오니의 지시에 대해서 언급하자 상체를 앞으로 기울이며 경청했다.

이탄은 느긋하게 상황을 꾸며댔다.

✿ [쿠퍼] 싸마니야 님께서도 이미 아시다시피,
백 진영 놈들은 겉으로는 깨끗한 척하면서 뒤로는
온갖 구린 짓을 다하는 작자들이 아니옵니까?
✿ [피사노 싸마니야] 그렇지. 네 말이 맞다.

싸마니야는 이탄의 말에 추임새를 넣으며 들었다.
이탄은 입술에 침도 바르지 않고서 거짓말을 술술 했다.

✿ [쿠퍼] 싸마니야 님, 레오니 추기경이라는 여
자도 이러한 백 진영의 못된 습성을 버리지 못하였
습니다. 그녀는 저를 은밀하게 부르더니, 비크를 거
꾸러뜨리고 본인이 추기경들의 추대를 받아서 차
기 교황이 되기 위해서는 신의 이적이 필요하다 말
했습니다.
✿ [피사노 싸마니야] 뭣이? 레오니 추기경이 자
신의 필요에 의해서 신의 이적을 꾸며댔단 말이냐?

싸마니야가 펄쩍 뛰었다.
비록 백과 흑으로 나뉘기는 하였지만, 모레툼 교단과 마

334 이탄

찬가지로 피사노교도 종교단체였다. 이러한 종교단체에서 개인적 이익을 위해 신의 이적을 거짓으로 꾸민다는 것은 실로 지독한 마음을 먹지 않고서는 할 수 없는 짓이었다.

역설적으로, 그래서 싸마니야는 더 이탄의 말에 믿음이 갔다.

싸마니야는 근본적으로 백 세력을 싫어했다. 그런 백 세력이 신의 이름을 빌려서 거짓 이적을 꾸몄다고 생각하자 싸마니야의 머릿속에는 '그 더러운 놈들이라면 능히 그딴 짓도 저지를 수 있지.' 라는 믿음이 생겨버렸다.

레오니가 어떻게 신의 이적을 거짓으로 흉내 낼 수 있었는지, 이런 디테일한 설명은 이탄이 하지 않아도 좋았다. 이탄이 뭐라고 설명하기도 전에 싸마니야 스스로 머릿속에서 모든 퍼즐 조각을 다 맞춰버렸다.

◎ [피사노 싸마니야] 허어어. 그 레오니라는 여자가 보통내기가 아니로구나. 네 말이 사실이라면 이건 정말 보통내기가 아니야. 앞으로 모레툼 교단을 상대하는 일이 번거롭게 생겼어. 쯧쯧쯧.

싸마니야가 걱정스레 혀를 찼다.

☺ [쿠퍼] 싸마니야 님, 그래도 다행이 아니옵니까? 소자가 다행스럽게도 레오니 추기경의 최측근에 자리를 잡았습니다. 소자는 앞으로 잘만 하면 모레툼 교황청에서도 한 자리를 차지하게 될 것 같습니다. 앞으로 소자가 백 진영의 극비정보를 지속적으로 수집하여 보내드리겠습니다. 소자, 그리하여 싸마니야 님의 원대한 안배가 성공할 수 있도록 최선을 다하겠나이다.

이탄은 싸마니야의 앞에서 굳게 다짐했다.

Chapter 5

싸마니야는 이탄에게 감탄했다.

'허어. 일도 척척 잘하는 아들내미가 말은 또 어찌나 예쁘게 하는지! 쿠퍼와 같은 아들을 어디에 가서 또 구하겠는가.'

솔직히 말해서 싸마니야는 이탄이 너무나도 흡족했다. 그래서 이탄을 등에 업고서 덩실덩실 춤이라고 추고 싶은 심정이었다.

그 증거로 이탄이 한 마디 한 마디를 할 때마다 싸마니야의 입꼬리가 샐쭉샐쭉 위로 솟구쳤다.

만약 소리샤가 이런 싸마니야의 모습을 보았더라면 질투에 눈이 멀었을 것이다.

싸마니야는 이탄에게 최고의 찬사를 보냈다.

⊗ [피사노 싸마니야] 껄껄껄껄. 쿠퍼야, 너의 마음씀씀이가 실로 갸륵하구나. 내가 가장 잘한 일은 쿠퍼, 너를 낳은 것이니라. 또한 내가 가장 잘못한 일은 너와 같은 아들을 내 곁에 두고 키우지 않고 더러운 양떼 사이에 보낸 것이지. 쯧쯧쯧.

⊗ [쿠퍼] 싸마니야 님, 그런 말씀 마소서. 저는 비록 더러운 양떼 사이에서 자랐으나 싸마니야 님의 안배를 위해서 이 한 몸 쓰일 수만 있다면 그것으로 만족하나이다.

이탄도 최대한 겸손하게 대답했다.

이탄의 사탕발림은 날이 갈수록 원숙해져서 마왕이라 불리는 싸마니야조차 그 앞에서는 살살 녹았다.

⊗ [피사노 싸마니야] 껄껄껄껄. 내 조만간 나의

잘못을 바로잡을 것이야. 내 아들아. 그때까지만 기다려다오. 내가 너를 더러운 양떼 무리 사이에 오래 두지는 않을 것이니라. 오로지 피사노의 이름으로 다시 전하마.

이 말을 끝으로 싸마니야는 네트워크 대화를 종료했다.

"흠."

이탄은 어깨를 으쓱 올렸다가 다시 내려놓았다.

"모레툼 교황청은 레오니가 알아서 정리할 테고, 피사노교에 넘겨줄 정보는 내가 적당히 정리하면 되고. 이제 얼추 일을 마무리 지은 셈인가?"

물론 아직 하나가 남았다.

비크 교황.

이탄은 아직 그에 대한 처리를 깔끔하게 마무리 짓지 못했다. 이탄이 세본을 다그쳐 보았으나 세본도 비크가 숨은 장소를 몰랐다.

"비크의 행방은 추심 기사단과 은화 반 닢 기사단이 찾고 있으니 기다려볼 수밖에. 그렇다면 이제 동차원에 한번 다녀와야 하나?"

이탄은 동차원 남명을 떠난 지 오래되었다. 이탄은 스승인 멸정 대선인에 대한 정은 붙일 새가 없었으나 철룡 대사형이나 막사광 사형은 만나고 싶었다.

다른 한편으로 이탄은 북명 지역을 방문하여 어둠의 무리에 대한 조사를 해야 한다고 생각했다.

"특히 북명의 늑대족, 즉 코이오스 가문은 꼭 한번 찾아가서 낱낱이 파헤칠 필요가 있지."

마지막으로 이탄은 마르쿠제 술탑에도 한번 들려야 했다. 이탄은 이미 마르쿠제와 비앙카로부터 정식으로 초청을 받은 상태였다.

"그곳에 가면 혼명의 술법들을 살펴볼 기회가 주어지겠지. 쩝."

이탄은 새로운 술법을 만나볼 생각에 가슴이 달아올랐다.

원래 세상만사는 계획대로만 되는 것은 아니었다. 동차원을 한 번 방문하겠다는 이탄의 계획은 한동안 뒤로 미뤄지게 되었다.

흑과 백 사이에 갑자기 전운이 고조된 탓이었다.

언노운 월드 역사는 원래 피로 써졌다. 언노운 월드의 흑진영과 백 진영은 끝없이 부딪치면서 전쟁과 휴전을 반복해왔다. 둘 사이에서 중립 세력들은 이쪽 편에도 붙고 저쪽편도 들었다.

그 와중에 무수히 많은 생명들이 죽어갔다. 선명하도록 붉은 피를 펜촉에 적셔서 한 장 한 장 써내려간 것이 언노운 월드의 역사였다.

그런데 최근에는 휴전 기간이 조금 길었다.

"최근 수십 년간의 평화가 참으로 이례적인 일이었지. 암 그렇고말고."

전쟁의 참혹함을 기억하는 노인들은 이런 말로 쓰라린 과거를 회상했다.

노인들의 이 독백처럼, 수십 년간의 평화 시대는 저물고 이제 새로운 전란의 시대가 열리려고 하고 있었다.

제8화
전쟁의 서막

Chapter 1

전운은 대륙 남부에서 먼저 형성되었다.

이는 대부분의 사람들이 미리 예측했던 바였다.

"내 이럴 줄 알았지. 역시 남부가 화약고였어."

전쟁이 터진 이후로 다들 이렇게 이야기했다.

이탄도 남부에서 먼저 일이 터지리라고 예상했다. 이탄이 한창 은화 반 닢 기사단의 퀘스트를 수행할 때부터 이미 남부의 분위기는 심상치 않았다.

당시 대륙 남부 일대 흑 계열의 무력단체들은 집단적인 움직임을 보이면서 야심차게 세력을 확장했다.

백 진영도 그에 맞서서 병력을 남부로 조금씩 이동시켰다.

그렇게 첨예하게 대치하던 흑과 백은 결국 임계점을 넘어서 폭발해버렸다.

9월 20일 자정 무렵이었다. 남부 그레브 시의 유명한 흑 세력인 자크르 무리가 시돈의 네크로맨서들과 손을 잡고 노아 신전을 급습했다.

노아 신전은 치유의 신 노아를 섬기는 곳이었다.

그레브 시 동편에 자리를 잡은 이 신전은 남부에서는 몇 손가락 안에 꼽히는 백 진영에 해당했다. 비록 노아의 신전의 무력은 그리 강하지 않았으나, 그곳의 치유사들은 실력이 뛰어나기로 소문이 자자했다.

뛰어난 치유사 한 명이 전쟁에서 얼마나 큰 도움이 되던가!

그 중요한 곳이 흑 세력들의 대대적인 침공을 받아 하루아침에 잿더미로 변했으니 백 진영 전체가 발칵 뒤집히는 것은 당연한 일이었다.

흑과 백은 늘 서로 부딪쳐 왔고, 그간 국지전이 발발한 적도 여러 차례였으니, 이번 노아 신전의 궤멸 또한 그중하나인 사건으로 그냥 흐지부지 묻힐 수도 있었다.

한데 작금의 분위기가 문제였다. 제법 길었던 평화의 시대를 거치면서 흑 진영과 백 진영 모두 참을성이 극도로 낮아진 상태였다. 게다가 이 평화로운 시대를 관통하는 동안 양측 모두 무력을 충분히 축적해놓은 터라 자신감이 넘쳤다.

"이쯤 되었으면 우리는 최전성기다. 백 진영 놈들아, 어디 한번 시비만 걸어봐라. 아주 박살을 내주마."

흑 진영의 거물들은 공공연히 이런 말을 떠들고 다녔다.

백 진영도 마찬가지였다.

"아군의 실력이 이처럼 높아졌으니 이제 슬슬 사악한 무리들을 대륙에서 내쫓을 때가 된 것 아닙니까?"

이런 주장을 하는 사람들이 갈수록 늘었다.

그렇지 않아도 양측은 힘 쓸 곳만 찾던 중이었다. 그런 와중에 대륙 남부에서 스파크가 팍! 튀었다. 노아 신전의 궤멸이 기폭제가 되어서 언노운 월드 전체가 들썩였다.

"저 흉포한 흑 진영 놈들에게 복수를 해야 한다."

"맞아. 그래야 억울하게 죽은 노아 신전 치유사(힐러)들의 넋을 위로할 수 있어."

백 진영의 무사들은 이렇게 주장했다. 특히 노아 신전 치유사에게 도움을 받았던 자들이 적극적으로 나섰다.

흑 진영은 콧방귀를 뀌었다.

"흥! 웃기는군. 자크르와 시돈이 왜 그런 짓을 저질렀겠어? 노아 신전 놈들이 그레브 시에서 무슨 짓을 저지르는지 알고나 말하시지."

"옳소. 노아 신전의 치유사 놈들은 오로지 돈만 밝혀서 금화를 잔뜩 쌓아주지 않으면 치료도 해주지 않는다고."

"어디 그뿐이겠어? 그동안 노아 신전 놈들의 실험체로 뽑혀가서 억울하게 죽은 빈민들이 몇 명인데? 그 빈민들의 배우자와 자식들이 자크르나 시돈에 가입하여 복수를 한 것 아냐. 알지도 못하면서 왜 자크르와 시돈을 욕하는데?"

이러한 주장도 곳곳에서 터져 나왔다.

주장과 주장이 서로 부딪치면서 흑과 백 사이의 감정은 점점 더 악화되었다.

어쩌면 도시 하나에서 국지전으로 끝났을지도 모르는 노아 신전의 멸망은 이제 온 대륙으로 걷잡을 수 없이 번졌다. 언노운 월드 온 사방에서 전쟁의 불길이 거세게 타오르기 시작했다.

삐비비비빅!

이탄의 마법구슬이 요란하게 울렸다.

이 구슬은 이탄의 사저(같은 스승을 둔 손위의 여자 동기)이자 쎄숨 지파장의 제자인 씨에나가 이탄에게 선물한 아이템이었다.

"이탄 님, 이탄 님."

씨에나는 알람만 울린 것이 아니라 직접 이탄에게 대화

를 걸었다. 마법구슬 표면에 씨에나의 얼굴이 떠올랐다.

"씨에나 님, 무슨 일입니까?"

이탄이 물었다.

씨에나는 숨을 헐떡이면서 재잘거렸다.

"이탄 님, 혹시 소식 들었나요?"

"무슨 소식이요?"

"자크르 무리와 시돈의 네크로맨서들이 노아 신전을 급습했다는 급보 말이에요."

"아, 예. 저도 모레툼 교단을 통해서 조금 전에 전달받았습니다."

이탄은 고개를 주억거렸다.

씨에나가 손뼉을 쳤다.

"아! 알고 계셨군요. 그럼 잘 되었네요. 스승님께서 모레툼 교단에 이탄 님을 긴급히 파견해 달라고 요청하셨어요."

"네? 저를요?"

이탄은 손가락으로 자기자신을 가리켰다.

씨에나는 힘차게 고개를 주억거렸다.

"네. 이탄 님은 잘 모를 수도 있지만, 사실 우리 시시퍼 마탑과 노아 신전은 우호 관계거든요. 또한 시돈의 네크로맨서 녀석들과는 완전히 상극이고요."

이탄은 씨에나의 말이 그럴 법하다고 생각했다.

자고로 백마법사들과 흑마법사들은 서로 원수 관계인 경우가 많았다. 그러니 시시퍼 마탑이 시돈의 네크로맨서들을 싫어하는 것에 당연했다. 마찬가지로 시돈에서도 시시퍼 마탑을 지극히 미워할 것이었다.

이탄이 흑과 백의 관계를 생각하는 가운데 씨에나의 설명이 이어졌다.

"아직 시시퍼 마탑에서 본격적으로 나선 것은 아니지만, 이탄 님도 스승님의 성격을 알죠? 그분이 흑 진영이라면 아주 질색을 하시잖아요."

"아하, 이거 참. 스승님은 여전하시네요."

이탄은 짐짓 쓴웃음을 지었다.

이탄의 머릿속에는 꼬장꼬장한 쎄숨의 얼굴이 떠올랐다. 어쨌거나 명목상으로나마 쎄숨은 이탄의 스승이긴 했다.

씨에나가 한숨을 폭 쉬었다.

"휴우우, 스승님께서는 시시퍼 마탑이 머뭇거리는 것이 답답하신지 먼저 남부로 출전하시겠다고 선포하셨어요. 그러면서 마탑의 열두 지파 가운데 고체계 애니마 지파에 총동원령을 내리셨지요. 물론 거기에는 저도 포함되었고요."

이탄이 흠칫했다.

"엇? 씨에나 님도 전쟁터에 나가는 겁니까? 부디 몸을 조심하셔야 할 텐데요."

이탄이 씨에나를 걱정해주었다.

그 마음씀씀이가 고마웠는지 씨에나가 배시시 웃었다.

"헤헤헤. 고마워요. 당연히 조심해야죠. 아 참! 그 때문에 쎄숨 스승님께서 이탄 님도 차출하겠다고 말씀하신 거예요. 어쨌거나 이탄 님도 우리 지파의 일원이잖아요. 게다가 이탄 님은 금속마법도 능하시고, 또 신성력과 무력도 강해서 저희 제자들을 보호하는 데 도움이 될 거라는 게 스승님의 생각이세요."

"허걱."

이탄의 입에서 헉 소리가 절로 나왔다.

'그러니까 지금 쎄숨 할망구는 자기 제자들을 보호하기 위해서 나를 차출하겠다는 거야? 그건 그렇고, 쎄숨은 비크와 친하지 않았나? 비크가 사라진 지금 교황청의 누구에게 차출 요청을 했다는 거지?'

이탄은 비크와 쎄숨의 관계를 떠올렸다.

Chapter 2

씨에나와 대화가 끝나고 하루 뒤였다. 이탄이 무언가를

고민하는 가운데 333호가 쿠퍼 가문으로 이탄을 찾아왔다.

"49호 님, 교황청에 있는 친구로부터 들은 소식인데, 시시퍼 마탑의 지파장 가운데 한 명인 쎄숨 대마법사께서 모레툼 교단으로 정식 문서를 보냈다고 합니다. 그런데 쎄숨 대마법사님이 그 문서를 통해서 지목한 대상이 아무래도 49호 님인 것 같아요."

"하아."

이탄이 한숨부터 내쉬었다.

'쎄숨 할망구가 참 집요하구나. 비크와 연락이 닿지 않으니까 모레툼 교황청으로 직접 문서를 발송했나 보네.'

이탄은 머리를 절레절레 내저었다.

"49호 님, 이번 일을 어떻게 처리할까요?"

333호가 이탄의 눈치를 살피며 물었다.

지금 모레툼 교황청은 입장이 난처했다. 교황청에서 쎄숨의 요청을 들어주려면 그녀가 발송한 공문을 은화 반 닢 기사단으로 보내야 하는데, 지금은 은화 반 닢 기사단에 연락할 통로가 모두 끊긴 까닭이었다.

이탄은 곰곰이 생각한 끝에 대답했다.

"일단 공식적으로 답변하면 안 되잖아. 그러니까 무시해."

"네에. 그렇게 할 수밖에 없겠죠. 하지만 시시퍼 마탑과의 우호 관계를 생각해보면, 상대의 도움 요청에 답장도 주지 않고 무시하는 것은 좋지 않은데요. 후우우."

333호가 볼에 바람을 넣어 잔뜩 부풀렸다.

이탄이 손가락을 좌우로 까딱거렸다.

"누가 무시한대? 교황청에서는 마탑 쪽에 답을 주지 못하겠지만, 내가 개인적으로 시시퍼 마탑에 연락하여 일을 해결할 테니 걱정 마."

"49호 님께서 집적 연락하시겠다고요?"

"그래. 그 일은 내가 알아서 처리할게. 다만 시시퍼 마탑의 요청에 응하려면 내가 잠시 쿠퍼 본가를 비워야 할 것 같아. 내가 없는 동안 은화 반 닢 기사단을 잘 부탁해."

이탄은 씨에나를 위해서라도 쎄숨의 요청에 응하기로 결심했다.

"넵! 걱정 말고 잘 다녀오세요."

333호가 씩씩하게 대답했다.

말은 이렇게 했지만 333호의 눈가에는 이탄의 안위를 걱정하는 빛이 스쳐 지나갔다.

333호는 정보도 빠르고 눈치도 빠른 여인이었다. 지금 이 상황에서 시시퍼 마탑이 이탄에게 뭘 요청했는지는 보지 않아도 빤했다.

333호는 이탄이 얼마나 강한지 잘 알고 있었지만—사실

333호는 이탄의 무력에 대해서 수만 분의 1도 제대로 알고 있지는 못하지만— 그래도 이탄이 위험한 일에 나서게 될 것 같아 마음 한구석이 불안했다.

'49호 님, 부디 몸 조심하셔야 해요.'

333호가 속으로 이탄의 안위를 빌었다.

그날 밤은 유난히 어두웠다. 짙게 낀 구름이 달빛과 별빛을 모두 차단했다. 이탄은 배낭 하나만 들쳐 메고 쿠퍼 본가를 떠났다. 배낭 안에는 새하얀 무복과 목도리 등이 차곡차곡 들어 있었다.

집사장인 세실은 이탄의 부재를 감추기 위해서 가주 대역을 미리 세워놓았다. 덕분에 이탄은 편한 마음으로 길을 떠날 수 있었다.

이탄은 점퍼의 도움도 받지 않고 한달음에 대륙을 종단했다. 이탄은 대륙 북동쪽에 위치한 쿠퍼 본가를 떠나자마자 단숨에 대륙 남부 지역에 도착한 것이다.

"여기가 락판 시인가?"

이탄은 눈앞에 보이는 도시의 야경을 훑어보았다.

락판 시는 전쟁이 발발한 그레브 시에서 북쪽 방향으로 5,000킬로미터 지점에 위치한 조그만 도시였다.

이곳의 인구수는 대략 120만 명 안팎.

간씨 세가 세상에서 이 정도 인구수면 결코 소형 도시는 아니었다. 하지만 언노운 월드는 간씨 세가의 세상과는 비교도 할 수 없이 큰 세계라 인구 120만 명이면 초소형 도시 취급을 받았다.

예를 들어서 이탄이 처음 이 세계에 정착했던 산골 도시 트루게이스의 인구가 150만 정도였다.

그런데도 언노운 월드의 거주민들은 트루게이스를 깡시골 취급했다. 하니 트루게이스보다 더 규모가 작은 락판은 말할 필요도 없으리라.

지난 며칠 사이, 이 조그만 도시에 외지인들이 몰려들었다.

외지인들은 대부분 베이지색 로브를 입고 있었으며, 손에는 끝이 뾰족한 완드(Wand: 가느다란 막대기 형태의 마법 지팡이)를 하나씩 든 차림이었다.

간혹 가다 베이지색이 아니라 하늘색 로브를 입은 외지인들도 보였다. 베이지색 로브를 입은 자들은 하늘색 로브를 입은 사람들에게 깍듯하게 대했다.

이들의 정체는 시시퍼 마탑의 마법사들.

그중에서도 고체 물질을 자유롭게 다룬다는 고체계 애니마 계열의 마법사들이었다. 그들은 지파장인 쎄숨의 명에 따라 시시퍼 마탑을 떠나 락판 시로 집결했다.

마법사들 가운데 하늘색 로브를 입은 자들은 마탑의 정식 마법사들이었다. 반면 베이지색 로브는 마법사 문하의 도제생을 의미했다.

시시퍼 마탑 소속이 아닌 일반인들이 하늘색 로브를 입은 정식 마법사를 목격하기란 쉬운 일이 아니었다. 시시퍼 마탑은 정식 마법사들이 마탑을 떠나서 바깥 세계를 돌아다니는 것을 엄격히 금하고 있기 때문이었다.

하지만 혹 진영과 전쟁이 발발하면 이런 제약이 모두 사라진다.

지금이 바로 그런 상황이었다. 쩨숨 지파장의 명을 받은 고체계 애니마 마법사들은 제자들인 도제생들을 대거 이끌고 대륙 남부의 락판 시로 집결했다.

이 가운데는 이탄의 사저인 씨에나도 포함되었다.

씨에나는 당연히 하늘색 로브 차림이었다. 이것이 의미하는 바는 씨에나가 도제생 신분을 넘어서 정식 마법사라는 의미였다.

사실 씨에나는 이탄이 처음 만났을 때부터 이미 정식 마법사였다. 그것도 시시퍼 마탑 전체에서 서열 280위에 자리매김한 고위 마법사였다.

그런 씨에나의 뒤에는 베이지색 로브를 입은 소녀 3명이 졸졸 따라다녔다.

소녀들은 아직까지 나이가 어린 탓인지 몸보다 옷이 커서 로브의 끝자락이 땅바닥에 질질 끌렸다.

그런데 그 모습이 나름 또 잘 어울렸다.

Chapter 3

이들 3명의 도제생들은 씨에나를 무척 잘 따르는 것 같았다. 또한 3명의 도제생들은 모처럼 시시퍼 마탑을 떠난 게 좋았는지 연신 눈을 반짝거렸다.

잔뜩 들뜬 도제생들과 달리 씨에나는 초조해 보였다. 씨에나는 연신 손톱을 물어뜯으며 이리저리 서성거렸다.

'아아아. 이탄 님이 빨리 와야 하는데. 우리 같은 마법사들은 후방에서 대규모 마법을 난사할 때는 위력적이지만, 근접전이나 난전이 벌어지면 위험할 수 있어. 그럴 때 이탄 님과 같은 성기사들의 도움이 필요하다고.'

씨에나는 자크르나 시돈과 같은 흑 진영의 마졸들과 싸우는 것은 두렵지 않았다. 그녀는 겁쟁이가 아니었다.

다만 씨에나는 아직 어린 제자들이 걱정될 뿐이었다.

최근 씨에나는 3명의 도제생들을 제자로 받아들였다.

브로네.

렐사.

치엔.

이들 3명 모두 착하고, 어여쁘며, 마법에 대한 재능이 탁월했다.

하지만 아직은 어린 도제생들인지라 적과 싸워본 경험이 없었다. 전쟁이 얼마나 무서운 것인지도 몰랐다. 씨에나는 천진난만하게 웃고 있는 제자들을 힐끗 돌아보면서 입술을 꼭 깨물었다.

'설마 이탄 님이 못 오는 것은 아니겠지? 그럼 안 되는데.'

씨에나가 초조하게 발을 구르고 있을 때였다. 그녀의 마법구슬에 빛망울이 맺혔다. 마법구슬 표면에는 이탄의 얼굴이 어렸다.

"앗. 도착한 건가요?"

씨에나가 이탄을 반겼다.

이탄은 마법구슬 속에서 크게 고개를 주억거렸다.

"네. 씨에나 님. 불러주신 장소에 도착했는데 안에 들어갈 방법을 모르겠네요. 아마도 마법진으로 보호되고 있는 것 같아요."

"이탄 님. 거기서 잠시만 기다려요. 제가 곧 나갈게요."

씨에나는 부리나케 건물 밖으로 나갔다.

시시퍼 마탑의 마법사들은 이 건물 전체에 마법진을 설치하여 외부에서는 접근이 불가능하도록 만들어 놓았다.

덕분에 씨에나가 마법진 밖으로 나가자 갑자기 빈 허공에서 그녀가 불쑥 나타난 것처럼 보였다.

"씨에나 님."

이탄이 씨에나에게 고개를 돌렸다.

씨에나도 이탄을 향해서 반갑게 손을 흔들었다.

"이탄 님, 이렇게 먼 곳까지 와줘서 얼마나 고마운지 몰라요. 비록 이탄 님도 시시퍼 마탑의 마법사고 쩨숨 스승님의 제자기는 하지만요, 그래도 기본적으로 이탄 님은 모레툼 교단 소속이잖아요. 혹시 이탄 님이 오지 못하는 건 아닌가 우려했지 뭐예요."

씨에나는 눈물을 글썽거릴 정도로 이탄에게 고마워했다.

이탄은 괜히 민망해서 코만 긁었다.

"에이, 설마요. 저도 나름 고체계 애니마 지파의 일원인데 당연히 참석해야죠. 게다가 얼마 전 솔노크 시에서 제가 씨에나 님께 도움을 받았던 것도 있고요."

이탄의 말은 사실이었다.

까마귀 깃털 고르기 퀘스트 당시 이탄은 솔노크 시에서 미유 주교의 피살 사건을 조사했다. 그때 이탄은 씨에나의 도움을 받았다.

'필요할 때 나도 도움을 받았으니 이번에는 내가 씨에나 님을 돕는 게 당연하지.'

이탄은 쎄숨이 멋대로 그를 소집 명단에 올린 것은 마음에 들지 않았으나, 씨에나의 얼굴을 보니 '여기에 오기 잘했구나.' 라는 생각이 들었다.

씨에나가 이탄의 손을 잡아끌었다.

"아참. 내 정신 좀 봐. 이탄 님. 어서 안으로 들어가요. 내가 우리 지파의 마법사들을 소개시켜 줄게요. 그리고 최근에 내가 받은 제자들도 인사시켜 주고요."

이탄은 씨에나를 따라서 건물 안으로 들어갔다.

씨에나는 하늘색 로브를 입은 마법사들을 한 명 한 명 찾아다니며 이탄을 인사시켰다.

마법사들 가운데 몇 명은 이탄도 눈에 익었다. 예전에 시시퍼 마탑에서 본 적이 있는 얼굴들이었다.

하지만 그보다는 처음 보는 마법사들이 더 많았다.

대부분의 마법사들은 이탄을 호의적으로 대했다.

아마도 이탄이 쎄숨 지파장의 제자라서 그런 것 같았다. 혹은 그들은 이탄이 시시퍼 마탑에 정식으로 소속된 것도 아닌데 전쟁에 참여하는 것이 기특해서 이탄을 우호적으로 보는 것일지도 몰랐다.

이탄은 여러 마법사들 가운데 2명을 인상 깊게 보았다.

그중 한 명은 키가 큰 백발의 노인이었다.

이 노인의 이름은 유롬으로, 고체계 애니마 지파의 부지파장이었다. 이는 고체계 애니마 계열의 마법사들 중에서는 유롬이 쎄숨에 이어서 서열 2위라는 뜻이었다. 심지어유롬은 시시퍼 마탑 전체를 통틀어서도 서열 15위에 해당하는 거물급이었다.

씨에나는 유롬을 사숙이라고 불렀다.

쎄숨이 씨에나에게 어머니와 같은 존재라면, 유롬은 씨에나에게 작은 외숙부나 다름없었다. 이탄도 쎄숨의 제자이니 유롬에게 사숙이라고 불러야 했다.

〈다음 권에 계속〉